「赤点魔女に異世界最強の個別指導を！」

2

鎌池和馬

Illust. あろあ

contents

デザイン／たにごめかぶと（ムシカゴグラフィクス）

赤点魔女に異世界最強の個別指導を！ 2

鎌池和馬
Illust. あろあ

プロローグ　マレフィキウムはまだ遠く

小テストも慣れてきたか？　いつも通り三つの相で考えてみよう。
ただし今回はストレートな知識比べじゃなくて、実際のテストの時にどう出題されるか、を念頭に置いてみたし。なので問題文の言い回しなんかにも気をつけてみろ。

まずは憧憬の頂点について。

ATU0709は白雪姫だけど、これがATU0709aに派生するとどうお話が変わるか答えてみろ。

火と灰が出てくるお話だから
魔女が敵　九人の仲間は同じ　王子様はキスをしない
（『九人兄弟の妹』という話になり、少女は毒の爪を踏んで死ぬが王子に助けられる）
リンゴじゃない

次に邪悪の頂点について。

魔女は様々な動物に変身するとされてるぜ。ウサギやトンボなど無力な生き物ばっかりだけど、一つだけ馬鹿にできねえ危険なものがあるし。以下の内から選べ。

1・カラス　　2・ネコ　　3・オオカミ

☆ヒント　危険って事は人の命を脅かす動物って意味でもあるぜ

人狼伝説とごっちゃになっていたはず？

ラストは太古の頂点について。

何にでも使える万能の鉱石、水晶。こいつに自分自身の意志を封入する事で、敢えて一つの使い道に特化させる魔女の儀式をプログラミングと呼ぶ。そのメリットは何だ？

（役割**）をあらかじめ決めておく事で（**時間を短縮**）できる**

威力とがらせる

破壊力

ううん、魔法は攻撃だけとは限らない……

できてる。

結構普通に解けている。

髪を似合わない金色に染めた家庭教師の少年・妙想矢頃は（目の前の少女には気取られないよう、こっそりと）感動していた。何だ、やればできるじゃないか。そして自分自身がクイズやパズル感覚で夜なべして作っていた小テストも、やっぱり家庭教師としての腕は鈍っていなかった。得体の知れない女神が祝福したような都合の良い天才属性なんて受験の世界には存在しないが、一方で毎日の努力はいつか必ず報われる。何ともお美しい話じゃないか。今日は良い夢見れそうだぞう。

白い大理石と黒い黒曜石を組み合わせた、チェス盤みたいな街。神殿学都の片隅にある小さな公園の東屋で彼は大きく頷いた。

ただ一つだけ問題があるとすれば、

「……ドロテアが挑めばちゃんと解けるんだよなあ、この小テスト」

「あう。ええと、す、すみません、きゃあ」

きちんと問題を解いてくれた巨乳メガネの浪人生、ドロテア・ロックプールが何故か涙目で小さくなっていた。

その隣では同じベンチに腰かける赤毛の少女ヴィオシア・モデストラッキーがあははと悪びれた様子もなく笑っている。

妙想の本来の担当はオレンジや紫のパンプキンタルトみたいな色彩感覚のハロウィン魔女ヴィオシアの方で、レアチーズケーキっぽくなっている包帯ゾンビ少女ドロテアは教え子の予備校仲間でしかない。

地肌に包帯。これで地味なメガネ少女が自分で選んだ私服、らしい。ド派手なハロウィン仮装が当然の世界のビジュアルはやっぱり慣れない。逆バニー？　前にエプロンつければ平気、フツーに表の街並みを歩けます。どうも女の子達はみんなそういう感覚っぽいのだ。

……ちなみに本来の子ヴィオシアの答案用紙については何も言いたくなかった。敢えて一言で言うなら『壮絶』。多分五歳児がグーでクレヨン握ってチラシの裏に描いたラクガキの方がまだしも知性に溢れている。心理的な分析には使えるかもしれない。

召喚禁域魔法学校マレフィキウム。

魔女を目指す受験生の九九・九九九九％以上を余裕で落とす。それが分かっていて、実際に一度は不合格を突きつけられて、それでも夢を諦めきれないのが彼女達だ。

「ふふっ。でもこれが、家庭教師の先生さんがいつも作ってる小テストかあ。初めて見たけど、きゃあ、色々参考になりそう」

にこにこしながら採点済みの答案用紙を両手で豊かな胸元に抱き締めている受験生ドロテアを見ていると、こっちまでちょっと目頭が熱くなってくる。そして思う。だからどうして本来の教え子ヴィオシアはこうじゃねえんだ足りてないのか感謝の気持ちが？

これで分かった事がある。

レモンイエローのセーラーと最低限の装甲だけつけた妙想矢頃(みょうそうやごろ)は断言した。

「……つまりオレのせいじゃねえ。今までの悪戦苦闘、あまりにもひどすぎたから教える側にも問題があったのかって結構本気でビビってたけどやっぱりオレは何にも悪くねえじゃねえか!!　ヴィオシアー！　たった今アンタの馬鹿が客観的に証明されたぞおおお!!!!!!」

家庭教師たる自分がヴィオシアの足を引っ張っているのでは？　そんな可能性が怖くて、本来だったら全く関係ないドロテアを巻き込んでまで小テストを解いてもらったのだ。

結果、もっと恐ろしい事実が白日の下にさらされてしまったが。

馬鹿の極み（証明済み）は唇を尖(とが)らせてぶーぶー文句を言っていた。

「えー？　先生今回はドロテアちゃんに甘くしているなの甘々なの。だってこれ計算問題が一個もないわ、ドロテアちゃんが得意な暗記問題ばっかり集まっている激甘モードなの！」

「む」

「ううー。商家の娘なのに暗記問題ばっかり尖(とが)って、きゃあ、計算がいまいちだなんて恥ずかしいよう」

まるで計算問題であれば百発百中みたいな口振りの○点ヴィオシアに釣られてドロテアまで小さくなっているが、実際は両者にあんまり区別はない。世の中には文系だの理系だので人様の頭の種類や使い方を分けようとする輩(やから)もいるが、難しい計算問題だってまず膨大な公式を覚えなくては使う機会など永遠にやってこないのだ。結局根っこには暗記が絡(から)んでいて、違うのは問題の出し方と答え方だけである。歴史年表の空欄を見て思い出すか、複雑な数式を見て思い出すかでしかない。

なので妙想(みょうそう)が呻(うめ)いた理由はそんな所ではない。

こいつはプロの受験対策であって、難易度自体をいじった覚えはないし。

ただ、ヴィオシアは問題自体は解けなかったが、変なところを勝手に深掘りしてしまっている。つまり『ドロテアだったら解けるよね？』という期待まで。となると、どうやって解くべき問題そのものにヴィオシアの注目を修正していくかが次の課題か。この、部屋の片づけ時に古い本を見つけて読みふける瞬間しか極度の集中力を発揮できない小娘をどうにかしてだ！

（くそー。褒めるとプラスになるのかマイナスになるのか判断できねえし……）

まあ可能性があるというのは良(い)い事か。

「ほらほらヴィオシアちゃん、きゃあ、つ、机に突っ伏すとほっぺたにあとついちゃうよ」

「……最近ドロテアちゃんが下宿先の世話焼きお姉ちゃん達みたいになってきたなの」

そういえばドロテアは大家族の長女という話なので、小さい子の世話をすると心が穏やかになるのかもしれない。……一応この子、ヴィオシアとは同い年のはずなんだけど。

ぶっちゃけ知識は平等なので、それを使うのに特別な才能はいらない。騙(だま)し絵(え)の見方と同じで、何かのきっかけで使い方を理解できる『状況』にさえ変化できれば誰でも習得し使いこなせる。これは当たり前の話だが、知識は人に意地悪するために作られた訳ではないのだ。

ただ、普通の人は知識のために自分を作り変える苦痛に耐えられないというだけで。

人間は努力すれば宇宙飛行士にだってなれる。実際に『そうなった』少年は自然に思っている。今まで歩んだ人生を全部捨て、残された時間を全て辛(つら)く苦しい勉強に割り振るだけの勇気があれば。ようは、そこまでして夢を追いかける理由を自分の中に作って達成の瞬間まで保てるか。結局はそれだけの話でしかない。

本当に本気で魔女達の超難関校、召喚禁域魔法学校(しょうかんきんいきまほうがっこう)マレフィキウムを目標に定めた段階で少女達はすでにその覚悟を固めているはずだ。

フォーミュラブルームを手に取り、超一流の魔女を目指すと決めた時点で。

「ふいー、それにしたって今日も暑っついなのー。こんな東屋(あずまや)にいないで繁華街に行きたいわ、私はもう練乳といちごシロップを山ほどかけたかき氷食べたいなの。今なら端っこに細長いクラッカーも差しちゃうわー」

……決めてるよね？

妙想矢頃はちょっと本気で心配になってきた。浪人生って受験のコト以外は何にも考えられないくらい追い詰められた手負いのケモノじゃなかったっけ!?

「もう六月も半分過ぎたもんねえ、きゃあ」

「でも六月の後半戦と言ったらアレが待っているなの！」

なるほど、と妙想矢頃はどこか納得した。

遠い目をしてしまう。

勉強が身に入らない（星の数ほどあるであろう）理由の一個はそれかバカ。

「『初夏予備校合同課外授業』」

ヴィオシアがワンピースの胸元にある大きなリボンを片手でお行儀悪く緩めながら言った。

超笑顔で。

「一年を司る八つの魔女の儀式、その一つにして『夏至』のお祭り。いくつもの予備校が集まって行う大々的な林間学校なの！　遠足お泊まりひゃっほーッ!!」

「ううう。沐浴の体験授業があるから水着持参だなんて、どうしよう。きゃあ、だ、大体何で深い森へ行くのに水着を用意しなくちゃいけないのお？」

「何を言うなのドロテアちゃん、昼は川で思いっきり泳いで夜は森で豪快キャンプ飯とか無敵過ぎるわ！　いやー、これまで机に齧りついてばっかりで溜まりに溜まった鬱憤をここで全部洗い流すなのーっっっ!!!!!!」

馬鹿が普段からこれくらいのやる気を見せてくれれば家庭教師もストレスなくなりそうなものなのだが、まあ無理な相談か。異世界の地球でも覚えがあった。夏休みの登校日に、プールがあるからという理由だけで嬉々(きき)として炎天下の学校に向かっていった『妹』を思い出す。時に、夏場の水泳イベントは学業の本分をぶっ飛ばすくらいの破壊力を秘める。静かな森の奥にある泉で水浴びだっつってんのにがっつり泳ぐなではあるのだが。

(キャラウェイ・Cs予備校だと旅行先はどこだったっけ……? 毎年毎年、教え子が通う予備校によっても変わるから全部覚えてる訳じゃねえんだよな)

とはいえ、そもそも『初夏予備校合同課外授業(サマーソルスティス)』はヴィオシアがそれなりに高い月謝を(きちんと自分でアルバイトして)払って通っているキャラウェイ・Cs予備校の学校行事(イベント)だ。なので部外者である家庭教師の妙想矢頃(みょうそうやごろ)にそれを止める資格は特にない。

その前提を踏まえた上で、でもこれだけは言っておこう。

「ヴィオシアー」

「ハッ⁉ せ、先生の笑みが黒いなの、何か壮絶に嫌な予感が……。でも大丈夫、いくらカンペキ先生だってこの私から『初夏予備校合同課外授業(サマーソルスティス)』を奪う事なんかできっこないなの!」

「そうかそれは良かったな。……ちなみに知ってるかヴィオシア、お楽しみの林間学校だけどキャラウェイ・Cs予備校的には水準を満たさねえ特別成績劣悪者は予備校に残って補習を受けなくちゃならねえって話を。ま、基本を知らねえバカに応用の課外授業をやらせたところで何も吸収はできねえから妥当な判断ではあるし？」

石化した。

隣のドロテアが本気でおろおろするくらいヴィオシアが石化していた。

一応自覚はある方の馬鹿で何よりだ。

浪人生として本当に最低限のラインだけは何とか死守、と。

「てか林間学校林間学校言ってるけど、アンタ別枠の積み立てとかってできてるのか？　日頃の月謝だってバイト生活で必死に稼いでいるのに」

「うひぃ⁉　ま、まさか私一人だけお金が足りなくて林間学校行けない……？　もしほんとなら周りの子に差をつけられまくりなのー⁉」

「お金は自分で何とかしろし」

こっちは家庭教師を名乗りながら基本無料で請け負っているのだ。

これ以上は逆さに振っても協力してやれそうにない。

「まあそんな訳で学力の方ならカバーしてやる。一人寂しく予備校でお留守番したくなけりゃあ勉強だ。林間学校が始まるのは六月二〇日だから、おっとあんまり時間的な猶予はなさそうじゃねヴィオシア？　とりあえずこの一週間で羊皮紙のノート三冊埋めるくらいの勢いで勉強しようか。大空だって夢の空間じゃなくて自然現象の一つだ。法則性を学べばコントロールもできる訳だし！」

「ぐああああああああ!!　せっ、先生に思いっきり乗せられているると分かっているのに脱出手段がどこにもないなの!?」

「ぶっちゃけ『夏至』のこの時期には屋外飛翔に慣れておきたい。つまり超加速一本だけじゃねえ、飛翔のパターンにアレンジとバリエーションを広げていくぞ。プレーンに飛ぶくらいで満足してるようじゃ魔女の受験で頭一つ抜き出るのは難しい。だから本格的な夏を迎える前に！　魔女の飛翔で際立った個性を獲得してライバル達に差をつけるぞおおお!!!!!!」

「何で私の受験なのに先生の方がやる気なのおおおおおおおおおおおおお!!!?⁇」

キャラウェイ・Ｃｓ予備校の手で美味しいニンジンをわざわざぶら下げてもらったのだ。馬車馬ヴィオシアにはせいぜい死ぬ気で泥道を走っていただこう。

エピソード1 魔女とお金の錬金術

1

かつて、この世界では自分の力だけで魔法を使う男性を魔術師、他者の力を借りて魔法を扱う女性を魔女と呼んだ。

だけどこの世界の魔法は一度完璧に絶滅した。

それでも魔法の味を忘れられなかった人々は異世界の地球になくした叡智を求めて、結果、この世界で魔法を使えるのは最先端の魔女のホウキ・フォーミュラブルームを手にした女性だけになった。

これがこの世界の歴史であり、神話だ。

2

「ぶひー」

「あらあら。ご不満ですか矢頃(やごろ)さん？」

ムード満点の薄暗い料理店。同じテーブルの対面にいる銀髪褐色のお姉さんが頬に手を当ててにこにこしていた。いつも何かとお世話になっている古本屋の店主さんだ。

あと料理の話だが、この人は相手の好みを正確に把握・分析したいらしく、我慢して店主さんに合わせると逆にかわゆく怒り出す困った悪癖がある。なので合わない時は容赦なく合わないと言った方が逆に円滑に話は進むのだ。

ちなみにおっぱい大きくて丸いテーブルにちょっと載っかっちゃっているお姉さんを擬音で表現するとこんな感じだった。

どたゆばいんッたぷーん。

そんな爆乳エプロンお姉さんから久しぶりに、ご飯を食べに行きませんか？　なんてお誘いを受けたからお財布の中身を確認してのこのこ繁華街までやってきてみれば、さっきから草と植物と野菜しか食べてない。味付けも全体的に薄くて素材の魅力というか草の汁感がたっぷりであった。言っておくけどディナーだぞ？　こう、一七歳男子の胃袋は牛さん一〇〇％のハンバーグとかブタちゃんの分厚いステーキとかもっと全体的に分かりやすい塩と油のご馳走を追い求めているのに！　いいや野菜は何も悪くない、でもそいつはお肉の脇に添えてこそだろう？　ていうか草と植物と野菜だけ食べてその爆はどのようにして爆にまで育てたんだッ⁉

天罰かもしれない、と妙想矢頃は思った。

この人の正体、実はヴィオシアの友人メレーエ・スパラティブのお母さんらしいし。

テーブルの上、透明なグラスに入ったお洒落なキャンドルの光に淡く照らされたオトナな顔を見る限り、全部分かっていても『お姉さん』と口から出ちゃいそうなのだが。

と、同じテーブルからさらに別の声が飛んできた。

「何よ何よ、これでも一応星五つの評価がついた立派なレストランなのに。おい妙想、アナタみたいなお子様舌にゃ有機野菜だけを使ったゼータクな創作料理の味は分からぬかー？」

「……てかソルベディ、何でアンタここにいるし？」

「元々わらわが見つけたのよこの店。せっかくみんなに幸せお裾分けしてやろうというに」

見た目だけなら一二歳くらいの小さな少女はにひひと老獪に笑う。

ソルベディ・アイシング。

氷と冷気を支配する魔女にして、街中に氷売りを走らせて神殿学都で荒稼ぎしている街一番の豪商でもある。電気を使った冷蔵庫が発明されていないこっちの世界では無敵の存在であった。マレフィキウム関係者ではない『独学なる魔女』としてはおそらく最高峰で、文句なしの

『天井突破』の一角でもある。

　薄い青の髪を一本三つ編みにした氷と冷気を支配する魔女の服装は、青白いキャミソールっぽいミニワンピとヒールの超尖ったパンプス。魔女の帽子は頭の後ろに引っかけてあるが、鍔の部分は六つの突起が鋭く伸びていて雪の結晶っぽくなっている。全体的な雰囲気はブルーハワイ系のソーダフロートが近いか。とにかくあちこちキケンに透けていて夜の繁華街や不法占拠街などを歩かせるのはおっかない格好だ。……もちろんクール系最強魔女の返り討ちに遭って無謀な酔っ払い達に甚大な犠牲が出ないか心配、という意味で。

「一つのテーブルに本物の『天井突破』が二人も居合わせているとか世紀末かよ……」

「けっ。何ぞ言うておる、規格外レベルで言うたらアナタがダントツよ妙想」

　吐き捨てるように言って、氷と冷気を支配する魔女は嗤っていた。

　笑う、とは微妙に違うニュアンスで。

「？　なんかソルベディ荒んでね？」

「何でも、ここ最近できた大型の取引所が気に喰わないんですって。現代の錬金術というヤツですよ。神殿学部で荒稼ぎしている魔女って一人だけじゃないのねえ」

　あれだけ金貨銀貨を山ほどかき集めておいて今さら何に脅える必要があるんだか、と妙想は呆れてしまうが、まあ急浮上してきた成金相手にこういう大人気ない対抗心を剝き出しにするのもまた金持ち特有の鋭敏な嗅覚を日々磨く助けになっているのかもしれない。

もう一人の伝説、割と正体不明な雰囲気ゆるふわな店主さんは頬に片手を当てて、

「何にしても、矢頃さんにこのお店はまだちょっと早かったかしら？」

「……次はできれば肉と脂のパラダイスに誘ってもらえるとぶひひー」

「まあ。ダメですよ矢頃さん、空豆や死んだ動物なんて口に入れては魂の格が下がるもん」

詳しい経緯は知らんがどうも『天井突破』に片足突っ込んでいるっぽい年齢不詳な魔女さんは特殊な価値観をお持ちらしい。妙想的には高級肉や鮮魚ならともかくとして、草と植物と野菜だけなのにお財布からどんどんお金が消えていくのがどうしても納得できない。健康志向？ ブランド農産物？ セレブでオトナな世界は不可思議でいっぱいだ。

フォーミュラブルームを見るにこの人はオルフェウス系っていうよりディオニュソス系に近いんだから、むしろ夜な夜なお酒ガバガバ呑んでドンチャン騒ぎを起こしそうなものだが。

壁に立てかけてあるフォーミュラブルーム＝グリークテアトルが渋い男性の声で言った。

『……妙想矢頃様。本当に本気でご覧になりたいのですか、酒乱奥様の大騒ぎを？ アルコールに任せて半裸で燃え盛る戦場を走り目についた生き物は人間だろうが猛獣だろうが一つ残らず素手で八つに裂いて放り捨て嗤いながら過ぎ去るあんな血と赤の巫女の所業なんｚ

「ディオニュソスさん☆」

笑顔で封殺された。

どうも開けてはいけない蓋がまだまだたくさんあるらしい。

「でも何でまた急に外食のお誘いなんて……。別に自分で料理を作ってる訳でもねえこんなヤツの自慢話なんかにわざわざ付き合わなくたって、野菜料理に関しちゃ店主さんだってかなりのもんじゃね？　それとも舌を使って新しいレシピの分析とか？」

「地域還元ですよ」

「なるほど」

こんなヤツとは何ぞこんなヤツとはー！　と氷属性なのにすぐ沸騰するカチコチ魔女は放っておくとして。

流石に料理長クラスは任されていないだろうが、言われてみればキャンドルだらけで薄暗い店内のあちこちを音もなく移動しているウェイトレスや用心棒などは結構歳が若く、妙想よりも年下ばかりだ。おそらくアルバイトの女の子達なのだろう。

みんながみんな、製氷魔法で荒稼ぎできるほど商才を備えたお金持ちではない。

学業と就職のちょうど狭間にいる魔女術の浪人生だと特に立場は弱くなりがちだ。

銀髪褐色の店主さんは先ほどとは違ったニュアンスで頬に片手を当てて、

「……まあ私も受験に忙しい娘を抱えている身の上ですもん。どんな形であれ、お金に困っている浪人生の支援はできないかなーと」

何とも心が広い最強ママだった。

消えていくのはこちらの財布の中身で、次々やってくるのは草の汁の味がする料理ばっかりだが。できればお店のチョイスにもその優しさを割り振ってほしいものであった。

3

そんな訳で翌日。

妙想矢頃はハロウィンの仮装みたいに露出の多い格好をした魔女受験の浪人生達やボロ布を着た不法占拠街のガキどもをかわして早朝の神殿学都を歩く。階段が多くて何かと移動が大変な街なのに子供は朝から元気だ。

人気が多い場所だとついつい頭のてっぺんに手をやってしまうのがすっかりクセづいてしまった。別に指で触れたって髪がきちんと金色に染まっているかどうかは確かめられないのに。

(……人間の『黒髪』は最高の呪いの染料になる、か。ったく本物の魔法がある世界でも迷信ってのはなくならねえんだから面倒だぜ)

神殿学都にいるのは浪人生の少女達だけではない。予備校講師を中心に、魔女の卵達を相手にした商売人も数多く行き交っている。妙想矢頃だってその一人。朝から呼び込みをする露店の脇を通り、飛翔系のジムや訓練場などどこかのインストラクターのお姉さんらしき白の尖った帽子にウエディングドレスのショートケーキっぽい女性と道端ですれ違う。右側のスリットが凄まじく、白いガーターベルトまで見え隠れしているのはハロウィン仮装の世界ならではか。どこで教えているかは知らないが、たまに馴染みの古本屋にいるところを見かける人。グラマラスで肉感的なボディラインだから、多分『独学なる魔女』かなと妙想(みょうそう)はあたりをつけている。まあこれについては過去、店主さんで盛大に読みを外してはいるのだが。

家庭教師の少年はキャラウェイ・Cs予備校に到着。

構造棟のウィッチズポット実習室に入って担当の教え子ヴィオシアの隣にしれっと腰かけると、何やらギャル系講師シャンツェ・ドゥエリングが朝からやる気だった。

「三ヶ月!!」

盛り盛りの金髪に全身焼いた肌、黒い革のベストやタイトスカートなどでモンブランっぽくなっているシャンツェは集まった受講生達に向けて開口一番いきなりこう叫んだ。

「一浪の皆さんがチョーこの予備校にゼンゼン来てもう三ヶ月になります！　そろそろマジ実践館のウィッチズチムニー屋内演習場じゃなくて、表の大空をチョーばびゅーっと飛んでみたいはず。先生がガチ引率につくって条件でえ、都市上空リミットをマジ解除します!!　マジ実習の間だけではチョーありますが、今日からゼンゼンみーんな天高く舞い上がるぞお!!!!!!」

どおっ!!　と少女達の歓声が大きなガレージみたいな受講室を揺るがした。

義務教育の先生と予備校講師の違いはこんな所にも表れる。どこかエンターテイメント的というか、デキる講師は受講生達の心を掴(つか)む方法の研究には余念がないのだ。教え子の『欲』や『自尊心』をくすぐるやり方は、お堅い役人的な義務教育の先生には難しいだろう。

そんな訳でひとまずみんなでお隣にある実践館の屋上へ向かう事に。

シャンツェを先頭にしてぞろぞろ階段を上っていると、ヴィオシアが両手で摑んだフォーミュラブルーム＝ヴィッテンベルクをぶんぶん振り回していた。カンペキ浮かれている。

「始まったなの始まったなの。いよいよ空飛ぶ魔女の受験っぽくなってきたなのーっ！」

「……ふんっ。市街地上空を飛ぶなんて、ワタシ達にとっては別に初めてでもないでしょ？」

横から口を挟んだのはメレーエ・スパラティブ。

銀髪褐色の女の子だった。全国模試ではA判定の才女で、黒系の軍服と空賊を足して二で割ったようなミニスカ衣装のチョコパフェみたいな女の子だ。

長身のドロテアが体を縮めるようにして言う。

「でも、わざわざお外に出て空を飛ぶって事はあ、これまでの屋内演習場ではできなかった授業をするって話でもあるんでしょう？　い、一体何をやるのかしら、きゃあ」

「受験の役に立つなら何でも良いわ」

この辺はいつも通りか。極端に前のめりで貪欲なメレーエに、何でも消極的で慎重になりがちなドロテア。ここに（全く無駄に明るい）ムードメーカーのヴィオシアが加わると良いバランスになる。一応受験のライバルなんだから死ぬ気で競い合ってもらわないと困るのだが。

そしてやはり実践館の屋上まで上がると視界は一気に開ける。

風の塊が正面からぶつかってきた。

「わっ」

「ヴィオシアちゃんスカートっ」

後ろにいたドロテアがわたわたとヴィオシアのロングスカートを押さえている。

ここからでも真っ赤に塗られた巨大な天秤型のエレベーターがいくつも見て取れた。

大理石と黒曜石を組み合わせたチェス盤のような色彩。神殿学都は菱形の街だ。区画は逆ピラミッドの階段状に整備され、中央には巨大な円形の湖がある。そのさらに中心点、純白のダイヤモンドダストの向こうに影だけ見えるのが召喚禁域魔法学校マレフィキウムである。

「はい到着はい注意」

ドンッ、と逆さにしたフォーミュラブルームの柄で平べったい屋上の足元を叩き、ギャル系講師のシャンツェは仁王立ちで言った。見た目はメチャクチャにチャラいけど、人の命がかかわる場面ではきっちり先生の顔ができる女だ。

「マジ今日これから皆さんにゼンゼンやってもらうのは、『エルボー』という競技です」

「せんせー何それーなの？」

こういう時、バカは真っ直ぐ手を挙げて速攻で質問できるのが数少ない利点だ。

シャンツェはヴィオシアの方を見て頷くと、

「一定距離をゼンゼン最高速度まで加速してもらってから、固定のコーナーで一八〇度ターンを決めるパナい勝負ですっ☆　旋回半径をマジできるだけチョー小さくまとめられた方が勝ち。

つまり『速く飛んで鋭く曲がる』競技になります」

にゅるり、とシャンツェの肩から何か出てきた。

三〇センチくらいの細長いイカに見えるが、実際には彼女の家内の使い魔(ドメスティックファミリアー)だ。重力を感じさせない動きでふわりと浮かび上がると、それは街中上空、公園の上でぴたりと止まる。筒状のお腹(なか)？ の部分が内側から淡く発光した。光があるだけで遠くでも良く分かるものだ。

使い魔(ファミリアー)は基本的に作り物だ。まず完成形を思い浮かべながらジグソーパズルのように骨格を組み立てていき、そこに魔法で呼び出した人工の筋や脂を張りつけて形を整えていく。できた使い魔(ファミリアー)は所有者である魔女の命令に従い、建設や貨物運搬といった肉体労働、計算や書類の頭脳労働などなど様々な仕事を手伝ってくれる。

「マジあれが標的のブイになります。皆さんは五〇〇〇メートル加速をガチつけてもらってから空中固定ブイをチョーできるだけ鋭く曲がる。速度と、旋回半径の小ささ。この二つをゼンゼン加味してガチで得点をつけまーす」

簡単に言っているがこれだけ予備校がたくさんあると調整も大変だ。

頭上の大空には異世界の地球で言う爆撃機サイズの巨大なドラゴンやグリフォンが悠々と旋回しているが、アレはマレフィキウムで創った生命体が逃げ出しそのまま野生化した存在だ。今日び天然のクリーチャーなど珍しい。あの高度なら魔女達の実技に影響は出ないだろう。

「チョーではヴィオシアさん、パナいこの勝負でガチ一番大切なのは？」

「圧倒的な速度なの！　みーんな私の超加速で突き放しちゃうわ!!」

「馬鹿、それじゃ曲がり切れずにあらぬ方向へぶっ飛んでいくだけよ」

嘲りではなく呆れのニュアンスで鼻から息を吐いて、メレーエがそれだけ言った。

銀髪褐色の空賊少女はシャンツェの方に視線を投げ、

「義務教育とは違うんでしょ、方針決まった人からさっさと飛んでも？」

「チョーお好きなように☆」

パチン、とメレーエが指を鳴らすと天高くから落雷のように何かが落ちてきて、屋上に鋭く突き刺さった。フォーミュラブルーム＝マウントパルナソス。彼女のホウキだ。分厚い座席に左右の荷物入れ、Y字に大きく広がったハンドルなど、まるでアメリカ製の大型バイクっぽくゴテゴテにカスタムしてある。つまりそれだけ試行錯誤を繰り返し、すでに何度も大空を飛んでいる証拠でもあった。

「オルフェウス、話は聞いてた？」

『今日は君の独壇場でソロライブって事だろう。メレーエ』

メレーエはいちいち屋上の縁から飛んだりしない。その場でぶわりと上に飛ぶ。垂直離着陸、これもまたエリートの彼女にしかできない荒業だ。

「行くわよオルフェウスッ!!」

ツッッドン!!!!!!　と。

風を圧縮するような超加速だった。

しかもそこに留まらない。はるか遠くで淡く発光しているイカ型の使い魔（ファミリアー）までギリギリ肉薄すると、そこから時計回りで一気に鋭く曲がる。自分の速度に振り回されて外側へ大きく膨らんでしまうコースアウトなども起こさない。曲がった後は再び超加速へと即座に戻る。

（……加速、減速、また加速、か）

異世界の地球、『隊』で散々やらされた実機演習を思い出した。機体の取り回しの基本は加速して直進し急減速して旋回、だ。これで曲がる時に外へ大きく膨らむ事なく、ただ小さく旋回する事だけに集中できるようになる。……まあ実際のドッグファイトでは生物的なうねりを常に意識しないとあっという間に敵機に背後を取られてしまうので、そこまできっちり基本に従う機会はなさそうだが。

シャンツェが口笛まで吹いていた。

「ひゅうっ。ガチいきなり三メートル以内までゼンゼン旋回半径狭めてくる訳え？」

元々フォーミュラブルームは音速以上の速度を自転車級の取り回しで操る規格外の乗り物ではあるが、それにしたってメレーエの記録は大したものだ。

いきなり大失敗は後続をみんな萎縮させるだろうが、逆の大成功もまた然りだ。ただし、縮まって貴重な練習の機会を棒に振ってしまうようでは魔女の受験には勝てない。

そして当然、家庭教師の妙想矢頃（みょうそうやごろ）はヴィオシアを受験に勝たせるためのプロだ。

（……さて）

「ヴィオシア」

「うっうえ？　先生、今集中しているから話しかけないでなの！」

あれだけ圧倒的な模範解答を見せつけられた後に、すぐさま二番手で飛び立とうという気概はまだ残っているのか。そこだけは褒めてやっても良い。家庭教師としては教え子のやる気に具体的な勝算を授けるだけだ。

「膏薬（こうやく）のセットはまだだな？　ひとまずヒハツとアキウコンをベースにしたものはあるか」

「追加燃料系なの？　ホウキにぬりぬりするヤツ」

……ちなみに特殊な薬品を使って大空を飛ぶ、というのは実は魔女の世界に限った話でもない。例えば異世界の地球では集中力を保ち瞬発力を高めるため、軍用パイロットが出撃前に飲むよう発明された専用の超音速戦闘用向精神薬も存在する（一応、妙想（みょうそう）がお邪魔していた『隊』では開発自粛していたようだが）。当然ながら引退すれば出撃支給も断たれるので、こんなもんに頼りきりのパイロットは禁断症状まみれの悲惨な老後を送る羽目にはなるが。

それから、だ。

「ちょっと耳を貸せ。メレーエに勝つ方法を教えてやるし」

「？」

「つまり（　　　　　　　）だ」

（……ま、こんなもの？）

4

徹底的にカスタムしたホウキにまたがるメレーエ・スパラティブは余裕だった。

垂直離着陸ができる彼女の場合、空中でピタリと止まって一休みするのも難しくない。

予備校は義務教育とは違うのだ。同じ受講室にいる全員が均等の実力を持っている、なんて話はありえない。できる者は先に進み、できない者はただ取り残される。受験生の何たるかを見せつけた格好になった。

同じ予備校に通う少女達ですらライバルはライバル。

持っている実力は全部出して、さらに磨く。ここで馴れ合いをするつもりは一ミリもない。

「きゃあ」

メガネ巨乳の包帯ゾンビ少女、ドロテア・ロックプールなどは元々の性格も手伝って完全に固まってしまっている。

だけどそもそも受験は厳しい競争だ。

マレフィキウムに挑むとなったら、受験生の九九・九九九九％以上が当たり前に落ちると考えて良い。他人のやる事に振り回されて身動きが取れなくなるようでは勝ち目などない。

『残酷だなあ、メレーエよ』

「この程度の『壁』で諦められるなら、むしろ別の幸せが待っているんじゃない？」

やる気が残っているならかかってこい。

肩に触れるセミロングの銀髪を軽く片手で払った、その時だった。

キュパンッッッ!!!!!! と。

ヴィオシア・モデストラッキーがありえない速度と角度でイカ型ブイを旋回したのだ。

「はアッッッ!!!?!??」

模試A判定の才女から一発で余裕が吹っ飛んだ。

何だ、今のは？

旋回半径三メートルなんて次元じゃない。ていうか時計回りでもない。ほとんど透明なガラスチューブの中に鉄球を入れて往復させるような、無茶苦茶な曲がり方をしている。

今のは縦に回った、のか？

ギャル系講師のシャンツェが、匙(さじ)でも投げるような調子で呟(つぶや)いていた。

傍(かたわ)らの妙想矢頃(みょうそうやごろ)に向けて。

「……ねえアレ計測できんの？　ゼンゼン旋回半径何センチ？」

「ま、ひとまず一四〇センチ以下じゃね？」

くつくつと笑い、モンブランっぽいギャル系講師には見えない角度に顔を向けて小さく舌を出す家庭教師。

口の中で何か呟いているのが、唇の動きで分かる。

あのドスケベ家庭教師がまた場を引っ掻き回しやがった。

「(マニューバの一つ (スライスターン)。……機体をいったん一三五度までひねって、ほとんど逆さになってから一気に斜め下方向へ宙返りする挙動なんだけど。『隊』の知識もたまには役に立つもんだし)」

宇宙を目指していた彼には丸っきり意味のないテクニックではあったが。

そして当然、ただ減速して曲がるよりも特殊な操作を組み合わせ、重力加速まで組み込んだ専用のマニューバの方が鋭く曲がれるようにできている。確実な実績がなければこんな面倒な操縦方法が今日まで残っているはずもないのだ。

こっちに戻ってきたヴィオシア自身は呑気なものだった。彼女は空中では止まれないので実践館の周りをぐるっと大きく旋回しながら、

「はー、気持ち良いわっ。やっぱり開けた大空を飛ぶってのびのびしているなのー」

「きゃあ、ヴィオシアちゃーん」

「次はドロテアちゃんの番なの！　前後、左右、高低方向の三軸。どこをどうひねるかでゼン

ゼン世界が変わるなの、魔女の三相とはまた違う三つの数字が出てきたわ。これ、まだまだひねりの組み合わせ次第で色々できそうなの……。真っ直ぐ飛んで速度を落として、なんていうのは基本の一本道しかないの。そんなの工夫が足りてなくてつまんないわ‼」

「く、く……」

ぷるぷる震えて俯き、唇まで噛んでいる銀髪褐色少女がいた。

工夫が足りてなくてつまんない人だった。

相棒であるはずのオルフェウスまでどこか笑いを堪えているようであった。

顔を真っ赤にしたメレーエ・スパラティブが目尻に涙を浮かべて叫んだ。

「受けて立つ‼‼‼」

5

ドンッ‼

ィいイィイいい！

キュパァンッッッ‼‼‼と。

メレーエやヴィオシアに触発されたのか、次から次へと魔女の卵達が構造棟屋上の縁を蹴るようにして離陸し、五〇〇〇メートル先のイカ型ブイにぶっ飛んでいく。破裂音に笛の音、それら空気が急激に圧縮される独特の音響がいくつも重なり合った。あのドロテアまで前のめりになっていた。いちいち列に並んで待つのが耐えられないらしく、一つのブイに対して五人六人の魔女達が一斉に急角度で攻めるのも珍しくない。終われば直線の大通りに着陸し、自分で自分の行いを見直して、また新しい勝負に向かっていく。短いスパンで続々と。

　すると当然、こんな話になる。

　お昼休みの事であった。

「ぶえー……」

「ほらヴィオシア、サーモンとオニオンのサンドイッチだ。突っ伏してねえで早く食えし。せっかくアルバイトして月謝を払ってんだろ、午後帯潰しちまったらもったいなくね？」

　魔女の魔法では『魔力』なんて便利な力は使わない。人間にあるのは意志だけで、力は大きな世界から借りて扱うものでしかない。……とはいえ、それ以前に激しい運動を休みなく繰り返していたら人の体はどうなるかなんて言うに及ばずである。

（……うーん、ちょっと煽り過ぎたか？）

　どこもかしこも死屍累々。育ち盛りの少女達が学食にいるのに何も注文できずに潰れている光景はなかなか壮絶なものがある。妙想的にはライバル心という『欲』を利用してヴィオシアの勉強への意欲を刺激したかっただけなのだが、流石に少々罪悪感を覚えなくもない。

しかしお昼休みは有限だ。ご飯を食べないと午後の講義がしんどくなるのは誰でも一緒。

まだいくらか元気があるのか、疲労より空腹が勝ったらしい裸マントの吸血鬼少女やネコミミメイドが小声で何か言い合っていた。

「うげー……学食また値上げしているじゃん」

「まだ六月なのに、もうこれで何度目？　これじゃ勉強どころじゃなくなるわよ」

「一日だけならともかく、毎日積み重なるとどうなると思ってんの」

「どうしよう、今月から借り入れ増やそうかしら……？」

キーホルダーみたいな小さな人形を両手でそっと握り込み、ネコミミメイドが呟(つぶや)いていた。

ううー、とヴィオシアはテーブルに突っ伏したまま呻(うめ)く。

「値上げはすっごく困るわ……。このままじゃえげつない勉強漬けの日々にある小さな喜び、どでかハンバーグ定食(プレート)も厚切りチキンステーキ丼(ボウル)も食べられなくなっちゃうなのー」

「アンタはもうちょっと魔女のボディメイクを意識しろし。小柄で軽い方が有利なんだから」

割と仲良しのはずなのに、最近メレーエやドロテアが昼食を一緒に摂(と)らないのはこの辺りが原因か。哀(かな)しいが受験は他人との競争と自分との戦いの板挟みなのだ。友達の止まらない欲望に引きずられて得する事は何もない。ていうか魔女なんだから欲くらいコントロールしろ！

と、一階、学食の窓のすぐ外で何かごそごそ物音がした。

怪訝(けげん)に思った妙想(みょうそう)が窓を開けてみると、

「……レイノルド、アンタそこで何してるし？」

「うげっ、兄ちゃん⁉」

窓のすぐ下でビクッと震えたのは汚れたシャツを着た一〇歳くらいの男の子だ。妙想のアパートに隣接している不法占拠街の住人である。

その傍らにはやっぱり元の色が分からなくなるくらい汚れ、あちこちツギハギだらけのワンピースを着た女の子がいた。砂の上に落としたクレープというか、魔女に出会う前のシンデレラというか。短いスカートはほつれて裾が破けている所もあるが、それでも下にショートパンツを穿いて使い回しているらしい。ウェーブの金髪を後ろで束ねたその頭に載っている尖った帽子や夏物の薄いマントを見るとちょっと魔女っぽい。きちんとお風呂に入れたらお人形さんみたいに可憐な素顔になりそうなものだが。

無料のチラシに紐を通して束ねたのか、自作のノートを両手で抱えた女の子は涙目だ。

「ば、ば、バレちゃいましたよう」

「うっせーロズリニカ。兄ちゃんなら大丈夫、俺達の仲間だ！」

知らない間に勝手に一味に引き入れられてしまったようだが、さて結局このガキどもはこんな予備校まわりでナニ遊んでいるんだろう？

と、ヴィオシアが驚いた声を出していた。

「あれー？　ロズリニカちゃんなの」

「あっ、お、お姉ちゃんですう」

「知り合いなのかヴィオシア？」

「へへー。林間学校行くためにはとにかくお金が必要だから、その関係でなの」

「？」

日雇いのバイトや道端のお手伝い(サブクエスト)でも増やそうとしているんだろうか？　街の人々どころか客待ちしている馬車の馬とでも秒で仲良くなれるヴィオシアの交友関係は微妙に謎だ。

唇(くちびる)を尖(とが)らせたレイノルドが観念したように言った。

「……ロズリニカは将来マレフィキウムに行くんだ」

「わっ、そんなのまだ決まっていませんよう！」

「絶対だって‼　ほんとにロズリニカは頭が良(い)いんだぜ、不法占拠街から初めてマレフィキウム合格者が出るかもしれないって大人達も自慢しているくらいなんだから！」

「なるほどなあ……」

本来なら義務教育を卒業してから召喚禁域魔法学校(しょうかんきんいきまほうがっこう)への受験に挑む手順になっているのだが、必要な知識さえあれば義務なんぞ飛ばしても構わない。杓子定規(しゃくしじょうぎ)のくだらん卒業証書よりも確実な人材確保を、がマレフィキウム側の方針ではある。……そうじゃないと、ある日突然この世界にやってきた素性不明な妙想(みょうそう)自身、入学できるはずもなかった訳だし。

「……でも俺達にはロズリニカをきちんとした塾や予備校に通わせるだけの金がねーだろ？

不法占拠街に住んでるってだけで普通のバイトもお断りコースだしよ。だからこうして、窓の外にいればくしゃくしゃに丸めた小テストとか降ってこないかなって。ちょっとした問題文だってその辺に落ちてんのたくさん集めて並べ直せば参考書や問題集の代わりになるじゃん」

キッ、と金髪の家庭教師が睨むと正面のヴィオシアがあらぬ方向を見て口笛を吹いていた。汗だらだらで。

……こいつ人が寝る間も惜しんで努力して作った問題文に何してくれた？　正解はもちろん間違っていたって十分以上の意味がある。小テストはやったら終わりではなく、自分の中の得意と不得意を明確に可視化して次のハードルを定め復習に励むための指標だというのにッ‼

「ひとまず今ある昼飯から甘い物は全部没収だし」

「先生待ってお願いそれなら計算尺で一発叩かれた方がまだ救いがあるなのッ‼‼‼」

あわわわわ、と叱られていないロズリニカが狼狽えていた。

しかしまあ、基本無料枠を見つけてしがみつきまくるのも、不法占拠街流の生きる術か。レイノルド達の行いはサラリー重視のギャル系講師シャンツェ辺りなら頭を抱えそうな話だが、部外者であり家庭教師の妙想には特にマイナスにならない。何より、自分から勉強したがる人を叱る気は起きないし。

「ただ、兄ちゃんのおかげで何とかなりそうではあるんだぜ？」

くすぐったそうに笑ってレイノルドは言ってきた。

「なんせ、食べて使うだけで何も生み出せない街の厄介者だった俺達に薪を売る方法を教えてくれたからな！　へっへー。だから少しずつでもみんなで貯金箱に入れて蓄えているんだ。いつかは不法占拠街にいる俺達だって自分で稼いだお金で、ロズリニカに受験させてやるだけの支えにだってなれるんだ‼」

自分は得をしないのにレイノルドは嬉しそうだった。

経済活動に参加する事で街の一員となり、人を養う側に立てるからか。

「でもロズリニカは勉強してれば良いのに、ちょっと目を離すと仕事に出かけちまうんだ」

「わ、私だけ楽はしていられませんもん……。それに、街中で薪を売りながらでもお勉強ノートはめくれるんですう」

ここまで来ると元祖歩きスマホこと二宮金次郎並みのモチベーションだ。齧りついてでも知識を吸収しようというこの姿勢、どこかの馬鹿にもマジで見習ってほしいものであった。

家庭教師の少年は軽く息を吐いて、

「それじゃヴィオシア。腕試しも兼ねてロズリニカ？　と早押し問題だ」

「えっ？　何がどう『それじゃ』に繋がるのか先生ちょっと説明を……」

「問題。ATU0333は？」

「この先生は全く話を聞いてくれないなの⁉　えっと、0333、うーん……魔法昔話の中でも三〇〇番台は『超自然の敵』の話をまとめてあるから

「えと、赤ずきんですう」

幼女の口からスパッと先に言われてヴィオシアが石化した。

妙想矢頃は片目を瞑って、

「ならそこからの、狼側の記号に込められた魔法的教訓」

「ちょ、待っ今度こそ私が答え

「獲物が術中にある時はどんな大胆な嘘でも通る。だけど猟師に嘘を暴かれればお腹を裂かれて、すでに獲得して食べた人達すら無傷で取り返される。ですう」

「はい正解。悪い事して稼いだ財産は手元に残らねえって訳だし、偉いぞーロズニリカ」

あうー……とヴィオシアが涙目で呻いていた。

ロズリニカ、まだ小さいのにどうやら一年全部受験勉強にあてがう浪人生よりもきちんと知識を身につけているらしい。それからポンコツについては後で物理的に反省だ覚えていろ。

妙想が窓越しにいくつかサンドイッチをお裾分けすると、汚れたシャツを着たレイノルドは楽しげに笑って、

「へへー。ま、レーヨン先生もたまに魔女の魔法を教えてくれるからな」

「？」

知らない名前が出てきた。

「でも魔女のお姉さんは他にお仕事あるみたいですから。いつも数字と格闘していて忙しそう

ですし、あんまりお邪魔はできないんですぅ」

「お上品な魔女なんだぜ。こほんっ、『お金のあるなしで受験の道が閉じてしまうなんてそんなのおかしいわ。あなた達ももしそんな事があるなら、遠慮なく私の所に相談しなさい？』」

「ぜっ、全然似てません。レーヨン先生はもっと丁寧で優しいしゃべり方をするんですぅ！」

どうやら日中、街でガキどもの面倒を見ているのは妙想だけではなさそうだ。この調子だと警戒心の強い不法占拠街の子供達から好かれているらしい。数字と格闘している、というのは会計処理でもしてるのだろうか？　薬の調合や暗号文の作成などで細かい計算に慣れ親しむ関係で、魔女は帳簿関係の仕事を任される事もある。普通の人には魔法と大差ないらしい。

「だから言ったろ頭が良いって！　ロズリニカなら本当にマレフィキウムに入れるかもしれねーんだ。俺達だけが言ってるんじゃねーぜ、大人達だってそう認めてる。不法占拠街から初めてマレフィキウム合格者が出るかもしれないって！」

「で、でも、私達にはお金がないですよう？」

「心配すんなって！　薪を売ったりゴミを拾ったり、コツコツお金を貯めてんだ。みんなで一つの貯金箱に入れてな。実際に受験に挑むのは一五歳だから、まだ五年もあんだろ？　ロズリニカ、おめーは心配しないで一流の魔女になる事だけ考えてりゃ良いんだよ、あっはっは!!」

ロズリニカはもじもじしたまま、それ以上は何も言えないようだった。

不法占拠街から初となるかもしれない、マレフィキウム合格者。

もしそんな事が本当に実現すれば、絵本に描かれるシンデレラストーリーにはなるだろう。

6

夕暮れだった。

妙想矢頃(みょうそうやごろ)はヴィオシア、メレーエ、ドロテアの三人が学食の片隅に集まって何かしているのを発見した。チケットで時間を借りる講義室や自習室と違って、こういうちょっとした隙間の場所で細々(こまごま)と勉強している受講生も少なくないのだ。

「……今日の占いの授業、一体どこでミスしたのかしら？　まずいわ、このままじゃ先生のインボーで林間学校に行けなくなっちゃうなの！」

「家庭教師の先生さんって何かしていたっけ？　きゃあ、て、手応えがないならとにかく手を動かして何度でも試すしかないよう。こういうのは苦手意識になる前に早い内に潰しておかないと」

「それじゃ何を占おうかなーなの。よーし金運っ。トランプ様、トランプ様。どうしても積み立て金を満たして林間学校行きたいんですけど、良い金策は思いつきますかなの……」

「ほらほらヴィオシアちゃん。トランプで占いって具体的に方式はどうするの、きゃあ？」

あらぬ方向へ全力で突っ走るお馬鹿なライバルなんぞ放っておく選択肢もあったのに、ドロテアの変な面倒見の良さが出ていた。やっぱりこの辺は大家族の長女なのかも。

「黒いカードならイエス、赤いカードならノーなの。そりゃっ!!」

ハートの八だった。

がっつり赤で答えはノー。

「がーん!!　り、林間学校行けない、なの!!!???」

「……赤点がやる占いの精度なんか推して知るべしなんだから、あんまり気にする必要はないんじゃない？」

メレーエが目を逸らしたまま、フォローだか悪口だかな事をため息混じりに呟いていた。

「そもそも、一口にトランプ占いって言っても根っこの理屈は色々あるでしょ。タロットの小アルカナに対応させるにせよ、一三週×四種とジョーカーを合わせて三六五日のカレンダーに対応させるにせよ。ロジックの基盤を自分で設定しないと占いようがないわ」

「（……◎プラス一点。手足の関節を鳴らし質問者の出題に合わせて自由にラップ音やポルターガイストを演出する自覚的なインチキ降霊術も問題だけど、自分自身を占うのは自意識の暴走やトランスを誘発するから要注意だし。必ず複数人で互いを監視しながら行う事、と）」

遠目に見ていてもついつい口の中で呟いてしまう家庭教師。

予備校は昼帯と夜帯があるので、夕方の今のタイミングも学食には浪人生の少女達が結構いる。単に食事時だから、というだけではないだろう。実際、受験生の経済状況は人によって十人十色なので、街中で外食する余裕がない子だって珍しくないのだ。

（……正直、本の値段が高いってのも問題なんじゃね？　リトグラフも写真見本を作るための使い捨てって感じだし、優れた印刷技術が確立した世界じゃねえから手書きの分だけコストがかかるのは仕方がねえにせよ……）

ちなみにこちらの世界には何度でも皮をめくれるよう品種改良された山羊スケッチゴートがいるため、羊皮紙の値段自体はさほど高くない。道端でチラシを配れるのもそのおかげだ。

「ぎええ。学食が値上がりしたってウワサはほんとだったのかよう」

「購買で一番安いコッペパン買って、学食でサイドのオニオンスープだけ頼むのがコスパ最強説ってほんとですの？　スープを吸わせてパンを膨らませるとかいうヤツ」

飾り物の翼や尻尾をつけたサキュバス少女や白っぽい肩出し花魁着物を着た雪女の涙ぐましい努力を目にしつつ、妙想は一人学食から離れていく。特に、一人暮らしで挑む浪人生の戦いは勉強だけとは限らない。

（実は最もお安いのは屋台にある売れ残りの惣菜なんだけどなー）

教え子が自分でやる気を出している時は下手に家庭教師が口を挟むとブレーキになってしまう事もある。今は好きにやらせておいて、ヴィオシアが自分で自分のつまずきポイントを削り出してからが自分の仕事だな、と妙想は判断した。

今日は階段の街を一人で歩く。

夕暮れの神殿学都では革のメガホンを手にした二足歩行のカンガルー使い魔が大声で呼びか

けながらお腹の袋に手（？）を入れ、道行く人達へ羊皮紙のチラシを配っていた。

女性っぽい声を合成している。

『受験生の頼れる味方、スパニッシュフライ免罪金庫。学業生活その他諸々お金に困ったら各種ローンのご相談承ります、皆様どうぞお気軽にスパニッシュフライ免罪金庫へ！　取引所はレーヨン・リゾニフィミル算術会計魔女がまとめております』

時々ちょろちょろやってくる不法占拠街のガキどもがチラシをもらっているのは学生ローンに興味があるのではなく、チラシの裏を集めて紐を通し、ラクガキ帳を作りたいだけだろう。切ない。小さな魔女見習いロズリニカが両手で抱えていたノートもそんな感じだった。チラシ配りの単純命令を淡々と実行する使い魔側にターゲット層を特定する能力はなさそうだし。

と、

「わっわっ、っとと、ひゃあ⁉」

「？」

作り物の使い魔と一緒になってチラシを配っていた魔女のお姉さんが派手に転んでいた。長身でショートヘアを緑に染めた年上の女性。なのにどこか雰囲気がヴィオシアに似ている。

（……つまりすーぱードジっぽい）

「あうー」

前に突っ伏し、チラシの束をそのまんま道路にばら撒いてしまっている。

単純作業しかできないカンガルー型の使い魔（ファミリアー）よりもドジっぷりを発揮しているお姉さんだ。ドジという大きな枠の中でもおっぱい大きなおっとりドジである。

不法占拠街の子供達が集まってきた。

「チラシだー」

「やった、おれのラクガキ帳っ！」

「レーヨンお姉ちゃん、チラシ全部もらうから今日の仕事はおしまい。一緒に遊ぼう？」

まってえー、お願いチラシは一人に一枚で配らせてええー、と涙目でお姉さんは訴えているが、ぐいぐい腕や服を引っ張る子供達は割と容赦なしだ。

レーヨン先生。

レイノルドやロズリニカの話を思い出した。となると、暇を見つけては路地裏の子供達に魔女の魔法を教えているというのもあの人か。

妙想（みょうそう）は神殿学都（しんでんがくと）上層にある自宅のアパート、ではなく、その脇から狭い道に入る。

そっちは不法占拠街だ。

街の再開発に失敗したまま長く放置され、無許可の危うい増改築がひたすら繰り返された上、先に作るだけ作った花壇や街路樹から緑の侵蝕（しんしょく）を強く受けている特殊な街並み。いるのは家賃も土地の権利も縁がない、文字通り『完成前の建物や区画を丸ごと不法に乗っ取った』危険な武器持ち住人ばかり。真っ当に生きる受験生なら近づこうとすらしない場所である。

「先生」

古い石壁に細長い金属棒を擦りつけて刃物として研いでいる中年のおっさんが話しかけてきた。スキンヘッドに眼帯、古傷だらけの筋肉質。普通の人だったらビクついて逃げ出してもおかしくない山賊ライクな風貌だが、妙想にとってはご近所の知り合いでしかない。

「また見に来たのかい？　例のアレ」

「はは」

「別に無理して笑う事はねえさ。あの中に何が入っているかなんて知らねえが、誰だって理屈だけじゃ割り切れねえもん引きずって生きている。不法占拠街に流れ着いたヤツなんてそういうのの集まりだ。ここは秘密と未練の集積所なんだから」

かもしれない。

ご近所とはいえ、妙想矢頃がこの不法占拠街に居心地の良さを覚えてたびたび足を運んでいるのは、相性の話だってあるのかも。

「レイノルドに会ったよ。あとロズリニカとかいうのも」

「頭の良いお嬢ちゃんだったろ？　チェスでもリバーシでも、俺達大人が束になったって誰も勝てねえんだ。どこから流れてきたガキかは知らねえが、ありゃ先生と同じ匂いのする人間だな。インテリってヤツだ」

……するとレイノルドとは違って、不法占拠街の中で生まれた訳ではないのか。ちょっと気になる情報だが、まあ今ここで深掘りする話でもないだろう。

「マレフィキウムを目指しているって？」

「ま、頭使って勉強している間は変な道に転落しねえだろ。そういう踏み外し防止の目印としてなら、夢を見るのも悪かねえんじゃねえか？」

建前と言っている割に、中年のおっさんはまんざらでもなさそうだ。まるで自分の話のように。現実にみんなで小銭を出し合って積み立てているのだ。人々から半ば忘れられつつある不法占拠街の中から初めての難関エリート合格者が出たら、まあ確かに気分は良いだろう。

チェスやリバーシといったボードゲーム自体、荒んだ不法占拠街には本来似合わない代物だ。賭け事なら殴り合うなりダーツを投げるなり色々あるし。街のみんなが一方的にロズリニカを応援しているだけでなく、住人達の方にも少しずつ変化が生まれつつある。

「……なあ先生。ロズリニカみたいな子でも、てっぺんのマレフィキウムに入れんのかな？」

「必要な努力をすれば、誰だって」

挨拶だけして別れると、妙想はさらに奥へ向かう。

開けた場所。巨大な樹の根元だった。

緑色の苔で半ば一体化し埋もれているのは、半分崩れた石の建物ばっかりの不法占拠街では珍しい代物だった。

金属製のコンテナだ。

警棒と同じく、わざわざ馴染みの鍛冶屋に頼んで作ってもらった特大の箱。

こちらも錆びの侵蝕を受けているものの、太い鎖に繋いだ錠前は強くその威力を発揮している。鍵をかけた妙想矢頃自身、この錠を再び開ける日がやってくるかは断言できないが。

墜落機を封じる必要があった。

剣と魔法がものを言う世界に、文明的な『汚染』をもたらす訳にはいかないから。

不法占拠街は都合が良かった。一般市民はもちろん、マレフィキウム関係者であってもこんな危険な深層まで足を踏み入れる機会は相当稀だからだ。

そこまで考えて。

妙想矢頃は首を横に振る。

（……言い訳だ）

緑に埋もれたコンテナ表面に額を当てて、体重を預け、今度は背中から寄りかかる。

そのままずるずると地面に腰を下ろしてしまう。

（本当に本気で『汚染』が怖いなら、封印なんて半端じゃなくて全部破壊してこの世界から抹消した方が安全だし。結局オレは、今でもこいつと完全には決別できねえだけじゃね？）

座り込んだまま、妙想矢頃は頭上を見上げた。

燃え上がるような夕暮れの空がどこまでも広がっていた。

異世界の地球に未練がある訳ではない。

そう信じたい。

「……なあ……」

だけど。

そういう複雑で壮大な話とは裏腹に、妙想矢頃(みょうそうやごろ)の脳裏にはもっとシンプルな言葉があった。

魔女の魔法を極め尽くした家庭教師でも、どうしてもできない事もある。

つまりはこうだった。

「もう一度、あの大空を思う存分踊るように飛んでみたいなあ」

7

生活に不便な神殿学都(しんでんがくと)外周、階段の街の上層エリアにはそれはそれで色々な施設が集まる。

治安の悪い不法占拠街。

街の外と繋(つな)がる門や衛兵詰め所。

門の近くに付随する商人達の交易所や取引所。

そうした四角い大きな取引所の正面、ボロ布を着た小さな子供達がチョークで路面にでっかく落書きしたりボールを投げたりと遊び場にしている大きな道路だった。

「ひい、ひい。すみませんロズリニカちゃん、ちょっと遅れちゃいました」

「レーヨン先生！」

小さなロズリニカが珍しくパッと顔を明るくした。いつも誰にでも向ける脅えはない。両手を広げてレーヨン・リゾニフィミルの腰に引っついていく。

厳密に言えば、レーヨンは予備校講師でも家庭教師でもない。

仕事ではないのだ。それでも幼いロズリニカのために時間を割いてくれる。

「今日も魔女の魔法を教えましょうね」

「うん、うん！」

「いつもの道具は持ってきている？」

はい、とロズリニカが両手で前に差し出したのは、丸めた寝袋だった。収納袋のてっぺんに耳が二つあるので犬のマスコットっぽく見えなくもない。

「いつも持っているもの、それも自分の生活を預けてこれナシでは暮らしていけないような道具が望ましい。先生の言葉をきちんと覚えてくれていましたね、ロズリニカちゃん」

「はいっ‼」

「それじゃあ前回の復習から。両手でぎゅっと寝袋を抱き締めたら、何を込めるのかな？」

「ふふんっ、意志ですう！」

頭を撫でられると嬉しそうに笑って、ロズリニカは枕を抱くようにしながら両目を瞑った。

精神集中する。

「……お願い、私に力を貸してですう」

「まだ」

「っ」

「そのまま慎重に。静かに、強く。意志の力を寝袋の奥の奥、芯まで染み渡らせるのですよ」

一〇秒。

三〇秒。

それでも一分はなかったと思う。

「はいどうぞ」

魔女レーヨンに促され、恐る恐るロズリニカはまぶたを開けていく。寝袋を抱き締める両手を緩めていく。

もそり、と。

ただの道具であるはずの寝袋が、身じろぎした。明らかに内側から。

「わっわっ!!」

「今はまだこれくらいですが」

魔女のお姉さんはロズリニカの頭を撫でた。

「己の欲をコントロールし、意志の力を物品へ適切に通す事ができれば、その子はあなたのために働いてくれます。これが魔女の魔法。特別高価な骨董品や魔導書なんていりません。魔法は身近にあるものだけでできる、誰でも利用できる万人を幸せにする仕組みなんですから」

今日はここまで、とレーヨンは言った。

「ロズリニカちゃん。集中人形は？」

「も、持っていますぅ」

「じゃあ新しいのに交換しましょうね。これは集中力を底上げして『勉強に恋する状況』を作り出す魔女術呪器。魔女の受験はこうした心の調整からすでに勝負が始まっているのです」

「でも先生、いつもこんなのもらっちゃって大丈夫なんですかあ？」

「お金の大小で人生の道が途切れるなんて絶対におかしいわ。私は一人の魔女として、世の間違いを正せればそれで十分です」

「……、」

8

少年は真っ暗になるまでコンテナの扉に背を預け、届かない空を見上げていた。

みっともないところは誰にも見せられない。ヴィオシアもすでに予備校から下宿先へ帰っているだろう。妙想としても、アパートに戻って明日の小テストでも作った方が良い。

結構無理に目的を設定している自覚はあった。

それでも体をコンテナから引き剝がすようにして立ち上がり、もう一度だけ苔が張りつく金属の扉を掌で撫でて、そして今度こそ静かに去る。

巨大なカボチャ街灯もない、複雑に入り組んだ不法占拠街を歩いている時だった。

「呑気なもんね」

呆れたような声があった。

赤いウェイトレス服を着た不良少女だった。雰囲気的にはマカロンっぽいのだが、毒々しい水玉模様や斜めにかけた黄色と黒のたすきのせいで、頭に毒入りの冠がつきそうだ。

アーバミニ。

劣悪不良予備校として名高い（？）サッサフラス・Ｃｆａ予備校に三人いるエース級の一人だ。かつて一度、教え子のヴィオシアと派手に激突した間柄でもある。

（……フォーミュラブルーム＝グラミス。『マクベスを惑わす魔女達』の使い手ねえ？）

世界的劇作家シェイクスピアの名作『マクベス』だが、今あるバージョンは別の作家が魔女の描写を後から勝手に上書きした疑惑がある。あまりの有名作なので、意図せず魔女狩りにおける『悪い魔女』のイメージ固着を全世界レベルで手伝ってしまった事を踏まえると、第三者の手による上書き説がもし本当に事実ならたとえ一部であってもこれは背筋にぞわっとくる話だ。そんなのをわざわざパートナーに選ぶ辺り、つくづく屈折した不良少女であった。

（にしても）

妙想はむしろ感心していた。これでも一般には不法占拠街は神殿学都の警邏も立ち寄らない、『負の治外法権』とまで呼ばれる超危険エリア、と一方的にみなされている。

だというのに、

「アンタ……。閉鎖的な不法占拠街の潜り方まで熟知していたのかよ？」

「この状況で護衛もつけずに表をうろついているだなんて呑気なもんだわ。それとも、よっぽど自分の実力に自信がおありなのかしら、家庭教師さん？」

おっかない猛獣であるのは事実だが、彼女の視点じゃないと見えてこないものもある。神殿学都は浪人生の街だが、水面下では彼らを狙った犯罪が蠢いている事実は、アーバミニの存在そのものが証明している。事前に兆候を摑んで先手を打てるかどうかはかなり大きいので、是非ともアーバミニの嗅覚は借りておきたいところだ。

それに。

ヴィオシアと正しく切磋琢磨してくれる（かもしれない）強大なライバルという意味でも、アーバミニ達の存在はやはり得難い。

「神殿学都でまた何かきな臭い動きがあるって？」

「気づいてないの？」

鼻で笑うような一言だった。

それでも噛みつかずにまともな会話ができているだけでも十分に前進か。忘れてはならないのが、そもそもアーバミニ側から妙想に声をかけて、嘲りながらも誰も頼んでもいないのに犯罪リスクについて情報をくれた点である。

「ワルいツンデレの塊か」

「全体的にイラつくわ……。世界はどこを見てもイライラだらけ、特にアンタは一等ひどい。そんなに最強気取ってんならリベンジ戦いつ挑んでも構わないわよね？　いっそ高威力の攻撃魔法よりも、目には見えない呪いの方を勉強して試してみたいっつってんのよこれマジで」

「……不良少女にもそんな風になるまで色々あったのは分かるけど、殺伐とした魔法ばっかり極めようとすんなよ。**×引っかけ問題注意、『鞘から抜けば自動的に飛翔して敵を斬り殺し、再び手元に戻る』ケルトの魔剣フラガラッハじゃねえんだから……×**」

ぱちぱち、とアーバミニは何故か大きく瞬きした。二回も。

それから何やら感心したように不良少女が呟く。

「流石は一流家庭教師。おいしいインスピレーションを与えてくれるものだわ」

「……おい？　ちょっとやめろよほんとにフラガラッハ系のリベンジ魔法をとことん尖らせてモノにしようなんて物騒な考え!!」

「そしたらまた私を倒さなくちゃならなくなるからって？　一回勝ったくらいで私の全てを知ったみたいな顔してるけどさ、あんまりデカい口利かないでよね。アンタ程度の家庭教師、即死させるのなんか秒もありゃ十分よ」

「あん？」

怪訝な顔をする妙想矢頃の前で不良少女アーバミニが動いた。

彼女は気だるげなまま、ただでさえ短いスカートを両手の指先で摘まんでそっと上げると、

「はいセクハラ既成事実かくてー」

「やめろしそういう自爆攻撃は!!!???」

9

まだじゃない、とっくの昔に起きている。

爆弾入りのプレゼントをもらった気分だったが、まあアーバミニから忠告があったのだ。一応心に留めておこう。

妙想がそう思って、今度こそ不法占拠街の出口を目指した時だった。

必要以上に増改築を繰り返して複雑に入り組んだ不法占拠街の中で、頭の上に何か落ちてき

た。チラシの裏を束にして紐を通したノートだ。

「おっと」

「わっ」

見上げると、背の低い建物と建物の間にハシゴよりはマシ程度の細長い鉄板の橋があった。そっちにいるのは魔女に会う前のシンデレラみたいなみすぼらしいワンピースとショートパンツの組み合わせ、それから頭には魔女の帽子と夏物の薄いマント。下から見上げる格好になった家庭教師の視線に気づいたのか、今はボロボロにほつれた短いスカートの端をちょっと片手で押さえている。そろそろ意識し始めるお年頃らしい。

小さな魔女見習いのロズリニカだった。

「ほらロズリニカ。大事な受験勉強のノートだろ？」

「うん……」

よっと、と鉄板の橋からこっちの地べたに飛び降りてくるロズリニカ。

ロズリニカの衣服は傷んでいるけどどこか魔女っぽく、もっと言えば女の子っぽい。おそらく不法占拠街のみんなが拾ってきた布を張り合わせて修繕していったものだろう。

この子は成長期だし、不法占拠街には物資が少ない。普通なら男でも女でも着こなせるズボンの方が不法占拠街ではお古やお下がりに流用しやすくて便利なはずなのに、敢えてスカートを作ってあげているのだ。

それだけ不法占拠街全体の期待を背負っている、という事か。

ただ、小さな手でボロボロのノートを受け取った魔女見習いはゆっくり立ち話といった雰囲気ではなかった。どこかそわそわしている。薪を売ったりゴミを拾ったり、不法占拠街の人達は小銭を稼ぐために実はあちこちで働いているので、そういう関係かもしれない。

「悪い。仕事は早い者勝ち系か？」

「ええっと。それもありますけど、早く仕事を取らないと、他のみんなが私の分まで働こうとするんですぅ。私だけ休ませようとするんですから」

……レイノルドのヤツ、ちょっと見ない内に漢を上げているようだ。

もっともこれはガキ大将一人の話じゃなくて、不法占拠街全体がロズリニカを応援しているんだろうけど。何となく、昔ながらの職人達が結集して最先端の月面探査車を作ったプロジェクトを思い出す妙想。異世界の地球でもこういう成功談はチラホラあった。

「素直に甘えちまっても良いんじゃねえの？　そっちの方がレイノルド達も喜ぶと思うぜ」

「で、でも、マレフィキウムって本当に難しい学校なんでしょう？　私なんかが合格できるなんて誰も言っていないのに、お金の工面までしてもらったら申し訳ないっていうか……」

「結果どうこうで恨むようなヤツらじゃねえよ、あいつらは」

「ううん。や、やっぱりこういうのはきちんとしないとダメなんですぅ!!」

チラシの裏で作ったノートを抱えて走り去るロズリニカの背中を見送る。

妙想矢頃は口の中で小さく呟く。

そういえば、魔女を目指すと言う割に何か足りないものがあったような。

「……ふむ」

10

ボロボロのワンピースと魔女の帽子を身に着けた小さな少女、ロズリニカは『陽光縛札』を詰め込んだ大きなカボチャ街灯に照らされた夜の神殿学都を走っていた。

薪を売るのでもゴミ拾いをするのでもない。

彼女は一人、赤区のA丁目にある大きな四角いビルディングに向かっていた。

「ロズリニカちゃーん」

「っ」

びくついて振り返ると、見知った顔があった。魔女の予備校に通うヴィオシアだった。

道端で臨時のお仕事を探すお手伝い仲間、ではなく、

「ロズリニカちゃんの言っていた通りだったわ！　スパニッシュフライ免罪金庫すごいすごすぎるわ、先に保証金を差し出すだけで一〇倍もお金を借りられるだなんて。まるで錬金術なの、どうにかこれでみんなと一緒に林間学校に行けそうなのー」

「わわっ、お姉ちゃんこっちですう!!」

「?」

い、い、い、こうなるとヴィオシアにとっても無関係ではない。思わず手を引っ張って一緒に行動してしまうロズリニカ。

小さなロズリニカが紹介した。

レーヨン先生なら安心して全部任せられると信じていたから。

スパニッシュフライ免罪金庫。

学生向けの受験対策ローンを組んでくれる取引所だった。神殿学都(しんでんがくと)では上層の方が治安は悪いが、外部との玄関口であるため商人が拠点を構える事もある。実はその物騒さは夜の港に通じるものがあり、街の危険エリアである不法占拠街とも地理的にはかなり近い。

すでに取引時間は過ぎていて、たくさんある窓には明かりらしきものはない。

一〇歳の女の子には接点がなさそうに思えるかもしれないが、そうでもない。不法占拠街の子供達は路上でチラシを集めて紐(ひも)を通して束ねる事で、ノートやラクガキ帳を作っているのだから。なのでそういう勧誘広告を目にする機会がゼロとは言えない。

ヴィオシアはきょとんとしたまま、

「どこに行くなの?」

「間違いであってくれたら、良(い)いんですけどお……」

立派な四角いビルディングにそっと入る。いいや、忍び込む。

不法占拠街に相応しい、こんな後ろめたい技術がなければ何も起きないかもしれないのに。

取引所の所長はレーヨン・リゾニフィミル算術会計魔女。

優しくて奇麗なオトナの女性だという印象だった。美しい魔女。学生向け受験対策ローンを組んで適切に管理するのが彼女の仕事のはずなのに、たびたびロズリニカの面倒を見てくれた記憶がある。


『大丈夫です、私達スパニッシュフライはあらゆる受験生を金銭面から支える取引所。不法占拠街の住人だからという理由で突っぱねたりはしません。むしろあなた達のような人こそ我々は率先して支えるべき。あなたの支払い能力はこちらで計算するから、何も心配しないでね』


レーヨンは優れた魔女でもあった。

困っている人がいればその悩みを見抜いて適切に取り除くために調合や合成をしてくれる。ロズリニカにはお金を払えないのに、そんなのお構いなしだった。これでどうやってお金を稼いでいるのか逆に不思議なくらいの身近な相談者だ。

『はい、これはお守り。名付けて「集中人形」☆ 集中力を上げ擬似的に「勉強に恋する状況」を作る魔女術呪器よ。魔女達はこうやって体調や精神面までチューニングして受験勉強に挑むの。金銭的に辛いからっていうだけで恩恵を得られないのはフェアじゃありません』

不法占拠街の住人としてはもらい過ぎると怖いくらいだったのだが、そんな風にガチガチ硬直するロズリニカにいつでもにこやかに笑いかけてくれる女性。

レーヨンはいつもこう言っていた。

ロズリニカが本当に合格してマレフィキウムに行けるなんて誰も断言していないのに。

『スパニッシュフライの利用者の中からマレフィキウム合格者が出たら私達だって名が売れて得をしますからね。だからギブアンドテイクは成立済み。こちらからの金銭的支援に対してあなたは引け目を感じる必要はありませんよ。受験にだけ集中してくださいね』

だけど。

「……、」

ふと、思ってしまったのだ。

困っている人なら誰にでもお金を貸してくれて、集中人形なんてものまでタダで作ってくれる。優しい先生。だけど不法占拠街なんて過酷な場所で暮らしているからこそ、まだ幼いロズリニカはふと恩を仇で返すような罰当たりな事を考えてしまったのである。

　お金は大切なものだ。

　それをそんな、理由もなく他人にばら撒く人なんているんだろうか？　と。

「愚かで浅ましい考えであってほしいのです。確かめて、何もなくて、私は変に勘繰った自分の醜さが嫌いになる。それが一番のはずなんですう」

「なに何の話なの？？？」

　自問に対して答えを出せなかった。

　薄暗い廊下の奥で、ズラリと並んだドアの一つが薄く開いていた。

　レーヨンと秘書らしき女性のやり取りが部屋の外まで洩れている。

　ロズリニカの呼吸が止まった。

　何故かいつものように声をかける事が、躊躇われた。

「五浪組はピックアップしておきましたぞ。こちらについてはそろそろ潮時ですな」

「ふあ、あ……。イイ人モードは疲れますね、肩凝る。『記念受験』の準備の方は？」

「ドジでおっとりなお姉さん、にする必要はなかったのでは？　資料についてはこちらに」

「人の記憶なんて簡単にねじ曲げられます。終わり良ければ全て良し、この経験があなたを豊かにしますって方向で印象をまとめられれば訴えられる心配はありません」

「中には感謝して涙をこぼしながら荷物をまとめる馬鹿者もいますからな。借金は借金、そのまま全額残っておるというのに」

「それより利子はあくまで平常の範囲内で。欲を張りすぎないよう注意なさい」

「分かっております、ここ最近は『美化委員(ベナンダンティ)』が目を光らせておりますからな」

「賢くね。危ない橋を渡らずとも、馬鹿を搾取(さくしゅ)する方法なんていくらでもあります」

「……、」

ドアをノックする事も、開ける勇気もロズリニカにはなかった。

もっと体の大きなヴィオシアさえ、とっさに息を止めて静かにする選択肢を選んでいた。

今のは、まずい。

聞くべきではなかった、という共通認識が暗闇の中、二人の間で無言の内に取り決められる。

詳しい話まではまだ分からないが、何か良くない事態が進行している。

(どうしよう……)

唇(くちびる)を噛(か)むが、時間は巻き戻せない。

そもそもロズリニカと取引所の間にある接点は、つまりこうだった。

(不法占拠街のみんなが蓄えてくれた貯金箱のお金は、スパニッシュフライに預けちゃった……。早い内から積み立てをしてこれを担保にもっと大きな額を借りる事ができるようになれ

ば、受験の費用に手が届くし、みんなが私のために働かなくても済むって話だったのに)

「(どっどうしようなの。そうだ先生に相談して助けてもらえばっ)」

「(ま、まだですう!)」

思わずドアからそっと離れてしまったが、このまま取引所から立ち去れない。

二回も三回も忍び込めるとは思えない。

だとすれば今しかない。大人に相談するにしても、もっと調べるべき事がある。

取引所は広い。別の部屋を覗いてヴィオシアが帽子の中から取り出した『月光縛札』で淡く照らすと、大きな天秤や純金のインゴット、特殊なルーペやダイヤモンドの粒がゴロゴロあった。大小色んな金庫もある。しかもテーブルの上には金槌で潰して番号を消し、出処を分からなくした金貨まであった。

お金に困った受験生に融資するためには、元手となる現金だってたくさんいる。

でもこれは、なんか違う気がした。

「(わー。お金がいっぱいなの)」

「(……いいえ、でも秘密の中心はここじゃないですう)」

闇雲に動くだけでは見つからない。

何を見つけたいのかは魔女見習いにも分かっていないが。

暗がりに潜んだままロズリニカは小さな両手を使って、胸の辺りで丸めた寝袋を抱き締める。

そっと、そして強く。厚手の布に蠟を塗ってある程度の耐水性を与えたもので、収納袋のてっぺんには犬みたいな耳がついている。屋根のある家屋の確保すらままならない不法占拠街ではフライパンや洗濯板と同じくらい大切な生活必需品だ。

自分の想いを強く込めて、ロズリニカは口の中で小さく呟いた。

『いつも持っているもの。生活を預け、これがなくなったら生きていけないと思えるほど身近なものにこそ魔女の意志は通しやすいんですよ』

そう、レーヨン・リゾニフィミルから優しく教えてもらった方法でもあった。

「……お願い、私に力を貸してですう」

そっと両腕の力を緩めると、もぞり、と円筒形になった寝袋がひとりでに動いた。弱々しい動きだけど、丸めた寝袋の耳は確かに一つの方向を示す。人形が小さな手を動かすように。

「あ、あっちですう」

「？　今のってどういう魔法なの？」

ロズリニカとヴィオシアはとにかくそちらに向かってみる。

ドアはたくさんあったけど、一発で書庫らしきものを発見した。

二人で埃っぽい書庫に潜り込む。小さな部屋の四方の壁は本棚で埋まっていた。

一際大きくて分厚い辞書が目立つ。

幼いロズリニカは思わず手に取ると、跡のついたページが勝手に開いた。そこにあった一つの項目を指と目で追いかけてしまう。

『記念受験。

最初から合格する事を前提としない受験。難関校に挑んだという事実だけを経験的に積む事で、たとえ不合格であっても人間的に大きくなれるなどのメリットを持つ』

「……、」

違う。

ロズリニカはもちろん、スパニッシュフライにすがって受験費用を捻出している魔女の卵達はこんな観光気分でマレフィキウムに挑んでいる訳じゃない。傍から見れば叶うはずのない馬鹿馬鹿しい夢であっても、受験生にとっては本気なのだ。

だけど、だ。

受験は辛く苦しい。何度も何度も挑んでは失敗し、自分自身の存在を目に見える数字の形で否定され、身も心もズタボロにされてしまえば、『もう諦めても良いんじゃないか？』という囁きには安らぎすら感じる日が来るのかもしれない。極限まで疲労に襲われた登山者が、勇気ある撤退を選ぶように。

もしスパニッシュフライが、そういう心理的な『諦めの解放感』すらあらかじめ織り込んで何か良からぬ歯車を回しているのだとしたら？

「まずい、これはまずいですぅ」

「ロズリニカちゃん、こっちに何かあるわ」

　中央にある閲覧用の机の上には羊皮紙でいくつか小さなメモが貼りつけられていた。一見意味のない数字の羅列だが、本棚や書籍やページ数などと一致している事が分かる。

（こっちのこれは……つまり……）

「ＡＴＵ０７０９ａ。白雪姫方式のエピソードで、リンゴの代わりに毒の爪が出る……」

　集中人形。

　キーホルダーのような、五センチくらいの人形だ。ロズリニカも同じものを持っている。

「それにこっちのは北欧神話に出てくる炎の中で眠り続けるブリュンヒルドと、大嵐を起こして帆船の動きを止めてしまう魔女の呪い、ですぅ……？」

「三つの相に共通しているのは、停滞と拘束。なの？？？」

　どうやら学生ローンを組んだ受験生へ定期的に配っている護符のようだが、こんなのを使ったら受験の助けにはならない。全くの逆だ。魔法的な停滞と拘束。もし勉強しても勉強しても受験生の身に一ミリも変化が起きないのなら、学力なんかいつまで経っても伸びないはず。

　金銭面から受験生を支えるスパニッシュフライ免罪金庫が、どうしてそんな小細工を？

「っ」

とっさに手放す。

床に転がったキーホルダーが光を照り返していた。より正確には金具の部分が鋭く尖(とが)っている。まるで毒々しい猛禽(もうきん)の爪のように。

傍(かたわ)らに相棒である魔法で動くイヌミミ寝袋がなければ、怖くて全てを調べる前に逃げ出していたかもしれない。

答えがあった。

いくつかある分厚い魔導書(グリモワール)の一冊。そのページの隙間に折り畳んだ羊皮紙が挟んであったのだ。そこにはこう書かれていた。

『時系列順融資勧誘表

一浪。
勧誘期。融資に参加して日が浅いため猜疑心(さいぎしん)も強い。注意を払って借金を広げる事。
二浪。
惰性期。現状へ妄信的に従うだけのルーチン化が進む。一番疑問を持たない時期なので、できるだけ多くの追加融資を押しつけておく事。
三浪。

惰性期。基本は二浪と同じスタンスで構わないが、個人によってブレが大きいため注意。

四浪。

倦怠期。現状に疑いを持つ頃ではあるので「記念受験」の準備をしておく事。

五浪。

売却期。五浪以降は「記念受験」に完全移行。疑いを感動で塗り潰せ。利子も含めてすでに完済不能な額に達しているため、各種強制労働への斡旋を進める。

＊浪人生は受験に失敗してくれた方がリピーターは増えるため、学生向け受験対策ローンを組む我々としては利益が増える。各員、この事実を気取られないよう注意して各種融資プランの紹介を進めていく事』

「……なにこれ、なの……」

「うっ」

ロズリニカは、目尻の辺りにじわじわと違和感があった。貧血で視界が狭まっていくのではなく、もっとシンプルに涙が浮かんでいるのだと気づくのに数秒も必要だった。

どういう結論になる、これは。

つまりスパニッシュフライは最初から受験生を助けるつもりなんかなかった。むしろ不合格

で何度も何度ももがいてくれた方が儲かるから、裏からこっそり呪いを使って足を引っ張り、学力が伸びないようにしていたのか⁉

（どうしよう、どうしよう……）

不法占拠街のみんなが貯金箱に収めていた大切なお金は、この手でスパニッシュフライに渡してしまった。あのお金は返ってこないんだろうか？　そんなのは悔し過ぎる。でも小さなロズリニカには、巨大な歯車に立ち向かうだけの方法が思いつかない。

「とっ、とにかくこれだけあれば先生には相談できるなの。早く外に……ぎゃんっ⁉」

いきなりの大声にロズリニカは飛び上がるほどびっくりした。

見ればヴィオシアが床で大の字になって伸びている。どうやら薄暗い中でのろのろ後ずさりした結果、床に散らばる羊皮紙の一枚を踏んで足を滑らせ、後ろにひっくり返って頭をぶつけたらしい。

「ちょ、お姉ちゃんっ。お姉ちゃんってば！」

耳元で呼びかけても、ほっぺたを小さな掌で叩いても目を覚ます様子がない。

完全に目を回している。

小さなロズリニカでは腕を引っ張っても動かす事ができない。

レーヨン先生。

体の大きな大人に立ち向かってくれるだけの、別の大人。

誰か心当たりはないだろうか？　いつも面倒を見てくれるレイノルドではダメだ、彼の腕っ節でも大人とケンカはさせられない。まして取引所にいるのは本物の魔女達なのだ。

（そうだ。そうなのですう……）

妙想矢頃なら。

ズタボロの思考で、それでもとっさに思った。不法占拠街のみんなと仲良しで、魔女の受験にも詳しそうなあの家庭教師にこの紙を持っていけば。メチャクチャ怒られるかもしれないけど、でも何とか相談できるかもしれない。どこかに窓はないか？　床で伸びているヴィオシアは小さなロズリニカでは動かせないが、このまま放ってもおけない。ただ例の寝袋の魔法を使って、もし伝書鳩みたいにあの先生に危険を知らせてここまで来てもらう事ができたr

「ッ⁉」

ぎい、と軋んだ音があった。

一つしかない書庫のドアだ。ぎくりとしたロズリニカは振り返り、一対の瞳とかち合った。

レーヨン・リゾニフィミル。

長身で緑髪のショートヘア。成功者を絵に描いたような、ホウキを持った大人の魔女。

現実に魔法を使う脅威。

「手放したな」

「あ、あ」

「あなたは『集中人形』を手放した。ふふ、分かるんですよそういう風に組んだから。何も知らない子の学力は確実に停滞させ、少しでも疑って手放した子についてはすぐに警告を放ってくれる。二重の意味で私を助けてくれる愛しい魔女術呪器……」

レーヨンは書庫に散らばっている資料を一瞥した。

それだけだった。

「じゃあいつも通り、お二人とも適当なビルディングの屋上から放り捨てて口封じかな？　引率なし、無許可の飛翔訓練の最中に起きた悲惨な事故って扱いで」

「……、」

言葉が出なかった。

ロズリニカの知っている女性とは思えなかった。

レーヨンはロズリニカの手元にある丸めた寝袋を見て舌打ちしている。

「チッ。持っていないのか、となると事故に見せかけるのもちょっと一手間かかるかしら」

「あの」

「大体、マレフィキウムを目指す？　フォーミュラブルームも買い揃えられない汚れたガキに何ができるっていうんです？」

少しずつ歪んでいく言葉が、ぐさりと幼い少女の胸に突き刺さった。

確かにそれはそうだけど。

不法占拠街で暮らす小さな子供には難しい話なんだけど。

でも、正しい知識を山ほど覚えれば魔女の魔法は使えるはず。だってロズリニカが意志を強く込めた寝袋はこうして少しずつだけど動いてくれているんだから。

「そ、そんなの。フォーミュラブルームがなくたって、現実にこうして魔法は使えるんでｓ
言いかけたロズリニカの震える声が途切れた。

ぐしゃり、と。

レーヨン・リゾニフィミルのヒールが寝袋を容赦なく踏み潰したのだ。歪(ゆが)み、よじれて、ロズリニカは変わり果てた相棒を見るだけで呼吸が詰まったが、でも重要なのはそこではない。

醜く悪(あ)しき魔女が足をどけると、変化があった。

ロズリニカが呪文を唱えて意志を込めた訳でもないのに、寝袋が震えるように動いたのだ。

つまりは、

「外から強く押し潰した布の塊は、解放すれば自分から元の形に戻ろうとする」

「……あ、――」

丸めた寝袋を、強く抱き締めるように助言していたのは。

本当は。

魔女の魔法なんかじゃなくて……。

「ペテンだったんですよ。全部ただの嘘(うそ)だった！　いひひ、ちょっとはプラスのエサを撒(ま)かないと馬鹿は釣り針に食いついてくれないからなあ。お金がなくても受験はできる？　知識があれば道具を揃える必要はない？　そんな訳あるかッ！　あははは!!　現実の受験は金がかかるんですよ。条件を揃えられない人間に成功なんか万に一つもやってはこなアい!!!!!!」

頭の後ろがゆっくりと引っ張られるような、そういう遊離感だった。

嘲りの笑いしかなかった。

ロズリニカはまともに動けなかった。だからレーヨンの続く言葉を遮れなかった。

そもそも、とレーヨン・リゾニフィミルの唇が動いた。

「そもそもお前は男だろうが!!!!!!」

決定打、だった。

この世界の魔法は、一度完全に絶滅した。それでも魔法の味を忘れられない人々は異世界の地球に叡智を求め、結果、他者から力を借りる魔女だけが魔法を使えるようになった。

だから。

つまり。

自分で自分が惨めだった。

ヴィオシアが気を失って目を回している事が、幸いだと思ってしまった己自身が。

「男が魔女になんかなれるか？　男が魔女になんかなれるか⁉　男が魔女になんかなれるか‼⁉⁇　あはははは！　バッカじゃねえの根本的に無理なんですよオ‼」

ロズリニカは不法占拠街で生まれた訳ではない。よそから流れてきた子供だ。

言い換えれば、誰も本当の性別なんか知らない。

初めて不法占拠街にやってきた時に、その顔つきから勘違いされるがままにずるずるとここまで来てしまった。頭(あたま)が良(い)いとは思ってもいなかったのに、不法占拠街のみんなを相手に何回かゲームで勝ったらお前は絶対魔女になれると言われてしまった。

いつの間にか家庭から一人取り残されて。

いつの間にか不法占拠街までやってきて。

誰にも言えずに女の子だと勘違いされて。

誰にも言えずに魔女を目指す事になって。

ずっとずっと、ロズリニカは今までそんな人生を送ってきた。

でも。

自分では思いもつかなかった未来が拓(ひら)くなら、きっと良(い)い事だと考えて。

心のどこかでは無理だと分かっていて、それでも必死に努力を続ければいつかどこかに行けると信じて。

なのに。

それなのに。

「勝手な期待が重たかったんでしょ、不法占拠街の人間に言い出せなかったんだろ、でもそんな袋小路をこっちに押しつけるんじゃあねぇ!! 結局アンタは私と同じ、人を騙して金を集めた人間のクズなんですよ!!!!!!」

ずん!! という音があった。

レーヨンが書庫の中へと一歩踏み込んできた。

物理的に床が軋み、ネジで固定してあるはずの本棚がぎしぎしと鳴っていた。美しいレーヨン・リゾニフィミルの輪郭が歪んで膨れていた。内側から無尽蔵に増えていく筋肉や脂肪によって数の決まった骨格が軋み、体全体がいびつに肥大化し、頭などは天井に擦りそうだ。

それはまるで、膨らみ切って長く放置され、表面が溶け始めた……汚れた綿菓子。

「フォーミュラブルーム＝バスティーユ」

ジャココン!! とバネ仕掛けが作動する金属の太い音が連続した。

太った掌で掴んでいたホウキの柄が、穂先のすぐ近くから扇状に五本も開いた。もはや飛ぶ事など想定していない。強欲、重砲撃、搭載量強化……とにかく地べたの『砲台』として徹底的に特殊カスタムを施したフォーミュラブルーム。

お金に困って駆け込んだ受験生の血と涙を吸って肥大化を繰り返した、魔女術呪器。

「これが魔女だ、本物の魔女の魔法だ!! ぎひひひひ。さあカリオストロ、それじゃ壊れた歯車を取り替えますよお？　いつも通りの後始末だあ‼‼‼」

「あ、ああ……あなたは、自分を頼ってくる子達に、どういう扱いを……」

「んーぅ？　魚を釣るためのミミズとかあ？　ぶひゃひゃ‼　噛みつく事もできずに箱の中で飼われて、針を刺されて水に投げ込まれる醜い生き餌ですよ‼」

引率ナシ、無許可の飛翔訓練中の事故に見せかけて屋上から投げ捨てる、と言っていた。

フォーミュラブルームを持っていないロズリニカはどうなるのだろう？

二人乗りでの墜落にするのか。

路上で馬車の事故に遭った事にするのか。

四方は全て壁と本棚。他に出入り口はないため、ロズリニカにはどこにも逃げられない。そもそも倒れたヴィオシアも置いていけないし、一人では重すぎて引きずる事もできない。どん詰まりだった。目尻に涙を浮かべ、魔女にはなれない誰かは両手でぎゅっと寝袋を抱き締める。

全部が全部捏造だと分かっていても。

もうロズリニカには、こうすがるしかなかった。

「……おねがい、魔女のまほう。わらひに、ちからをかして……」

「何言ってんです⁉　全部私が作ったペテンだっつってんだろうがア‼‼‼」

嘲りの怒号が、すでに分厚い透明な壁となって小さな少女に迫る。

ボロボロに泣いて両目を瞑るロズリニカ。

直後の出来事だった。

ゴッッッ!!!!!! と。

凄まじい打撃音が炸裂した。

天井に頭を擦るくらいぶくぶくに肥大化したレーヨン・リゾニフィミルが大きく吹っ飛ばされ、近くの本棚や壁をぶっ壊して廊下にまで転がっていった。何か凄まじい事が起きたが、もちろんロズリニカにはそんな真似はできない。

そうなると。

円筒形に丸めた寝袋が勝手に伸び上がって、殴り飛ばした？

「なばっ……」

ぼたぼたと、鼻血で溢れた顔面を片手で押さえて、だ。

自分の足で起き上がる事も忘れ、怒りよりも混乱の方が強い歪んだ顔でレーヨンが叫ぶ。

「いったいなにが、何が起きた、です？　そいつは魔女の魔法じゃない。その寝袋はッ私が自分で考えただけの、単なる手品だろうがあ!!⁉??」

かつん、と。

足音があった。それはロズリニカでもレーヨンでもなかった。

壊れた壁の向こうに、もう一人いた。

「アホか。おい悪徳金融、これは魔法だぜ？　勉強するだけで答えは分かるはずだぞ」

その家庭教師は手の中の警棒を鋭く振って一気に伸ばす。

反撃開始だ。

11

ザザッ!!　と。

複数の足音が妙想矢頃（みょうそうやごろ）を取り囲む。

レーヨン・リゾニフィミル一人だけではない。一〇代後半の少女達だった。どこか虚（うつ）ろな熱を帯びた瞳の持ち主は、スパニッシュフライ免罪金庫の共犯者か、あるいは自分だけは安全な側に立っているとどうしても信じたい哀れな被害者の浪人生か。

どっちでも構わない。

敵の三相は、まず憧憬の頂点がＡＴＵ０７０９、白雪姫。

さらに邪悪の頂点は呪文を使った魔女の動物変身、太古の頂点はギリシャ神話や北欧神話に出てくる『巨人』辺りか。神や社会秩序と対等な力を持ちながら善や正義のルールに縛られない自由で強大な存在。悪と呼ばれる事になった力の塊。

それらを組み合わせると、

（……本性を暴かれてからが本番で、どんな生き物にも形を変えられる力を使い、神に匹敵する力を持ちながら義務やモラルに縛られない存在にまで自分を肥大化させる、ってトコか）

決定的に醜い本性が露見したその瞬間にこそ、全力の口封じモードが自動励起する。

そういう魔法。

正面からまともにかち合えば、その巨大な拳は分厚い結界で保護された神殿の外壁であっても容赦なく突き崩す。普通の人間が一発もらえば赤と黒の飛沫となって壁や床にこびりつく。

「くひひ。ふざけんな、どんな小細工だろうが光り輝くこの私が負ける訳ないでしょ……」

筋肉や脂肪で限界以上まで膨れ上がったレーヨンが、内側からみちみちと衣服を軋ませながら獰猛に笑う。

こんなものが美しいと叫びながら。

「犯罪なんてものは、完全にバレない事を目指したって始まらない。それより仮にバレてもいくらでも失点を回復できる『保険』を分厚く用意した方が安全で完璧……。見なさい!!　この傷一つない聖者たる私を!!　慈善と愛に溢れた私はこんなにも輝いているう!!!!!!」

どうでも良い。

自らの意志を汚し悪事に手を染めた醜き魔女がどんな三相設計を組み上げようが、こんな形でロズリニカをいたぶってくれた時点で、こいつの料理の仕方はすでに決めている。

（林間学校を餌にして発破をかけたとはいえ、こんなもんにあっさり引っかかったヴィオシアについては後で物理的にお灸を据えるとして、だ。まだ幼いロズリニカまで数字の話で罠にかけるのは流石にアンフェア過ぎて許せねえし。……ま、これもご近所付き合いか）

「スパニッシュフライね」

吐き捨て。

フォーミュラブルームを手にした魔女の群れに、むしろ妙想から無造作に一歩踏み込む。

こちらに注目を集め、ロズリニカや馬鹿に万に一つも矛先が向かわないように。

「あまりにも有名で名前と伝説だけが独り歩きした、極めて危険な魔法の媚薬か。……確かに、くそったれの悪徳金融が客を誘い込むにゃあうってつけの名前じゃね？」

「ブチ殺せエ!!!!!!」

ボッ!!　と妙想の真正面から黒い炎が襲いかかってきた。しかもそれとは別に、左斜め後方、利き手から一番遠く対処の難しい死角から目には見えない真空の刃が飛来する。

しかし妙想の顔に焦りはなかった。

空気が急激に圧縮され、壁や天井を蹴って飛び跳ねるように何かが高速で空間を薙いだ。黒い炎を引き裂き、真空の刃を弾き飛ばして、妙想の背中を守るようにビタリと空中で止まったのは、ロズリニカが持っていた丸めたイヌミミ寝袋だった。

己の欲や意志を肥大させるだけ肥大し、肉の体の制御すらおぼつかなくなった醜き魔女。醜い悪。醜悪なるレーヨン・リゾニフィミルがうろたえたように呟く。

「何ですか、それは……？」

「質問なら無意味だぜー」

「だってそれは、私が作ったパチモンの手品であって、丸めた寝袋を外から強く潰せば布の塊が元に戻ろうとして勝手にもぞもぞ蠢くだけの話でしか……」

「意味がねえって言ったはずじゃね？　むしろ今この『状況』なら、質問から答えを得ようとする行為は全て逆効果にしかならねえし」

丸めた寝袋だけに留まらない。

妙想が警棒の先を指揮者のように軽く振るうと、明確な変化があった。書庫の重たいテーブルや椅子がひとりでに宙に浮かび、壁際に残されていた本棚が床のネジを引き千切ってでも自由を得て、木材の体をまるでゼリーやプリンのように大きく左右へ揺さぶって動き出す。

まるでおとぎ話の世界だった。

たかが数の暴力や優位性ごとき、魔女の魔法、その使い方一つで容易く覆る。

「あ」

それは誰の呟きだったのか。

キュガッッッ!!!!!!　と直後に空気を圧縮して特大の鈍器達が一斉に悪しき魔女の群れへ襲いかかる。本棚にテーブル、鹿の頭の剥製。それらはまるで暴れ馬の直撃だ。フォーミュラブルームを構えたまま、しかし大した防御もできずに傀儡の少女達が次々と宙を舞って吹っ飛ばされる。反撃などたったの一発すらも許さない。

気がつけば一人しか残っていなかった。

ぶくぶくに肥大化したレーヨン・リゾニフィミルただ一人。

「は、ハハッ……」

「真実を言っても意味はなく」

「物体を動かす。人の意志を封入して自在に操る、だと？　本当にこれがロズリニカの魔法だっていうんですか？　あなたはそのロジックを解きほぐして自分のモノにしたとでも!?」

「たとえ正しい答えを話したところでこの悲劇は回避できねえ」

「フォーミュラブルーム＝バスティーユ……かっかか、カリオストロお!!　もお私なんかどうなっても良い、魔王化しても構いませんからこいつらを今すぐ道連れn

ガかかかカカカッ!!　と。

まるで巨大なストーンサークルのように、重たい本棚やテーブルの群れがレーヨンをぐるりと一周取り囲む。いかに筋肉や脂肪で肥大化しきった体といっても、全方位から超高速で突っ込まれればただでは済まないだろう。

穏便に終わらせるつもりもない。

多くの受験生を借金地獄に落として甘い汁を吸ってきた報いは受けてもらう。

くるんと警棒を一周回して、妙想矢頃(みょうそうやごろ)は冷酷に告げた。

「諦めな。**こわーい狼さんの牙からは誰も逃げられねえよ**」

直後に巨大過ぎる大顎が閉じ、無数の四角い歯の中で何かが潰れる音が炸裂(さくれつ)した。

12

ガチャガチャリという重たい金属音が連続していた。

おっとり刀でようやくやってきた鎧姿(よろいすがた)の魔女達――マレフィキウム所属で魔王(フォーラント)化まで含む魔女絡(まじょがら)みの事件の治安維持を司(つかさど)る美化委員(ベナンダンティ)――が取引所内部を忙しく行き交っているのだ。とはいえ、現場検証も含めて事後処理といった色が濃い。実際にはロズリニカが見つけた資料の束だけでも十分スパニッシュフライ免罪金庫は取り潰せる。

ともあれ、

（まったく、これも才能の一つじゃねえだろうな。街の犯罪を嗅ぎ分ける鉱山のカナリアかよアンタは……）

「いい加減起きろしヴィオシア。ほらっ！」

「ぐほっ⁉　……あ、あう、まさかせんせー今叩いたなの……？」

「ずっと気絶してる方が良いのかアンタは」

と、似合わない金髪少年に強く呼びかける声があった。

「矢頃っ」

美化委員を小隊単位でまとめて指揮するナンシーだ。

分厚い鎧『処刑牢鎧』を纏った赤毛二つ結びの少女は威圧的にずかずか歩いてくるなり、目の前で妙想の鼻先を指差してきた。

鎧のスペックに引きずられているのか、若干ながら普段より語調が強い。

「何だこの騒ぎは？　派手にやるならやるって先に連絡しないか！　紛らわしい‼」

「へいへい」

「……返事はハイだし一回限りにしろ。反省の色が見られないならこのままお前を引っ張って、『生徒指導室』で二、三日頭を冷やしてもらっても良いんだぞ？」

「イエス、治安回復のため多大なご協力深く感謝しております閣下どの。……伝書鳩で通報するなり誰よりも早く駆けつけておいて良く言うぜ、甘えん坊の教え子ちゃんが」

「がはっごほ‼　ヨコシマ丸出しの斜に構えた見方などするな馬鹿者、『神殿学都』の市民を守るのは単に我ら美しき魔女の義務なのだ!!!!!!」

顔を真っ赤にして叫ぶナンシー。

……例の分厚い『処刑牢鎧(ヘクセントゥルム)』、装着時は醜き魔女の殲滅(せんめつ)に特化するため個人の善性や良識は外付けの心の檻(おり)に閉じ込められるはずだが、単純な喜怒哀楽はともかくとして複雑高度にねじれたツンデレには対応していないのだろうか？　思わぬところで変な抜け道を見つけたかも。

「こほん。くだらんやり取りはおしまいだ。矢頃(やごろ)、助け出した被害者というのは？」

「あっちー」

13

ロズリニカは小さくなっていた。

いきなり分厚い鎧(よろい)の魔女達が質問を繰り返しているのですっかり萎縮しているらしい。

「(……やれやれ、これも職務のために個人の善性や良識を封じた弊害か。治安維持を気取るならガキの面倒の見方くらい覚えておけよな……)」

「む。我々美化委員(ベナンダンティ)の最大効率に文句でもあるようd
「どけ仕事バカ。『できないキャリア刑事さん』かアンタは」

「？　きゃりあ？？？」

仕方がないので後から近づいた妙想が（普段はとっても優しい）ナンシー達を脇にどけ、改めて声をかけた。加減については『先生』なんてやっていると自然と備わるものだ。

「怪我はねえか、ロズリニカ？」

「う、うん……大丈夫、ですう」

「そっか。なら帰るか」

家庭教師の少年からはそれだけだった。

脅威は去った。レーヨン・リゾニフィミルはもう動けないだろう。ロズリニカが見つけた証拠の文書を妙想矢頃が適切に用いて神殿学都の治安を守る『美化委員』でも動かせば、スパニッシュフライ免罪金庫もこれで確実に終止符を打たれる。お金も取り戻せる。

だけど同時に、ロズリニカの胸の真ん中にぽっかりと大きな穴が空いたようだった。

結局自分は魔法らしい魔法は最後まで使えず。

ただ守られるだけの存在に過ぎないと、強く思い知らされた。

「……、」

夢は終わった。

多くの人に迷惑をかけて、不法占拠街のみんなが集めてくれたお金だって勝手に持ち出してしまった。自分にはフォーミュラブルームなんかないし、何より男の子だ。ロズリニカはホウキを持つヴィオシアとは違う。この世界では他者から力を借りる魔女しか魔法は使えない以上、超難関校のマレフィキウムに入るのは不可能だと思う。

壁は打ち破られ、世界は大きく開け放たれた。だけど自分は、どんなに頑張ったってホウキを使ってあらゆる不幸や悲劇を掃き清める『美化委員』達のような魔女にはなれない。

俯いたまま。

小さなロズリニカは強く唇を噛んで。

でも、そこで気づいた。

（あれ……？）

「あの、家庭教師さんは？」

「あん？」

「だってぇ、この世界では女の子しか魔女にはなれないんでしょう？　フォーミュラブルームがないと魔法は使えないって話なんですよね？　でも、なのに、先生は今さっき……確かに本物の魔女の魔法を、ホウキもないのに、男の人なのにい……ッ」

混乱しながら叫ぶロズリニカ。

対して、だ。

ヴィオシアはきょとんとして、分厚い鎧のナンシーは額に手をやる。帰ろうと言った妙想矢頃は特に振り返りすらしない。

何気ない当たり前の口調で、ある『少年』は確かにこう答えたのだ。

小さな魔女見習いにとっては、救いそのものとなる一言を。

「普通に使えますけど？」

14

夜の街。

遠く離れたビルディングの、平べったい屋根の上だった。

空賊っぽい伸縮式の小型望遠鏡を使って事態を観察していた銀髪褐色の予備校エース、メレーエ・スパラティブは呆れた顔で息を吐いていた。

「……ったく、あのドスケベはヴィオシアの家庭教師なんでしょ。ライバルを増やしてどうするつもりなのよ」

『ふふっ。必要であればいつでも最高速度で突撃できる準備を固めておいて良く言うな、可愛いメレーエよ』

うるさい、と顔を赤くして宙に浮かぶフォーミュラブルームを軽くグーで小突くメレーエ。

その隣ではにこにこと微笑む人がいた。

お洒落な高級チョコレートケーキみたいなワンピースとエプロン、それから帽子の美女。

小さな古本屋の店主にして大陸氷雪地方における最大カヴン『夜と風の空軍（プライベートストリガ）』の現総司令官でもある強大な魔女だ。

スパニッシュフライ免罪金庫。どこかで聞き覚えがあると思ったら、過去、酒に酔った勢いで『トラキアの八つ裂き巫女達（マイナデス）』を表に出して秒でぶっ潰した悪徳金融だったのだ。もし撃ち漏らしの残党どもがまだいるなら自分で面倒を見ようと思っていた総司令官だったのだが、

「ちぇー。出番なしか。久しぶりにお母さんも全力全開、目一杯カラダを動かせると思っていたんですけど」

「……堂々の『天井突破』にしてカヴン内でも歴代最高スコアを誇るマムが本気出したら地形がごっそり変わるからほんとやめて」

額に手をやって頭痛を抑える顔でメレーエが呟（つぶや）いた。

こういう手綱の管理は母が手にしたフォーミュラブルーム＝グリークテアトルに任せたいのだが、どうもあのホウキは完全に尻に敷かれているらしくいまいち頼りにならない。

かさりという乾いた音があった。

「あらあらメレーエ、そんなにアルバイトのチラシ集めてどうしたの。金欠？」

「別にお金に困ってる訳じゃ……」

『ふふー。予備校の全員は蹴落とすべきライバルと言っておきながら、日雇いの募集広告を街中からかき集めてくるとは友達思いだなメレーエよ』

『お嬢は自分だけ隠しているつもりであっても優しさ丸出しの人でありましたからな。昔から』

「貴殿達ほんと二本まとめてへし折られたいの？」

母親もくすくす笑っていた。

嘲るのではない。同じ家族の行いを誇るような顔で。

それから、だ。

マレフィキウム卒業生でもあるはるか高みの総司令官は頬に片手を当て、どこか眩いものを見るように目を細めていた。

「格好良かったわよね？　矢頃さん」

「ど、どこが。別にあんなヤツ……」

「この神殿学都にメレーエがいてくれて本当に助かったわ、やっぱり家族って最大のブレーキ役だもん。そうじゃなかったらつまみ食いくらいはしていたかも☆」

「ぶフッ‼︎⁉︎⁇」

今日の小テスト1

そんな訳で受験に役立つ小テストだ！

……あのうー、気を失ってる時に起きていた事件の話をされてもなの

究極的にうるせえし。ヒントは全部オレの会話や独り言にあるぜ？

問題、人間・妙想矢頃はいかにして丸めた寝袋や家具を操り、魔法的手段で悪しき魔女レーヨンを撃退したか答えよ（一問一〇点、合計一〇〇点）。

1・憧憬の頂点は（　　　　　）。

2・邪悪の頂点は（　　　　　）。

3・太古の頂点は（　　　　　）。

！重要！ ATU0333。ここが全ての起点になる

読み物の中でも今回は特に祖母のふりしてベッドに潜った（　）が赤ずきんを騙すシーンを励起してるぜ。この段階に来ると警戒した赤ずきんが何度質問しても、狼が答えを言っても、もはや事態を切り替えるきっかけにはならねえし。見え透いた（　）でも術中にはまった相手には絶対的な力を持つっていう魔法的教訓だな。

ポルターガイストは（　　）の出題に合わせて人間が自由自在にラップ音を鳴らす（　　）って言った方がイメージしやすいんじゃね？

これとケルト神話の『鞘から抜けば自動的に（　）して敵を斬り殺し、再び（　）に戻る』（　）の記号も組み込む事で操作性を補強してるぜ。

レーヨンがロズリニカに教えた寝袋魔法は嘘だった。だから何だ？　絶対にバレない嘘には特別な効力が宿り、周囲の無機物さえひとりで動いて戦いを始める。そういう『状況』を作っちまえば、ペテンから始まった魔法だって十分な威力を発揮するし。

以上だ。ヴィオシア、何か質問は？

エピソード2　サマーソルスティス

1

六月二〇日、天気は快晴だった。

ヴィオシア・モデストラッキーは時間ピッタリにベッドから跳ね起きた。

「おはようございますっ」

普段の寝ぼすけとはテンションが違う。（下宿先である夜の店で働く踊り子さん達にムリヤリお仕着せされた）フリルだらけのすけすけネグリジェを纏う赤毛少女は顔を洗う前に、傍らにある膨らんだリュックサックを掌でバシバシ叩く。

「そして忘れ物なしなの！　準備は万端、今日から愉快な林間学校なのーっ‼」

例の林間学校、行けるかどうかはかなり厳しかったが、必死に日雇いバイトをたくさん入れたのだ。（勉強以外の方向へ全力を注ぐ教え子に家庭教師の先生は結構本気で頭を抱えていたが）ギリギリで積み立てが間に合って良かった良かった。

（予備校のテストの方はほんと点数ギリギリできつかったけどなの……）

さて。

着替えと髪のセットは自室でできるが、顔を洗うための井戸があるのは下の階だけだ。狭くて急な階段を使って一階に降りると、踊り子のオリビア達と鉢合わせした。みんなふらふらなのは夜のお店のオトナ達にとっては早朝の今ようやく店を閉めて仕事が終わったところなのと、もっとストレートに結構な量のアルコールが入っているからかもしれない。

「朝なの朝なのおはようなの！　今日も天気は清々しいわ!!」

「……あう。おあようごりゃいます、もうひょんな時間……？」

いつもは何をするにも完璧モードなオリビアがこんな顔を見せるのは早朝限定だ。それでも店の売り上げの確認作業を流しでやるのは逆にすごいが。用心棒のストレーナもあくびを隠そうともせず、余り物の生ハムやフライドポテトを指で摘んで口に放り込んでいる。長い金髪ポニーテールはお洒落ではなく、必要とあらばあれで悪ノリが過ぎる酔っ払いの首を絞めて店の外まで引きずっていく実用重視の選択だ。大皿については客がほとんど残してくれるよう、ラストオーダー近辺で踊り子さん達がしれっと注文おねだりしまくるのは絶対に内緒である。

もー、という牛の鳴き声みたいなものが厨房の方から聞こえてきた。

「もろーく」

ヴィオシアがぴこぴこ手を振ると、青銅でできた二足歩行の牛が同じように挨拶を返してきた。元々はダンジョン化した全国模試会場を徘徊しランダムに受験生を襲撃する規格外ボスだったが、ヴィオシアが回収して下宿先まで連れてきていたのだ。

「ケビンおじさん、モロクは魔女のお鍋なんだからキッチンで独占しないでなの」

「んなコト言われたってこいつがいると便利なんだよ。店でもスペアリブの煮込みを出せるようになったたし、キホンの圧力鍋として使ってやった方がモロクの野郎も喜ぶんじゃねえの？」

「あうー、私は早く回復ハーブを濃縮した薬効ジャムを作りたいのになのー」

「圧力鍋がありゃあハムもフライドチキンも断然美味しくなるぞ、はっはっはケビンターキーフライドチキンたくさん作った方がもっと多くの人が喜ぶって！　なあモロク⁉」

ももーう、とモロクが間延びした鳴き声を発し、体を得た食器洗浄機や配膳ワゴンなどもひとりでにガタゴト楽しげに揺れていた。今や厨房全体がちょっとした意志を持つ魔窟だ。

こんなに嬉しそうだとヴィオシア的にも強くは止められない。

料理人のケビンから焼いた野菜と目玉焼きにベーコンまで載っけた朝の究極時短トーストを差し出されるまま受け取ったヴィオシアに、目元をごしごし擦りながらも踊り子のオリビアが声をかけてきた。

「……今日から林間学校れひょう？　集合時間ひゃらいりょうぶなの……？」

「うん！　これ食べて顔を洗ったら行ってきますなの‼」

2

神殿学都の外は一面緑の草原だった。地平線までがっつり見える。ぐねぐねと波打つ石畳の街道が丘や平原などの地形の起伏を示していた。あちこち四角く切り抜かれて小麦や野菜の畑も開拓されていたが、衛星都市などはどこにもない。

あれだけ多くの人が生活していても陸の孤島化している訳だ。

（……ま、こういう環境だから神殿学都で唯一緑に溢れた不法占拠街が、薪の供給地点として重宝されているんだけど）

やはり受験と浪人生の街は相当特殊な環境にある。

常に大量の外来者が往来しないと存在自体が成り立たない、観光都市のような。

そしてのんびり景色を堪能しているのには理由があった。それもかなり強制力のある。

「ふう、はあ、きゃあ。は、はふう」

「何でっ……フォーミュラブルームがあるのに、こんな長い街道を歩いて移動しなくちゃならないのよお……っ」

「神殿学都の中と外じゃ色々ルールが違うからなあ。受験に落ちた浪人生が最高速度で自由に飛び回れるほど世界は甘くねえぞー？」

『隊』の基本を思い出しながら常に同じペースで歩く妙想とは違って、背中の重たいキャンプ用品に潰されそうになっているメレーエやドロテアは早くもふらふらだ。都市型で運動不足な生活のせいか、毎日夜遅くまで机に齧りついている弊害かは知らないが。

シャンツェは一人、高度二メートルでカナード翼のついたホウキを乗馬の手綱で操りつつ、

「はい皆さん呼吸と歩幅のリズムをチョー意識してー、ゼンゼン腕の振りも忘れないでぇ。意志を強く保てばパナい魔女は疲れなどマジ感じませーん☆」

「ぜぇ、はあ。嘘つけ予備校講師の自分だけホウキを低速飛翔させて……っ」

汗だくの銀髪褐色メレーエは悪態をつくが、本来音速でぶっ飛ぶフォーミュラブルームをあんな牛歩っぽくのろのろ飛ばす方が逆に大変なのも優等生には分かってしまうのだろう。反論に力がない。何かと面倒見が良い大家族お姉ちゃんのドロテアが横から予備校エースのメレーエを支えている。

「？　先生は荷物が少ない気がするなの」

「まあな」

（……一応はＨＥＡハウスに作らせたシェーバーと、後は頭がプリン状態になるのはヤダから髪染めも持ってきたけど、これ川の水で使っちゃって大丈夫なもんかね？　神聖な大自然の環境的に）

『初夏予備校合同課外授業』はキャラウェイ・Ｃｓ予備校だけではなく、いくつかの予備校が

集まる合同イベントだ。なのでぞろぞろと歩く魔女見習いの数もかなりいる。数百人単位のゾンビの群れを見ると、妙想はついついデスマーチという不吉な言葉を頭に浮かべてしまう。

　引率の一人として参加しているギャル系講師のシャンツェは両手でメガホンを作って、

「チョーみんなストーップ。じゃあこの辺でゼンゼンいったん休憩にしますかー」

「きゃあ、ふう、こ、これでやっと……」

「どうせマジお昼までにチョー到着できるような距離じゃゼンゼンありませんからねえ？」

「……きゃあ……」

　ふらりと後ろに倒れそうになった汗だくのドロテアを妙想が慌てて支える羽目になった。

　ヴィオシアはその辺のくさむらに腰を下ろし、革でできた水筒を取り出しながら、

「ひゃー、みんなお疲れみたいなの」

「受験生に無駄なアイドルタイムなんてもんは一分も存在しねえぞ、ヴィオシア暇潰しに勉強だし。アニスヒソップ、クコ、ガラナ、その効能は（　　　）」

「ひどい！　こんな時まで詰め込み教育だなんて、先生はせっかくの林間学校を何だと思っているなの⁉」

「答えは（体力回復）だ〇点。……えーと二四時間逃げ場のない受験勉強パラダイス？」

　一休みしてからさらに二時間くらい歩き通し、太陽が頭のてっぺん辺りまで昇ったところで、ようやく景色に変化が表れた。

地平線がなくなり、遠くの方でこんもりとした木々の塊が顔を出したのだ。

彩灼の森。

妙想が足を踏み入れた途端、体感温度が五度以上跳ね上がる。森全体が、異世界の地球にあるビニールハウスの中みたいだった。植生もおかしい。クリスマスツリーになりそうな尖った針葉樹ではなく、ヤシの木を中心に、赤青黄、極彩色の草花が咲き乱れていた。緯度で言えば神殿学都より北に位置するはずなのに、生い茂っているのは南国の植物ばかりなのだ。

足元の土壌がそもそも違う。

森の中は草原にあった黒土ではなく、海岸にあるようなきめ細かい砂の大地が広がっている。透明度が異常に高い大小無数の川が蛇行しているのがここから見ても分かるが、マングローブの木々を支えているものなどは水深三〇センチもない川も珍しくない。

（この変な熱気に質の違う砂……。どこかに火山でもあるんじゃね？）

とはいえ、ここはまだ森の入口。

やっとの到着……と重たい荷物を下ろして一息つこうとする浪人生達に向けて、ギャル系講師は（おそらくわざと）少女達の神経を逆撫でする余裕の甘々トーンで発破をかけていた。

「奥にあるキャンプ場までゼンゼンあとちょっとでーす。マジここで潰れてテントも張れずチョー地べたで雑魚寝したい人以外はみんながんばれー☆」

石畳で舗装されていない森の中は普通に起伏が激しかった。岩や木の根でうねうねしているし、地形そのものも平坦ではなく急な坂も多い。きめ細かい砂の大地が急激に起伏しているので、まるで木々が鬱蒼と生い茂る不思議な砂漠の上でも歩いているかのようだ。『隊』の訓練で放り込まれたどこぞの樹海とは様子がかなり違う。

「注意だしドロテア」

「え？　は、はい」

短く言われても近くにいるドロテアはいまいち分かっていない顔で首を傾げていた。

浪人生達に決まった制服はない。フランス人形やドラゴン少女など、ハロウィン仮装にも似た私服を勝手に選んで普段着にしている。が、それが何であれ、ヘソ出し肌見せ当たり前の世界観だ。ある程度人の手が加わったキャンプ場に向かうとはいえ、刃物みたいに硬い下草や木々の尖った枝が伸び放題な森の中を歩くには不向きなはず。

「だからドロテア注意しろよ、包帯」

「えっ、え？　きゃあああっ⁉」

早速細い枝に包帯を引っかけて解けそうな事にも気づいていないメガネ少女に妙想は指摘だけしておいた。豊かな子は凹凸も多いので布と肌の間に隙間が多くて引っかかりやすいのか。

「むっ、先生見ちゃダメなの！」

「ドスケベ家庭教師」

そして何故かヴィオシアが飛びかかりメレーエにホウキの先端で頭を小突かれた。塞がれた視界の奥で布が擦れる音がするのはドロテアが着崩れた包帯衣装を縛り直しているからか。

ふう、とドロテアの安堵した吐息があり、ようやくヴィオシアの掌が目元から外れる。

ヴィオシアはさっさと先を進んでしまう。早い。

「よっとっとー。ここの川は岩から岩へジャンプで突破なの！」

何かとエリートなメレーエまで汗だくになり、肩で息をしていた。

「なっ、何で……ふう、貴殿はそんなに元気が有り余ってんのよ、ぜえ……」

「えー？　毎日おばあちゃん家の森で遊んでいたから？　なの」

……そのおばあちゃんは『天井突破』の中でも規格外、夜と闇と恋の女王とまで呼ばれる存在だったはずだ。小さな頃からラストダンジョン級の迷い惑わせ遭難の森を遊び場にしていれば、まあキャンプ場までの道のりがそれなりに整備された森林なんてどうって事はないか。

一人、超余裕でけろりとしているヴィオシアのテンションは尋常ではなかった。

単に新しい遊び場にやってきたからだけではないようで、

「彩灼の森にはまだアレが生きているらしいの。エルフ！」

「冗談。幻のエルフなんて本当に見つけたら歴史に名前が残る大発見だわ。新聞記者が毎日押し寄せてくるし、マレフィキウムの魔女だって探索法を教えてくれって頭下げに来るかも」

「えうー、でもメレーエちゃん。夢は大きく持っていた方が良いわ！」

「最後に目撃されたのって三〇年以上前の、それも肯定派の有志が集まってできたエルフ保存会の一方的な目撃情報でしょ？　銀塩もリトグラフも記録ナシ。とっくに絶滅してるわよ」

反論になっていないヴィオシアの言葉に鼻から息を吐くメレーエ。

まあまあ、と二人の間で淡い笑みを浮かべるドロテアはやっぱり大家族のお姉ちゃんだ。

エルフって幻のニホンオオカミみたいな扱いだな、と妙想は思った。こっちの世界で言っても誰も共感はしてくれないだろうが。

3

「マジとうちゃーく☆」

森の中と言っても太い木々が乱立していたり、下草が生い茂っていたり、様々な顔がある。ギャル系講師のシャンツェが案内したのは透明な川の近くに広がる平地だった。南国チックな木々はあるものの地面はきめ細かい砂と石が半々くらいだから雑草はあまり生えておらず、特に湿ってもいない。大きな石さえどければお好きな場所にテントを張れそうな空間が結構な範囲に広がっている。

（……さて、ここからか）

漫然と過ごしているだけではわざわざ遠出をした意味がない。

妙想的には、今E判定のヴィオシアを次の全国模試でD判定へ着実に吊り上げたい。そのためにもこの『初夏予備校合同課外授業』で何をどれだけ吸収できるかはかなり大きく響く。

そもそも、ハーブにせよ星の並びにせよ、魔女は大自然から力を借りる存在だ。深い森の中でのキャンプ生活そのものも、マレフィキウムを目指す受験生にとっては知識と経験を蓄積するための絶好のチャンスでもある。ある意味、本棚が魔導書でぎっしり詰まった図書館よりも学ぶべきところは多い。


「ぎゃー‼　ひぎゃあああー！」


「ひっ、メ、メレーエさんが脚が多い虫を見てパニックを起こしているよう。きゃあ」

「あははは‼　蜘蛛さんは良い虫だからそんな怖がる必要ないなの」


「やたらカラフルじゃんかよ掌くらいあるじゃんかよ⁉」


額に手をやって暗い顔をする妙想矢頃に、ギャル系講師のシャンツェも苦笑いしていた。

「ま、チョー受験の鬱憤をゼンゼン晴らしたい受講生達に景色をマジ静かに観察する心をいきなり期待するのはガチ無理ってもんじゃない？」

幸い、林間学校は数日続く。

もちろんこの森で直接何を得るかも重要だが、それ以上に普段の何気ない景色の中から魔法的な技術や知識を学ぶ『モノの見方』を獲得できるか否かは大きな分かれ道になる。神殿学都なんて街の形そのものが叡智の塊なのだ。手に入る知識量は羊皮紙の参考書どころではない。

「お昼は森に来る前にビスケット食べちゃったし、先生これからどうするの？」

「……聞きてえ？」

「あっ、いや、その、先生の笑みが黒i

「うふふふ。こういう待機時間のために山ほど小テストは用意しておいたから心配すんな、いやーそれにしたって勉強熱心な教え子を持ってオレは嬉しいぞヴィオシアーあ!!」

「ぎゃああ全くいらない扉が開くっ、こんな逃げ場のない林間学校で思いっきりヤブヘビだったなのー!!!!!!」

頭を抱えたところで手綱を緩めてもヴィオシアのためにならない。

「それじゃあ問題。ATU0124は三匹の子豚が有名だけど、これは代表作であって正式なジャンル名じゃねえ。じゃあATU0124の正しい名前は何だ？」

「ううっ。紛らわしい名前をつけて先に意識を引っ張るなんて先生は意地悪なの」

「テストの問題は知識だけじゃなくて、問題の出し方や答え方にも引っかけや印象を操るトラップが仕込んであるもんじゃね？　あとヒントは『（　）を吹き飛ばす』」

「分かったわ、（豚）を天高く発射するなの！」

「（家）だ馬鹿。◎**プラス一点。三は魔女術の中でも重要な数字だし。**同じ行動でも三つ重ねて使うと効果が変わる事例もある。例えば三匹の子豚じゃ、藁の家、木の家、レンガの家と防衛を繰り返す事で最凶の狼がどんどん陳腐化していくぜ。レンガの家の頃にはやられ役に転落してる。一見無駄で大変なようでも下拵えは大切って訳じゃね？」

「ほえー、レンガ最強説なの」

「普及版じゃな。原典だと鉄の家だし、ただ地盤沈下と錆びに悩まされそうな家だけど」

ちなみに今は何の『待機』かと言われれば、こういう話になる。

ギャル系講師のシャンツェが大きな声で宣言した。

「はいみんなガチで聞いて！　ゼンゼン今日は野営地の設営をガチで優先します。つまりテントを張ってチョー寝泊まりする場所を作りましょうってハナシ。森の奥にはマジ『女神の泉』がありますが、今の時間はチョーすでに午後帯。今からマジ向かってても途中でゼンゼン真っ暗になっちゃいますからね。パネェ本命のアタックは明日の朝からですっ☆」

はしゃぐシャンツェを見ながら白い肩出し花魁着物の雪女、毛皮ビキニの人狼少女、靴の上げ底でやたらと身長を盛った八尺様などがひそひそと話し合っている。

「『女神の泉』にフォーミュラブルームを沈めると各種数値に補整が加わるってウワサ、ほんとだったんですの？」

「でも近代化改修なんて急に言われても怖いよね」

「……でもでも自分だけ取り残されるのもアレだし……」

何かと疑い深くなっているのは、それだけ疲労で余裕がないからかもしれない。実際には、講師陣は受講生の疲労を考慮して一日目はほぼ自由な解放日に設定しているというのに。

(女神の……か)

妙想矢頃(みょうそうやごろ)は誰にも気取られないよう、頭の中だけでそう思った。

その『女神』とは、具体的にどこのどんな女神なのだろう。

生と死の狭間(はざま)。世界と世界の中間地点に揺蕩(たゆた)っているあの女神と関わりがあるのなら、妙想(みょうそう)的にも受験とは関係なく一通り独自の調査をしてみる価値はありそうだが。

お昼ご飯は彩灼の森(さいしゃくのもり)へ来る前に済ませてしまった。

テントを張るのは陽が暮れる頃でも構わないだろう。

すると魔女の卵達は最優先で何をするべきか。自然とこういう決断になった。

つまり……。

4

「いやっはー!! 暑苦しい空気、それさえ魅力に変える透き通った水、大自然がウェルカムしているわ。こうなったら水遊びに決まっているなのー!!」

　セパレート型で飾りのひらひらがたくさんついた赤やオレンジの水着に着替えたヴィオシアが、はしゃいで川の中に身を投じていた。頭の大きな帽子だけそのまんまキープだ。水着である。

　剣と魔法が全ての世界に合成繊維はないはずだが、天然ゴムなら採取はできるし、布や革に油や蠟を塗った防水布くらいは普通に売っている。何の基準もないので質はかなりピンキリではあるが。

（ここは一応『女神の泉』とやらとダイレクトに繋がっている水辺で、やるのはお清め系の沐浴の体験イベントのはずなんだけどなー？）

「……あんまりこっちジロジロ見るんじゃないわよドスケベ家庭教師」

　頭の空賊帽子を水に落とさないように片手で押さえつつ、黒いビキニの褐色少女メレーエがジト目でこっちを警戒していた。

　ならそんな露出の多い水着選ばなければ良いのに。

「えと、あう、は、恥ずかしいよう」

　もじもじしているドロテアだが、着ているのは普通の白い水着だ。

「ヴィオシアちゃん、きゃあ、あんまり川の近くに着替え置いておくと流されちゃうよ」

「えー？　大丈夫なの！」

「だめ。こっちによけて、留守中に動物さん達が咥えていかないよう香辛料ものっけておこう？」

　言って、ドロテアは屈むと目薬瓶くらいの小さな布袋をお守り代わりに置いている。普段は大きな胸ばかり周囲の注目を集めがちだが、お尻もなかなかなのであった。あちこち育ち過ぎて困る、で追い詰められて魔王化までしちゃった子はどこもかしこも発育が凶暴すぎる。

　しかしドロテア、ぶっちゃけると今恥ずかしがっている飾り布で胸元を隠す水着よりも普段着の全身包帯の方が露出が多いのは文化的なねじれが発生してはいないか？

　褐色少女メレーエが両手を腰にやり、死ぬほど冷たい目をしていた。

「……普段着と魔女の水着を同列に考えてどうすんのよドスケベ。沐浴は重要な儀式の前に身を清める準備作業だけど、魔女は欲を自らコントロールして目的達成のための起爆剤に変換するでしょ？　ほんとに全部消しちゃったら困るから、水着を通して水を浴びる事で、どうしても消したくない欲だけはマスキングで保護しておくのよ」

「ほうほう。つまりアンタの場合は」

　己の顎に手をやり、妙想は分析モードに入る。

　まずは黒い布のビキニ姿全体を捉えて、

「黒が示すのは夜、真実、いやこの場合は『庇護』の象徴色かな……。何かを求めたり、守ってほしかったり」

「うっ？」

怯むメレーエだが、気にせず妙想は視線を一点に集める。

形の良い胸を包む黒いトップスに注目し、

「でもって、防水革をなめす薬品に混ぜてあるのはセイヨウナナカマド。このハーブが示すのは『家の守護』で」

妙想は一つ一つの記号を頭の中に留めつつ、視線を胸元から水を弾く小麦色のお腹へ。

サイドを紐で結んだボトムスのチェックに移る。

「ビキニの紐は三つ編み。髪にまつわる呪術では制御やコントロールを意味する記号だから」

おへその下からもう一回視線を胸元に上げて。

そこで妙想は怪訝な顔になった。

「？　つまり何だこりゃ？　お母さんの胸で思う存分甘えたい、って各種記号が統合されていくんだけど？？？　まあ、あの人は巨大なカヴンの総司令官サマだから偉大な存在ではあるんだろうけど、母の愛をコントロールしてでも手に入れたいってアンタそれもう実は……」

「まじまじと人様の水着をガン見してワタシの欲を全部解説してんじゃないわよドスケベ!!」

涙目で顔を真っ赤にしたメレーエがグレープフルーツくらいある河原の石を掴んでぶん投げ

る構えになったので、妙想は慌てて逃げ出す。

女の子達の水遊びが始まった。

基本的には女の子達が両手で水の掛け合いをしているのだが、ヴィオシアが南国チックなヤシの実を拾ってきた。そのままだと硬すぎるので、分厚いタオルをぐるぐる巻いてボールにしている。バレーボールくらいある塊がオモチャとして加わった事で、バイオレンス度が若干上がる。ビーチバレーとドッジボールの中間みたいなオリジナルゲームが考案され、ルールの不備が見つかるたびに細かく修正されていっているようだ。

いつの間にかお姉ちゃんスイッチが入ったドロテアがまたもや甲斐甲斐しくなっていた。

「きゃあ。ほらヴィオシアちゃん、じ、上下で分かれたセパレート型なんだから激しい動きで水着がずれないように気をつけないと」

「あうー。ドロテアちゃん、このパレオっていうの水で濡れて重たいなのー……」

「外しちゃダメ」

何だ。アレ元々はドロテアの水着パーツだったのか。

班ごとにやっているのはバラバラで、複数人で小魚を追い込んでいるグループもあれば、河原の石を並べて川の水を部分的に隔離し、小さなプールを作っている女の子達もいる。

ヴィオシアはまだまだ未成熟な胸の前、両手でボール代わりのヤシの実を挟み込むように保持したまま、

「先生は川に入らないの？」

「オレは遊びに来ている訳じゃねえの」

「たくさん遊べば先生も羨ましがってこっちに参加してくるわ。そんな訳でドロテアちゃん！　あたーっく!!」

きゃあ、という小さな悲鳴があった。

ヤシの実ボールを受け止め損ねたドロテアが浅い川で尻餅をついている。

まずメレーエの中で時間が止まった。首を傾げたヴィオシアがメレーエの視線を目で追いかけ、ややあって、注目されている事にやっと気づいたドロテアが視線を下げる。自分自身の体を見るために。


透けていた。

白い水着の胸元から、ドロテアの白い肌の色が思いっきり。


どうも大家族のおっとりお姉ちゃんは周りの世話をしているのは楽しいが、その分だけ自分のガードは甘くなるらしい。

「〜〜〜っっっ!!!?!??」

5

夕方になった。

「きゃあ……」

「あれー？　どうしたのドロテアちゃん、そんな内股でぷるぷるして……」

「あつっ、なんかおへその下が、両足の付け根が……熱くて痛い……？　あれ、ああ、動物さん対策の香辛料の小袋を服の上に置いておいたから、も、もしかして激辛成分が変な所に移ったせいで。あああああヒリヒリするう……⁉」

「早くケアしてこいあっちの水辺で一秒でも早くドスケベはワタシが全力で押さえておくから‼」

なんか遠くの方からぱちゃぱちゃ音が聞こえたが妙想は素知らぬふりをしつつ。

他校の引率講師と一緒になって、シャンツェが両手でメガホンを作って叫んでいる。

「えー、みなさーん！　チョーそろそろ班ごとに集まってテント用意してもらいまーす‼」

暗くなる前に班ごとに集まってテントを張らないと今日の寝床がなくなる。

「……ワタシは絶対テント張るワタシは絶対テント張るワタシは絶対テント張る空間を隔離し

て安全地帯を構築するわつまりあの虫どもが入ってこない人間様だけの聖域を……」

都会派の生活に慣れ切ったメレーエは暗い瞳でぶつぶつ言っていた。

(新しい包帯で全身を巻き直した)ドロテアは蠟を塗った分厚い耐水布を広げながら、

「まず、どこにテントを張ったら良いのかしら？　きゃあ」

「魔女術的に立地を計測するにしたって、星が見えるまで待っていたら真っ暗になっちゃうわ。川の流れと丘の配置から優れた場所を探すわよ」

森の中でメレーエは地面に広げた羊皮紙の地図と睨めっこをしている。こんなものがある事自体、今いるエリアは人の手が入った安全なキャンプ場だという証でもあるのだが。

ヴィオシアは水を入れたコップを地面に置き、水面の傾きを確かめながら、

「おおお、まっ平ら。ここは地面が平たくて木の根もないからゴツゴツしていないわ。ちょっと石をどかして地面を均せばパーフェクトなの！」

「……貴殿ほんとに森の中だと活き活きしているわね。ひっ⁉」

大きな石の裏にいたウゾウゾを見てまた小さく飛び上がっているメレーエ。

褐色少女は強気な涙目で、

「まったく、こんなテントで大丈夫なのよね。隙間から虫とか入ってきたら地獄よ地獄、かえって密閉されて虫は出ていかなくなるし」

「ふふー。メレーエちゃんはレンガの家じゃないと安心できないなの？」

「余計なお世話よ誰が三度目の正直のATU0124か」

？　と首を傾げている辺り、ヴィオシアはまだまだ修業が足りないらしい。ATU0124は『家を吹き飛ばす』、代表的な読み物はヴィオシアが自分で言った三匹の子豚である。

メレーエが方位や地形を細かく測り、床の代わりになる革でできた正方形のシートを敷く。ヴィオシアが地面の外周に等間隔で小さな穴を空け、釣り竿に似た細い柱を一本ずつ刺していく。途中、ドロテアに手伝ってもらいながら先端を束ねてドーム状に骨組みを整える。

最後にみんなで防水布の天幕を上から被せて紐で縛り、固定すれば完成となる。

のだが、

「とっとっと！　待て待った、何か骨組みが奇麗にまとまってない？　ヴィオシアっ、貴殿きちんと長さ測って正方形の各頂点に正しく柱用の穴を掘ったのよね⁉」

「わあっ⁉　あっ足元のシートが風でめくれ上がったなの！」

「……これをここに縛って、あれ？　きゃあ、て、天幕と地面の間にちょっと隙間が……」

机上の空論なんぞあてにはならない。

地獄の悪戦苦闘であった。

方位の読み取り、地形の選択、骨組みの角度、地面に突き刺す順番、紐の結び方……。さて、この肉体労働にどれだけ魔女の勉強が組み込まれているか、彼女達は気づいているだろうか？

「できたなのー！　班のテント‼　……あれ？」

ヴィオシアがふと我に返って辺りを観察してみると、すぐ近くでドロテアとメレーエが砂の地面に突っ伏してダウンしていた。長時間の移動と、水遊びも重なったのだ。彼女達は（馬鹿を除いて）自分で思っているより体の疲労が蓄積している。ちょっと遠くに視線を移すと、まともにテントを組み立てる事もできずにデカい布ごと潰れている班もちらほらある。

（先生は流石に大丈夫だと思うけどなの）

「……チョーちょっとお、マジこれゼンゼン夜間巡回のマニュアルなんだけど」

「何で渡すんだオイ……、ちょっと待った何百人っている受講生達の深夜外出夜遊び対策は予備校側の仕事であって家庭教師のオレは普通に夜寝るし！　やだよこんな徴兵制度!!」

が、ここで妙想矢頃はギャル系講師のシャンツェ・ドゥエリングに呼びつけられる。

（動ける私がきちんと働こうなの）

そんな訳で行動開始。

「ふんふーん♪」

ヴィオシアは森を歩いて薪になる乾いた小枝を拾っていた。

キャンプ中はレシピを使った合成ではなく豪快にバーベキューをする事になっているため、燃料がないと身動きが取れなくなってしまう。

何故かみんなへとへとで潰れているため、ヴィオシアが自発的に動かないとお腹が減っても食べるものが出てこない。

と、木々の奥に何か、金色のキラキラしたものが揺れていた。

長い髪？

それから一緒にぴこぴこ動いているのは……尖(とが)った耳？？？

「あれはまさか……伝説のエルフなの⁉」

6

メレーエ・スパラティブの冷たい目が待っていた。

「ありえないわ、この現代に生きているエルフだなんて。化石だって珍しいのに」

「でもでも私はこの目で見たなの‼」

「一人で見ただけ？　それだけ？　その手で直接捕まえたり、せめて銀塩で写真に残したりはしていないの？？？」

「うう｜……」

「ほら見た事か。よしんば貴殿がほんとにエルフに似た何かを目撃したとして、ここはエルフ最後の目撃談が残るキャンプ場よ。暇な観光客が仮装撮影会でもしてんじゃないの？」

「ふぎゅぐぐううううううう｜‼」

追い込まれたヴィオシアが涙目でこっちを睨んできたが、妙想は呆れ顔で軽く両手を挙げただけだった。こんな怪しげな証言、フォローやヘルプなんかできるか。

「きゃあ。それよりヴィオシアちゃん、薪はそれで全部？　ご、ご飯は自分で作らないと出てこないからあ、私達の班も早く準備をしないと」

「……『それより』で流したドロテアちゃんも実は信じていないクチと見たわ……。私はホントに伝説のエルフを見たのになのーっ!!」

喚き散らしているヴィオシアだが、ドロテアと一緒になって焚き火スポットを作っている。やっぱり空腹には勝てないのかもしれない。

昼食は彩灼の森へ来る前の休憩時間に済ませてしまったが、夕飯は違う。

「火は決まった場所で使う事。そうしないと山火事になってしまうからのう」

よその予備校の講師らしき老人がしわがれた声で注意喚起をしていた。

食事は基本的に魔女のレシピの合成ではなく、炎で焼いてのバーベキューとなる。

どうも自炊派のドロテアはこういう即席の火元も自分で細かく調整したいらしい。

「こう？　きゃあ」

「石を積むのは大体で大丈夫だし。隙間ができても砂で埋めちゃえば大丈夫じゃね？」

これも全て勉強だが、まあ初手の力仕事は妙想も手伝おう。河原の石を集めてコの字に並べてかまどを作ったら、上に鉄の網を載せる。後は枯草や薪を規則的に並べ着火するだけだ。

火打石と金属片をガツガツぶつけていると、妙想は『隊』で支給された火花式点火器具のメタルマッチを思い出す。あんなもん実際に使う機会なんか一回もなかったが。

「おー、燃えた燃えたなの！」

「キャンプファイアやってんじゃないのよ、ご飯を作らないと意味ないでしょ。げほっ」

ソーセージも！　分厚いベーコンも‼　とヴィオシアは次々と自分の取り皿にご馳走を確保しながら、

「もぐもぐ、メレーエちゃんはヘルシーな鶏肉派？」

「ワタシは風属性に体内環境を傾けておきたいの。あと貴殿、豚肉は火属性なんだからメボウキやマキンを使うべきよ、ハッカクは水属性のハーブでしょ⁉」

母親は野菜しか食べない人っぽいが、どうもメレーエはそこまで徹底していないらしい。

「ドロテアちゃんは野菜ばっかりなの。オトナー」

「うう。わ、私だってほんとはお腹いっぱいお肉を食べたいんだよう」

こちらも水属性確保のためか、カミツレで香りづけしてから焼いたリンゴを取り皿に引き寄せながらもじもじしているドロテア。誰も頼んでいないのに追加の薪を投じて火加減を見ては時折風を送って、と苦労している割に報われない大家族のお姉ちゃんだ。まあ火の面倒を見て育てる事自体は楽しんでいるようだが。

「あとこれなの、ふふーん☆」

「？　ヴィオシアちゃん、きゃあ、新しい取り皿にお肉を載せてどうしたの？」

「えーと、メモメモ。『エルフさんへ。もし良かったら食べてくださいなの』と」

「……まだそんな話をしてるの？　そんな幻の種族、とっくの昔に絶滅しているわよ。ワタシ達の言葉が通じるかどうかも未知数だし」

呆れたようにメレーエは言ったが、ヴィオシアは気にせず、キャンプ場から少し離れた岩の上に羊皮紙のメモを添えたお皿を置いていた。

主食は細長いパンらしい。バゲットだったか。そこそこ硬めのパンではあるが、厚く輪切りにして焼いても良し側面を縦に裂いてホットドッグのようにバーベキューのお肉を挟んでも良し、といった感じだ。

ハンバーグを見ると白いご飯の定食をイメージしてしまう妙想はちょっと哀しいが。

7

とはいえ、妙想矢頃にできるのは調理の手伝い『まで』だ。

彼は予備校の受講生ではなく、勝手に潜り込んでいるだけの家庭教師だ。つまり月謝を払っていない。キャンプ用品や食材は魔女の卵達が積み立てたものなので、彼が勝手に食べてしまうのは筋違いな気もするし。

そんな訳で妙想は会話の輪からさり気なく離れ、そして釣り竿の準備をした。

何故かギャル系講師のシャンツェがこっちに寄ってくる。

「なに？」

「マジ分かってんでしょチョー私だって月謝をゼンゼン納めている訳じゃないわ。積み立てなしの講師枠なのにあのバーベキューがつがつ食べる気はガチで起きないわよ流石に」

サラリー優先の予備校講師はこういうトコだけ律儀だった。

「キホンはチョー水鏡で？」

「そんな感じ」

超音波を使った魚群探知機がなくても魚の位置を特定する方法は存在する。

私物を盗んだ犯人など悪人を捜す方法の一つに、特殊な手順を踏んで水を張った器をじっと見据える、といった魔法がある。犯人への報復として、浮かび上がった犯人が映る水面に刃物を通すと遠く離れた相手の顔に目印となる切り傷が走るおまけつきだ。

この話、妙想だと結婚相手を調べる古い都市伝説を思い浮かべてしまうが。

（……できればヴィオシア達にも森の外で事前に買い込んだアウトドア用品だけじゃなくて、こうやって大自然全体から叡智を拝借する『状況』を作ってほしいんだけどなー）

「おー、パナい魚影が出てきた出てきた……。んぅー？　でもこの動きゼンゼン待ってチョー意外と人間に慣れてるんじゃあ……。マジやっぱり人が多く出入りするキャンプ場だからかなー、ヤバいやっぱりガチで魚が思いっきり針から逃げてる！」

「じゃあもうちょっと介入だ」

妙想は空いている手で平べったい石を摑むと、水切りの要領で鋭く投げ放った。何度も跳ねて水面を走る石に驚いて急に方向を変えた魚がこちらの針に肉薄する。

家庭教師の少年は竿を強く摑んで引っ張り、

「一丁上がり」

「うふふ☆　チョーこの調子ならマジ今夜のご飯に困らないー！」

「……あとシャンツェ、アンタさっきから何か一つでも手伝ったっけ？　バーベキューは食べられないとか殊勝な事言っておいて、結局タダメシにすがりつくだけじゃねえか‼」

8

夜になった。

班のテントもきちんと張ってあるから、安心して優しい暗闇を迎えられる。

「わあ。夏至は一年で一番お昼が長いって話だけど、いったん暗くなったらあっという間だねえ。きゃあ」

「言っても午後八時よ。受験生にとっては夜の始まりに過ぎないわ」

「すごい。メレーエさん、きゃあ、と、時計もないのに正確な時間が分かるの？」

「……月と星を読むのよ。あれって夜空を闇雲に流れている訳じゃないのよ」

と、（実はメレーエが羨むほど）素直にドロテアが助言を受け止めて実習していると、遠くの夜空で何かオレンジ色の光がチラチラ輝くのが見えた。変わった色のホタルのような。

「？」

晩ご飯も終わったこのタイミングで、

「ほえー、すごいわ。使ってるテキストが全然違うなの！」

ちょっと離れた場所にいるヴィオシアが、何やら知らない女の子と話し込んでいた。

よその予備校の受講生といきなり仲良くなっている。

「ドロテアちゃん、メレーエちゃんも！　この子はコスツス・Ａｆ予備校のイレアナちゃんなの。えへへあっちの予備校じゃ自動書記を利用して自分の弱点を割り出しながら集中的に苦手を潰していく勉強法をやっているみたいなの！」

「へえ」

「予備校の他にもオーロラスワン飛翔スポーツジムにも通ってフォーミュラブルームの実技の底上げをしているんですって、すごーいなの」

イレアナとやらの服装は真っ白なゴースト系、つまり頭の上から大きな布を被った女の子だ。オレンジ色のカボチャと並ぶ魔女の宴の記号。前の合わせが甘いせいで白くて眩い肌がチラチラ見えているので、下はおそらく大きなシールを素肌に直接貼っただけだろうが。

交流や情報交換が起きているのはここだけではない。メレーエが改めて視線を投げてみれば、テントとは違う場所に『陽光縛札（ようこうばくふだ）』のランタンの明かりがちらほら見える。

「メレーエ・スパラティブ……。キャラウェイ・Csのエース？」

「なに？　イレアナって、全国模試のランキングでたびたび顔を出すあの子？」

意外なところで繋（つな）がりを感じつつ。

その内、どこからやってきたのか、勉強法が書かれた羊皮紙まで人づてに流れてきた。みんなで好きなように書き込みをして回しているものらしい。

ドロテアがメガネの奥で目を丸くして、

「火で燃やして力を得るための樹木の暗記早見表だって。アップル、バーチ、エルダー、へぇすごい。こんな語呂合わせもあったんだ……」

ぱしっ、と乾いた音があった。

いつの間にか近づいていた妙想（みょうそう）が、ドロテアの手から羊皮紙のメモを叩（たた）き落（お）とした音だ。

「きゃあ！」

「ちょっと何してんのよドスケベ家庭教師っ」

メレーエが慌てた感じで突っかかってきたが、妙想（みょうそう）は相手にしなかった。

彼は小さくこう呟（つぶや）いたのだ。

「……エルダー、つまりニワトコは違う」

「えっ？」

「×引っかけ問題注意、ニワトコは火で燃やす事が禁忌とされる特殊な植物素材だし×」

「えと、きゃあ、そ、それじゃあ……」

「ただの間違い。人から人へ次々渡る情報はこれだから怖いんじゃね？　悪意はなくても正しい答えが歪んでいくんだからな」

9

見た目は賑やかな林間学校でも、周りはみんなライバルだらけ。

しかもそのライバルが頑なに信じている事だって必ず正しいとも限らない。

そういう事もあってか、それ以降少女達は早々にテントの中に潜り込んでいた。とはいえ、各々のテントはぼんやりと光っているので、すぐに眠りこけている連中は少ないはず。月明かりを封入した『月光縛札』の淡い光だ。テントの中ではライバル達が今も肉体的な眠気や疲労と戦いながら受験勉強に明け暮れているのだろう。

ちなみに、流石にテントの中まで家庭教師の少年が入ってくる事はない。ここは完全にヴィオシア、ドロテア、メレーエの班の空間だ。

そのヴィオシアは自分の膨らんだリュックをごそごそ漁っていた。この時を待っていた、と言わんばかりに。

心配性のドロテアが横からそっと話しかけた。

「ヴィオシアちゃん、きゃあ、何か探し物？」

「じゃん！　こっそりお菓子持ってきたなの。カップケーキくらいのものだけど、それじゃドロテアちゃんはいこれなの」

「えっ？」

「ひゅーひゅー!!　ドロテアちゃんはっぴーばーすでー！　なの!!!!!!」

「あの、そのう、あうー」

きゃー、と思い切りはしゃぐヴィオシアだが、お祝いされている大家族お姉ちゃんのドロテア本人は口を小さくもにょもにょしていた。メガネの奥にある瞳は何か言いたげだ。

メレーエはあさっての方に視線を逃がしたまま、

「（……まあ、浪人生にとっては必ずしも嬉しい話じゃないもんね、歳を取るって。あー早くマレフィキウムに合格したい今年こそ本気出したい!!）」

10

真夜中だった。

この時間帯になると、『月光縛札(げっこうばくふだ)』系の明かりが残っているテントはない。プロの受験生(?)ならそれこそ夜が明けるまでひたすら勉強も普通にありえるが、流石(さすが)にこれだけアウトドアを満喫した後では誰も体力が保(も)たなかったらしい。誰もがテントの中で泥のように寝静まった中、妙想矢頃(みようそうやごろ)が一人外で行動開始すると、視界の端で何か動いた。

ギャル系講師のシャンツェ・ドゥエリングだ。

「気づいたか?」

「まあチョー色々と」

引率講師として一応は教え子達の身の安全を任されている魔女だ。サラリー最優先の『独学なる魔女』とはいえ、いやだからこそか、自分が請け負った仕事は真面目に扱うらしい。

暗い森の中で明かりも点(つ)けず、月の光だけを頼りに二人はテントの集合地点をそっと離れていく。川沿いに少し歩くと、すでに異変があった。

「……、」

ヴィオシアが離れた岩の上に置いていた取り皿が消えている。

「まさかマジほんとに絶滅したはずのエルフがゼンゼン持っていったなんて話はしないわよねえ？　その辺に食べ物チョー置いておいたら、パナい野生動物が持っていっちゃうわよ」

「皿の上にあった肉だけならな」

妙想は慎重な口振りで、

「……でも取り皿や羊皮紙のメモまで奇麗に持っていかれるのは、ただの動物にしちゃ不自然だ。どこにも散らばってねえし。それにほら、すぐそこ」

身を屈めたまま妙想がちょっと離れた場所を指差すと、シャンツェは神妙な顔つきになって手にしたフォーミュラブルームの先端をそろそろと近づけていく。

『ちょっとあのわしちょっとこういう毒見役はちょっ……痛っばあ!!!???』

ばぢんっ!!　と金属の噛み合う凶暴な音が炸裂した。

トラバサミだ。

しかもバネの部分は相当強いものに付け替えてある。仮に人間が踏んづけて作動させたら、足の一本くらい複雑骨折してもおかしくない。

「なるほど」

トラップと言っても侵入者対策の鳴子や塗料なんてレベルじゃない。強くしならせたまま固定された枝の先には鋭いガラスの刃がくくりつけてあるし、樹上のロープにぶら下がった薄い壺はうっかり地面に落として蜂蜜やわざと腐らせた脂肪の飛沫を浴びたら最後、鼻で獲物を追う凶暴な獣達が死ぬほど集まってくるだろう。この調子なら目には見えない落とし穴などもたくさんあるはず。それも穴の底に鋭く削った木の枝をしこたま突き立てた致命的な代物が。

妙想はよそに視線を振った。

少女達が呑気に眠っているテントの群れまでは、一五〇メートルもない。そもそもキャンプ場として安全に整備された森の中にこんなのがあるのはおかしい。猛獣を集めてけしかけるトラップまである以上、単純な獣除けや狩猟用とも思えない。

あと考えられるとすれば、

「安全なキャンプ場っていう前提がとっくの昔に崩れてやがる」

「……何か、チョー良くないモノがマジ勝手にゼンゼン棲み着いているって訳え？」


ざざざざざざざざわざわざわ!!　と夜風に揺られて森の木々が音を鳴らす。

彩灼の森の闇は、まだまだ奥が見通せない。

今日の小テスト2

今日の小テストはおやすみです。
よかったねヴィオシア！　それからみんなも!!

……、

どうしたしヴィオシア。小テスト免除なんて泣いて喜びそうなものなのに

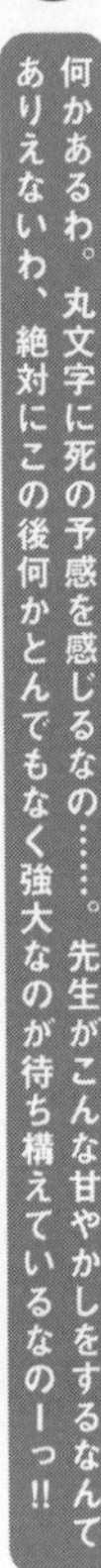

何かあるわ。丸文字に死の予感を感じるなの……。先生がこんな甘やかしをするなんてありえないわ、絶対にこの後何かとんでもなく強大なのが待ち構えているなのーっ!!

考え過ぎじゃない？　ドスケベが何か企んでる証拠なんかどこにもないでしょ

何もないっていう確証も今のところないよう。きゃあ

ダメよ。ないものの深掘りだと悪魔の証明になるだけだわ

あくま？　証明!?　まさかの大事件に突入なの!!!???

馬鹿が無駄に反応しているからもう締めちゃってほしいッ!!

でも、きゃあ、ほ、ほんとに意味がないなら家庭教師の先生さん、わざわざこんな枠を用意するかなあ？

……、

……、

……、

こほん

さ、この中で危機管理能力が一番低いのはメレーエだという意外な結果が出てきたし。スキルはあるのに常識に縛られて隙だらけ、やっぱりこいつエリートのくせにチョロそうなんだよなあ

ちゃんと説明しろちゃんと今すぐに!!!!!!

エピソード3　食べる魔女

1

JX-401単段式宇宙往還機『ほうきがみ』要求スペック：資料バージョン三・五一
ユーザー名《匿名処理》　送信元《匿名処理》

＊本文書は各省庁の貴重な意見を改めてまとめたものを大学や企業等と簡潔に共有するための資料である。諸君はすでに本件への参加を自らの意志で了承している。純国産宇宙開発インフラを実現すべく、『我々』は全要求を満たす現実的な設計図の早急な完成を望む。

乗員：一名（ただしカーゴスペースについては除く）。
最高速度：マッハ九以上（通常大気内飛行）。マッハ三〇以上（真空想定・圏外飛行）。
最大高度：高度四〇〇キロ以上。後者による大気圏外・低軌道への単独到達は必須。

主要動力：JF-23航空燃料＋酸素式ラムジェットエンジン×二（通常大気飛行）、X-5液体燃料＋酸化剤式ロケットエンジン（真空想定・圏外飛行）。
主要電源：大容量リチウムイオンバッテリー＋吸蔵合金式水素酸素燃料電池。
最大無補給航続時間：一時間以上（通常大気内飛行）、四八時間（真空想定・圏外飛行の無噴射待機状態含む）。
最大積載量：二五トン以内（自機の燃料及び酸化剤は除く）。
搭載武装：ナシ（ただしデブリ対策という名目で化学酸素ヨウ素レーザー、空対空ミサイル、ガトリング砲などを即時着脱可能な多用途ジョイント×四。国境なき宇宙平和条約に準拠するため、くれぐれも『戦闘用』『軍事用途』という表現は控える事）。
乗員及び貨物の安全性：世界標準のレベルS。人を乗せるためカーゴスペースも含む。
調達予算：一機三〇〇億円以内。厳守・徹底する事。
（＊受信先ユーザーによる非表示追記：またこれか。機体本体のサイズに対してカーゴスペースの積載量が多すぎる。合衆国が破綻した上での閉塞した宇宙開発事業を打開するための純国産次世代輸送手段の構築、という最初の目的がある以上ここは避けては通れないが、それだけ慣性の負荷が強くかかる以上、今のままでは空中分解のリスクは完全に消し去れないぞ。あと製造コストは各資材の相場や何機生産するかでも全然変わってくるわ！　バカ!!）

2

「先生‼　おはようございま、なーんだ普通に起きてるなの」

「はいおはよう。つかアンタはほんと森の中だと無敵だな」

妙想矢頃が（自前の）ブランケットを畳んでいると、ヴィオシアは朝から上機嫌だった。

「ふんふーん♪　大自然の中では先生だって私には敵わないなの」

「そんなに言うなら今から大嵐でも起こして大自然の恐怖で林間学校を中止にしてやろうか？　紐を結んだ三つの結び目を一つずつほどいたり、地面に穴を掘って水を注いだり、水面を杖で叩いたり。個人の意志で自由自在に気象を操る荒天術には枚挙に暇がねえからなあ？」

ひぃいいいい、とヴィオシアが両手で魔女の帽子を押さえて小さくなってしまった。

「先生は朝からおっかないわ。こんなに気持ちの良い朝なのに、ドロテアちゃんもメレーエちゃんもテントの中で潰れていて遊んでくれないしなのー」

早くも自分の分の朝食を確保したのか、細長いバゲットにウィンナーやレタスを挟んだ手作りホットドッグを手にしてヴィオシアは唇を尖らせていた。元気が有り余っている。

しかし何でもそつなくこなす予備校最強魔女のメレーエまで寝袋から出られずにぐったりしているとは珍しい。話を聞いてもまだ妙想にはイメージできなかった。受験勉強に勤しむ弊害として、都市型の生活に慣れ過ぎてしまったのかもしれないが。

妙想(みようそう)が改めて周囲を観察してみると、魔女の浪人生達は厚切りのパンに手作りのピクルスやザウアークラウトなど酸(す)っぱい系の野菜の漬け物を載っけて、さらに上から溶けたチーズをしこたまかけたものをもくもく食べている。

「あうー……。せ、せめて川のお水で顔だけでも洗わなくちゃ、きゃあ……」

「ドロテアちゃんっ、寝ぼけてゾンビってないでちゃんと体の包帯巻いてなの！　全体的にゆるゆるなのー⁉」

筋肉痛と慣れないテント泊のおかげでどこか動きがのろのろしている少女達は、（森の中では最強なヴィオシア以外は）朝から脂っこいバーベキューを楽しむほどの余裕はないらしい。

簡単な朝食を食べたら、テントなどのかさばる荷物はここに置き、いよいよ今日は彩灼(さいしやく)の森(もり)の奥にある『女神の泉』に向かう。

ギャル系講師のシャンツェが先頭でぶんぶん手を振りながら、

「ゼンゼンそれじゃマジ皆さん先生の後にチョーついてきてくださいねえ。林間学校の前に、途中ではぐれて遭難しても受け入れますって誓約書をガチで書いているはずなので無駄にパネェ命を散らさないように」

「……くそ。何で空飛ぶ魔女がこうも地べたを這(は)って移動しなくちゃならないのよ、ワタシは垂直離着陸できるんだから五〇〇メートル分の短距離滑走路もいらないのに……」

「チョーこんな木々のトンネルでマジ頭上を覆い尽くされたゼンゼン深い森の中で無理に飛ぼうとしたら、小鳥とぶつかるパナいバードストライクくらいじゃマジなくなりますよ。ガチで全身の肉を枝葉に削ぎ落とされるどころかダイレクトにマジ首が飛んじゃいますのでぇ☆」

「あう、きゃあ」

特に口答えもしていないメガネ少女のドロテアの方が何故か一人で萎縮していた。

素早く飛ぶのはメリットばかりとは限らない訳だ。高速飛翔の最中に小鳥と衝突するバードストライクなども魔女にとっては大きな問題になっているし。

木の根に大きな岩、あちこちに流れる透明な川などと格闘しながら二時間くらいかけて蒸し暑い森の中を歩いていくと、やがて自然の景色に違和感が生じた。

白。

そして直線。

南国チックな緑に半ば埋もれつつあるが、地面に白い大理石の表面の長方形が見える。かつての石畳だ。視線を奥に向けると柱や壁の残骸がちらほらと散在し、少しずつ人工物の密度が増えていき、やがて義務教育の学校の校舎よりも巨大な神殿が現れる。

ヴィオシアは真っ白な神殿を見上げて、

「ふえー」

「ゼンゼンここが国一個分よりマジ大きな彩灼の森の始点、ガチであらゆる川の水源となります。水の神殿の中心にチョー組み込まれたパナい水源こそが『女神の泉』という訳ですね」

できてからどれくらいの年月が過ぎたのか。

あちこちの柱は倒れて石壁も崩れていた。元の色が白だったのかも謎だ。中と外の明確な境もないので木の根が侵蝕してきて、足元では小さなリスが走り去る。引率しているシャンツェが最短コースで奥に向かわないのも、天井が崩落しない場所を選んで慎重に進んでいるからだろう。

建物に入ってから、最奥に辿り着くまでさらに三〇分はかかったと思う。

明らかに空気の違う空間にぶつかった。

ギャル系講師のシャンツェが言った。

「チョーここですっ、『女神の泉』」

3

直径にして一〇メートルはある、まん丸の泉だった。

深さは中心部分だと一メートル以上ありそうだが、どうやら白い石造りの水底は階段状になっているらしい。一番外側、縁の部分なんて五〇センチもなさそうだった。

水の透明度が高過ぎるのもあって、じっと見ていると距離感を見失いそうではあるが。

（円形の泉に、反則技を得意とする女神ね……）

周囲は人の身の丈より大きな石碑が取り囲んでいるため、不思議な円卓のように見えなくもない。まん丸の泉の中心から透明度の高い水が緩やかに溢（あふ）れているらしく人工的な複数の直線的な溝に従って全方位へ、水の神殿自体の外まで流れていくのが分かる。

「きゃあ、あれがフォーミュラブルームを進化させる、め、『女神の泉』」

「……、」

珍しく、キャラウェイ・Cs予備校のエースであるメレーエも静かになっていた。

ギャル系講師はくるくると自分のホウキを回し、先端で集団の中から一人をびしっと指す。

「はいチョーそれじゃヴィオシア・モデストラッキーさんから」

「えう⁉　わ、私から、なの⁉」

フォーミュラブルームは魔女の卵にとっても大事な品だ。ここでカスタムすれば『芯（コア）』に触れずしてスペックの底上げができるとは言っても、いざ初めて『女神の泉』と向き合った時に萎縮が発生してもおかしくない。ただ、複数合同だから魔女達は何百人もいて、陽が暮れたらまたあのキャンプ場まで歩いて戻らないといけないのだ。立ち往生なんてしていられない。

こういう時は考えなしにスタートを切らせた方が良（い）いとギャル系講師は判断したらしい。

そして、呻（うめ）きながらも一歩前に出るのはヴィオシアらしいか。

「よーしメフィストフェレス、やると決めたらがっつりパワーアップしてやるなの。ホウキを泉にドボン！　水の底までじゃぶじゃぶ……」

「ヴィオシア、呪文の方は覚えてんのか？」

「あうー」

まだ呪文を頭の中できちんと暗記できていないのか、ヴィオシアは横から（同い年なのに）地味にお姉ちゃんなドロテアにこそこそ教えてもらっていた。さらにポンコツはポンコツなりに自分の両手を見て一本ずつ指を折って自分の記憶を刺激しながら、ふらふら言う。

「……ATU0729、ぐぐぐ、それは金の斧と銀の斧と鉄の斧を互いに交換する泉の儀式。アクアエスーリス、それは治癒の温泉でありながら呪いを刻んだ鉛板をも受け入れる祈願と逆転の浴場。そして、ううー、黒ミサは聖なる儀式を敢えて汚す事で呼び出す力の性質を変異させる。えっと、私はここに魔女術呪器を水底へ沈め光り輝く変異を祈願する、なの!!」

大きな声が『女神の泉』を中心に、水の神殿や南国風の森にまで響いていった。

ちなみに正式な分類は『水の精霊と金の斧』なので混同には注意である。

そのまましばらく待つ。

光も音もなかった。

ヴィオシア・モデストラッキーは首を傾げて、

「あれ？　特に泉が光ったり水の中から女神様が出てきたりはしないなの」

「貴殿は心が汚れているから応えてくれないんじゃないの？」

　しかし失敗とはどういう事か。

　そんなに難しい呪文の並びではない。妙想とシャンツェはヴィオシアの口や指先の動きを観察していたが、おっかなびっくりではあっても、どこかで明確に間違えた様子はなかった。

　一歩離れて観察していたシャンツェも不思議そうな顔で、

「マジおかしいですねぇー。ゼンゼンちょっとみんなのお姉ちゃんっ、ドロテアさんのパナいフォーミュラブルームを貸してもらえますう？」

「え、はい」

　シャンツェは受講生のホウキを受け取ると、身を屈め、ヴィオシアと同じように清らかな水の中へと両手でゆっくり沈めていく。

　今度はギャル系講師が手慣れた感じで先ほどと同じ呪文を唱えていく。

「ＡＴＵ０７２９、それは金の斧と銀の斧と鉄の斧を互いに交換する泉の儀式。アクアエスーリス、それは治癒の温泉でありながら呪いを刻んだ鉛板をも受け入れる祈願と逆転の浴場。そして黒ミサは聖なる儀式を敢えて汚す事で呼び出す力の性質を変異させる。私はここに魔女術呪器を水底へ沈め光り輝く変異を祈願する」

　が、

「やっぱりマジ『女神の泉』はゼンゼン起動しない……」

「なに、汗水垂らして来たのに遺跡が壊れてんのッ⁉」

「ど、どうしよう、きゃあ」

「うーん、チョーこれは施設全体の方にガチで不備があるのかもしれませんねえ」

「みんなひどいなのっ！　私の時は躊躇なく疑ってきたくせになのー‼」

涙目のふくれっ面になるヴィオシアは長身のドロテアが後ろから抱き締めてなだめつつ。

複数の予備校の講師陣が集まって密談を始めてしまった。トラブルの気配を察してか、ハロウィン仮装みたいな格好の少女達にも不安が伝播していくのが分かる。

妙想矢頃はそっと息を吐いた。

それから『女神の泉』の外周、白い大理石でできた遺跡全体から一点を指し示す。

「シャンツェ」

「マジ何よ部外者家庭教師……おっと」

反射で、唇を尖らせて文句を言いかけたシャンツェだったが、腐っても予備校講師だ。妙想が何を言いたいかはすぐに理解したらしい。

ここは深い森の中にある、学校の校舎に匹敵するサイズの巨大な水の神殿だ。

その中心点。

『女神の泉』を取り囲むように配置された、八つの巨石。

身の丈を越える石碑の一つが消えている。

「チョーふむふむ……」

シャンツェが水辺の縁で屈んで調べていた。妙想も後ろから、立ったまま様子を眺める。

透明度が非常に高い水の底を覗き込んでみても、砕けた石の塊がゴロゴロ沈んでいる様子はない。つまり経年劣化で遺跡の一部が勝手に壊れたのではなく、忽然と消えているのだ。

そして身の丈より大きな石碑は自分で歩いて家出はしない。

彩灼の森そのものは小さな国一つを包むほど広大でありながら、今ではすっかり観光地化が進んでいくつもキャンプ場が点在しているロケーションでもある。

つまり誰でも自由に足を踏み入れられる。

パニック防止のため教え子達には内緒にしているが、現に、おぞましいほど出力を引き上げたトラバサミを始めとしたトラップがあちこち勝手に仕掛けられているみたいだし。

妙想は小さく頷く。

屈んだまま、金髪褐色のギャル系講師シャンツェは慎重に呟いた。

「……ゼンゼンひょっとして、あんな馬鹿デカいもんマジ誰かが盗んだ？」

4

「ううー、暇なの……」

ヴィオシアは唇（くちびる）を尖（とが）らせていた。

場に重たい停滞の空気が漂っているのは彼女にも分かる。せっかく『女神の泉』までやってきたのにフォーミュラブルーム＝ヴィッテンベルクにも変化がない。

「しかし近代化改修を進められないのでは『初夏予備校合同課外授業（サマーソルスティス）』に来た意味ないわ」

「今年も問題ですが、来年度からどうしましょう。彩灼の森（さいしゃくのもり）以外で近代化改修となると」

離れた場所では双子姉妹や杖（つえ）をついた老人など、複数の予備校講師が集まって話している。

「……盗まれたって、管理組合の方はどうなっておるのかのう？」

「チョー事態をマジ把握しているとしたらゼンゼン放置しているとは思えませんけどお」

ぶっちゃけ暇だ。

崩れた石壁の上に腰掛けて足をぶらぶらさせていたら、いきなり妙想矢頃（みょうそうやごろ）からこう来た。

「女神は三人組で描かれる事が多い。北欧神話で運命を司（つかさど）るウルズ、ベルザンディ、スクルド。ギリシャ神話では運命の糸を操るクロト、ラケシス、アトロポス。ただし×引っかけ問題注意、**現在のクロトが最初に糸（いと）を紡（つむ）ぎ、未来のアトロポスが最後にハサミで切り取る役目だから順番**

に気をつけろ×。じゃあ同じくギリシャ神話に出てくる三姉妹、エリニュスは（　　　）と（　　　）と（　　　）で三人合わせて何の女神だ？」

「ぎええ！　こんな停滞の重たい時間にお勉強まで突っ込むだなんて先生は鬼なの⁉」

「アホか受験生の一番の大敵は何もしないアイドルタイムだし。勉強にせよ休息にせよ、こういう隙間をいかにして効率的に埋めていくかでライバルと大きな差がつく。……ちなみにエリニュスは復讐（ふくしゅう）の女神で（アレクト）、（ティシフォネ）、（メガイラ）の三姉妹だ。はい暗記‼」

「休息の選択肢もあるわ。先生が自分で言った話なの！」

「森の中で元気が有り余ってる今のアンタに五分睡眠の必要があるのか？」

ヴィオシアは両手で耳を塞いで逃げ回る。

水の神殿は半分崩れかけているが、それでも大きな劇場くらいある馬鹿デカい建物だ。今ではどんな目的で存在するのか誰にも説明できない小部屋も多い。ようやっと家庭教師の猛攻から逃げ切ったヴィオシアだったが、視界の端でふと何かがキラキラ反射した。

崩れた石壁の向こうに広がる南国の森の木々。

さらにその奥。

赤青黄。極彩色の草花の茂みの向こうで小さく揺れているのは、金色の長い髪と、

「長くて尖（とが）った耳……？　あ、あれは伝説のエルフ、なの⁉」

5

ふと、ドロテアが何かに気づいた。

きょろきょろと辺りを見回してから、恐る恐るメレーエの上着を指先で摘まむ。

面倒見の良い大家族お姉ちゃんは言う。

「あれえ？　ねえメレーエさん、きゃあ、あの、ヴィオシアちゃんどこ行ったか分かる？」

「いないって、マジ？」

銀髪褐色の空賊少女は額に手をやって、

「……冗談でしょ、まさか待機しているのが暇だからってほんとに単独行動して勝手に遭難しちゃった訳？　まったく、『初夏予備校合同課外授業』に参加する前に、深い森で遭難しても受け入れますって誓約書を書かされているの忘れてんの⁉」

しかしヴィオシアは集団から離れてどこへ行ったのだろう。

考えられるのは一つだった。

「やっぱり、きゃあ、ま、幻のエルフを捜しに出かけたのかしら？」

「だとしたらヴィオシアのヤツ、永遠に森の中をさまよい歩くつもりなの？　アレはとっくの昔に絶滅した『伝説』に過ぎないでしょ！」

「でも、ヴィオシアちゃんは一体何を伝説のエルフと見間違えたんだろう？　きゃあ」

水の神殿から外の森へ、足早に飛び出そうとしたドロテアの手首をメレーエは掴む。びっくりするドロテアをよそに、銀髪褐色の空賊少女は懐から小瓶を取り出して自分の両手首にそれぞれワンプッシュでスプレーを吹きつけた。

「香水よ。人の鼻には分からないけど、犬型の使い魔でもいれば追跡できるヤツ。これだけ魔女がいるんだし、それに引率の講師陣ならまず間違いなく用意しているでしょ」

「きゃあ、パンくず代わりに？」

「そ。ATU0327a、ヘンゼルとグレーテルをひもとくまでもなく、実際の森でパンくずなんか落としてもあっという間に鳥や動物達に全部食べられちゃうからね。捜しに出かけるワタシ達まで二重遭難しちゃったら元も子もないわ」

新しく吹きつけるのは面倒だと思ったのか、メレーエの手首が直接ドロテアの首筋や腋の下などへぐりぐり押しつけられる。くすぐったいがここはぷるぷる耐える包帯ゾンビ少女。

女の子同士でお裾分けが終わったらいよいよ探索開始だ。

「ど、どっちから捜そう、きゃあ？」

「どこへ行ったにせよ、ヴィオシアの移動の『始点』はこの水の神殿って分かっているわ。ここは確定。だからとりあえず外周を一周するわよ。ドロテア、貴殿は下草や小枝が折れた場所がないか重点的に目で見て調べてみて。ワタシは地面の足跡を担当するから！」

「うん。きゃあ、分かった！」

決意を新たに遠くを見据えつつ、メガネ少女のドロテアは自分の胸元に指先をやった。

谷間から出てきたのは細い鎖の先に透明な石がついた、ダウジング用のペンデュラムだ。

メレーエは遠い目になった。

「……ああそう、そういう隠しポケットがあるヒトなのね。貴殿はマムと同じ側の人間だわ」

「？」

6

「こっちかな、あっちかな、ううん正解は川をまたいで向こう側なの！」

靴やロングスカートの裾が濡れるのも構わずヴィオシアは水深三〇センチもない浅瀬をざぶざぶ横断していく。深い森の中において、足跡を辿るなんていうのは追跡の基本だ。そして川をまたぐ事で足跡や匂いを消そうとするのは応用編の入口でしかない。

(周りの人の声を聞く限り、実はどうもラストダンジョン級だったらしい)おばあちゃんの森で小さな頃から野ウサギやキツネ相手に本気でかくれんぼをしてきたヴィオシアにとっては、こんなのは騙し合いの内にも入らない。

「ふんふん♪　濡れた足跡はこのまま真っ直ぐ……おっと見えてきたわ」

チラリと金の輝きが木々の間を揺れているのが見える。

長い髪の毛だ。

メレーエは頭ごなしに否定していたけど、やっぱり『誰か』はいる。

（えーと……おんな、のこ？）

「んーう、長い耳がもう一回ばっちり見えたら確定なんだけど……見えないなのー」

ちらりと見えただけだが、あの調子だとどうも長いストレートの金髪は足首辺りまで伸びているようだ。細かい三つ編みを使って自分の頭を飾っている。

がさがさ音がしているのは、つるりとした陶器っぽい質感の白と銀の杖で茂みを分けながら歩いているからか。どことなく十字っぽい形の杖だ。

何にせよ、今いきなり声をかけたらそれこそ脱兎のように逃げ出してしまう気がする。

もうちょっと、現状の距離を保ったまま後を追ってみよう。

前方の人影はどこかへ向かっているようだが、かと言って真っ直ぐ目的地に進んでいる訳ではないらしい。あっちにふらふらこっちにふらふら。途中にあるハイビスカスの香りを嗅ぎ、青い鮮やかなちょうちょが飛んでいると人差し指を伸ばして指先に留まるか注視し、太い木の幹に靴底でキックして落ちてくる毒々しいほど真っ赤な果実を拾っている。

（……寄り道しているなの）

ヴィオシア自身にも覚えがある。

神殿学部(しんでんがくと)の通学路と違って気ままにあちこち見て回っても叱られないのは羨ましい。

前方の少女が誰だか知らないが、手にした赤い果実に齧(かじ)りつきながら歩いている。

相手は生きているのだ。

少なくとも、質量のない幻や幽霊を相手にしている訳じゃない。

「うう｜、枝や茂みが邪魔でやっぱり耳が見えない。確認したいなのっ」

小さく呟(つぶや)いた時だった。

あちこち立ち寄っていたエルフが、ふと立ち止まった。

いきなり後ろを振り返るかもと警戒するヴィオシアだが、そういう訳ではないらしい。

その場で突っ立ったまま、視線を手元にやっている。

というか三つに畳んだ羊皮紙を広げている。

「あれは……」

ヴィオシアがバーベキューのお肉を載せた取り皿と一緒に置いておいた、羊皮紙の手紙だ。

(ちゃんと読んでいてくれた、なの？)

風向きが変わった。

風上と風下が入れ替わる。ヴィオシア側から向こうへ香りが流れるリスクが出てきた。

前方で揺れる金髪がピタリと止まる。そこからはのほほんとした寄り道がなくなる。

微妙な空気の違いに赤点魔女は眉をひそめて、

（んぅ？　こっちの追跡に気づいているの？）

こちらがさらに一歩踏み出したら、だっ、と先を行く人影が両足に力を込めて、

「コケた！　なの⁉」

どうも木の根に足を引っかけたらしい。

ヴィオシアが反射で叫んだら、思いっきりやっちゃった前方の人影はわたわたと起き上がって茂みの奥へ消えてしまった。かわゆい。とはいえヴィオシアはあまり焦っていなかった。おばあちゃんの森で野ウサギやキツネとかくれんぼをしていた時もそうだったが、慌てた時のリカバリー行動には余裕がないので、往々にしてあまり複雑な陽動や回り道にはならない。

そこから少し歩いていくと、だ。

「おや？」

赤青黄。南国っぽい極彩色の草花で彩られた深い森の奥に、おかしな色彩が見えた。

白。

冷たい石を組み合わせて作った、小さな家だ。いや、二階建ての家屋とは別に、小振りな建物が地面に落として溶けたアイスみたいにくっついている。

（これはエルフのおうちなの？）

「……違う、なの」

規模こそ違うが、ヴィオシアには馴染みがあった。おばあちゃんの家に似ているのだ。

生活空間である家屋と、高度な調合や合成に使う実験場の組み合わせ。

これは世俗から隠遁する魔女が好んで構築する隠れ家だ。

「煙突が二つあるわ。煙の順路さえ迂闊に混ざり合わないように気を配っている、やっぱり使い方に合わせてかまどが分けてあるなの……」

もしこの場にドロテアがいれば気づいたかもしれない。

遠くの夜空でチラチラ見えたオレンジ色の光点は、煙に混ざった火の粉だったのでは、と。

ヴィオシアはそっと近づくと、二階建てではなくその隣にくっついている実験場の窓を覗き込んでみた。外界の影響を極力排除するためか、こんな蒸し暑い彩灼の森でも断熱を意識してガラスは二重にしてあるようだ。奥にあるのは手押しポンプやかまどといった台所関係にも似ているが、でも調理台の代わりに中央に置かれた木製のテーブルにはガラスの実験器具がたくさん並べられていた。フラスコ、ビーカー、試験管、ランプ、冷却器、天秤、他色々……。あそこでご飯を作るとはとても思えない。

極めて清潔なのに、考えなしに口に入れたら人間なんかあっさり倒れてしまう。

そんな、白革を作るための漂白剤に似た空気で満ちている。

窓から見える室内は幻覚や死亡リスクすらある危険な乾燥ハーブが小瓶に分けて棚にずらりと並べられており、炉にかかった大鍋も調理用ではなく、細部を調整されている。

これが魔女の隠れ家だとしたら、さっきのエルフは何だったんだろう？

魔女と一緒に暮らしているのか、あるいはあのエルフが魔女なのか。

「あれ……？　何かある、なの」

実験室の奥の方、壁に不自然なものが立てかけてあるのが見えた。

ヴィオシアの背丈よりも大きな石碑だ。

（さっき『女神の泉』でも見た……でも、一個だけ抜け落ちがあるとかいう。じゃあここの人が盗んじゃったから『女神の泉』は動かなくなっちゃった、なの？）

だとしたら大変だ。

今すぐ引き返して妙想矢頃やシャンツェ・ドゥエリングを呼んだ方が良いかもしれない。

が、ヴィオシアの足は動かなかった。

声が聞こえたからだ。

「？」

（おうちの人かも、なの？）

何しろ今はまだ相手の顔も名前もはっきりしていないのだ。どうせなら知らせる話は多い方が良い。声のする方に従い、ヴィオシアは壁沿いにそろそろと実験室から家屋の方へと近づいていく。身を屈め、窓のすぐ下へと張りついた。

そっと覗いてみる。

どうやら玄関から繋がったリビングらしい。ソファや脚の低いテーブルなどが見える。そしてこっちには、良く磨いた水晶球やトランプなどのカード類が見て取れた。占いの道具だ。

皿の上に載ったいくつかのパンくずも。

それから、

「フレイニル、帰ったかね」

「はいなノです。エリナルバ様」

「途中で誰かに見つからなかったかえ？」

「**何ノ話カ分カラナイノデス**」

「やれやれ、それで隠しおおせたつもりになっておるのかね」

見た目は無表情なのにぷるぷる小刻みに震えている少女を見て、エリナルバと呼ばれた老婆は呆れたように息を吐いていた。

「嘘が苦手、か。こいつはこれまで多くの人と顔を合わせて話をしてこなかった弊害かもしれん。……ともあれだとすると、単純に問題が生じたと見るべきか、あるいはチャンスが回ってきたと受け取るべきか」

会話の様子から察するに、二人は知り合いらしい。

おそらく一緒に生活している。

どういう関係か知らないが、少女の歳はヴィオシアより若いかもしれない。見た目は白っぽいゆったりした神官装束なのだが、両足は太股近くまである分厚い革のブーツだった。アンバランスだけど、おそらく実際に森を歩く上で必要だと感じた着こなしなのだろう。

そして少女の耳は鋭く尖っていた。

エルフだ。

神殿学都の博物館にある化石でも、そこから復元した予想図でもない。雪のように白い肌にキラキラと光を跳ね返す金の髪。実際に瑞々しい姿ですぐそこに立っている。

窓のすぐ下に屈んだままヴィオシアは小さな鼻から息を吐いて、

(……いるなのいるなの、本物のエルフ！　これでもうメレーエちゃんは私を嘘つき呼ばわりできな、あーっ！　銀塩なんか持ってきてないから証拠の写真を持ち帰れないなの‼)


「おい」

「ひゃっ⁉」


飛び上がった。

心臓が止まるかと思った。

フォーミュラブルームを両手で摑んだまま立ち上がる事もできず尻餅で後ずさりするヴィオシアに対し、窓辺からこちらを見下ろすエリナルバとかいう老婆は呆れたように息を吐いた。

「やれやれ全体的にアホなのかね、窓の下にいたって大きな帽子が見えとるわ。こっちから捜す前にわざわざ飛び込んでいただけるとは」

「エリナルバ様」

「これは素材にする。可能性は低いが、別建てのな」

エルフの少女が引き止めようとする前に、老婆は簡潔に言った。

（あれ……？）

何かの流れができつつある。

ようやく、ヴィオシアの中で何か冷たいものが胃袋に落ちてきた。

（エルフの子と一緒に暮らしているのは分かるけど、でも何で、魔女のおばあさんはこんな森の奥で人目を避けて隠れ住んでいるなの？）

マレフィキウム卒業生なら華々しい世界が待っているはずだし、シャンツェのような『独学なる魔女』だって自分で仕事を選んで生活はできる。おばあちゃんの家も深い森の中にあるけど、あれは長い長い時間をかけて庭の木々が巨大な森に変じただけだ。

そういうのではなく、もし本当に隠れ住んでいるとしたら。

さもないと不利益を被る……つまり、人に言えない事して世間の目から隠れる必要がある？

気がつけば、窓辺から老婆の姿は消えていた。

ぎっ、という玄関のドアの軋む音が響く。

老婆エリナルバと、傍らにはエルフの少女も立っている。

エリナルバが両手で地面に引きずるようにして持つのは、フォーミュラブルーム。しかも先端には鋭い金属が取りつけてあった。干し草の運搬で使う大きなフォークだが、実はホウキと同じく、これを持って宴に参加しダンスを踊る伝説も存在する。

「こんな所まで追ってきたという事は、エルフに興味があるのかね？」

「う、うん、なの」

「……わしもじゃよ。このまま絶滅させてしまうのはあまりに惜しい。このエリナルバ・ロングハウス、どうにかしてエルフという種族そのものを再び繁栄させなければ」

一見すれば、会話は成立しているように見える。

エルフという共通の話題や価値観でもって。

だが。

「だから、最初は創ろうとした。すでに絶滅してしまったエルフを、多くの化石が眠るこの森で。でも実現はせんかった、わしの腕では。結局は小さな国ほどもあるこの森で運を天に任せて幻の種族を捜し出すしかなくなった訳じゃ。まあ、『水の神殿』から流体の指向性を操る石碑を失敬して、多少の運気はいじらせてもらったがね。ホウキに乗って空を飛ぶ、自分で直接的な超常現象を起こすだけが魔女の魔法ではない訳じゃしな」

得意げな調子でもなかった。

乾いていた。

話はできるのに何かが噛み合わない。

ぶつぶつもごもごと、皺だらけの老婆の口元からどこか平坦な声がずっと続く。

「じゃがわしにできたのはそこが限界じゃ。稀少極まりないエルフが一人だけ見つかったところで先細り、それでは結局個体は増えず一代限りでおしまいとなる。かと言って、人間なんぞと結婚しても血の純度が薄まるだけじゃ。それでは生まれてくるのはハーフエルフのみで、すなわちエルフという種族をこの手で完全に根絶してしまうのと同じ。エルフじゃ。純粋なエルフ。これをどうにかして激変に耐えられるよう数を増やさなくては」

「あの」

「……憧憬の頂点。ＡＴＵ０３２７ａ、ヘンゼルとグレーテル。目印代わりのパンくずはいくら千切って落としても絶対にパン本体はなくならなかった。太古の頂点。タングニョーストとタングリスニル、北欧の雷神トールの戦車を引く山羊達は何度殺されて喰われても必ず蘇る。邪悪の頂点。醜い魔女は赤子を鍋で煮込んで特別な膏薬を作る……」

延々と、老婆は口の中で呟く。こちらなど見ていないのかもしれない。

圧倒されつつあった。

それでもへたり込んだままヴィオシアの口が開いたのは、どうしても頭の中で消化のできない疑問がゴリゴリとした異物感を訴えていたからだ。

「え、エルフの数を増やすって、い、一体どうやって……？」

「切り裂いて」

「……？」

「生きたまま何度も何度も切り裂いて。右半身も左半身も上半身も下半身も。断面の全てから新たな肉や骨が湧いて出てくるようにフレイニルの『状況』を変えてしまえば、彼女一人でもエルフは増やせる。いくらでも。この方法だと、メス型のエルフしか増やせない問題はあるがね。それでも一回のミスでいきなり絶滅だけは回避できるじゃろう」

聞き間違い、ではなかった。

だがそうなると、思考の根幹そのものが理解できなくなる。

老婆は今なんて言ったのだ？

そして何故フレイニルはこれを聞いても眉一つ動かさない⁉

「そ、そんなの、おかしいなの」

「魔女の魔法とは不可思議を前提とする現実にある問題の解決手段じゃろう」

「だって痛いなんてものじゃないわ！　ほんとにやったらフレイニルちゃんは泣き叫ぶどころじゃ済まないいなの！」

「彼女の気持ちがエルフという種族全体の繁栄に何か影響あるのかね？」

「……、」

ご飯を食べる前には手を洗うものです。

そんな、子供に言って聞かせるような口調しかなかった。

「フレイニルは今のところは最後の一人。いつ何のきっかけで不慮の事故が起きて本当に絶滅するか分からぬ稀少極まりないエルフじゃ。悲劇を回避するには数を増やすしかない。わしは、これを花のように愛でてそのまま年老いていく滅びをただ待つつもりはないぞ」

言っている事は正しい、のかもしれない。

だけど正しい以外の何があるのだ？　こんな話。

「っ、フレイニルちゃん！」

とっさにヴィオシアが叫んだが、当のエルフ少女は首を傾げているだけだった。

老婆が話している内容を理解できていないのかもしれない。

繁栄の礎となる。

生きたまま切り裂いて、という言葉の具体的な意味が。

（……何かのたとえ話だと思っている、なの？　このおばあさんの目を見れば何の比喩でもない事くらい分かるだろうになの！）

ただの名前や記号ではない。

ヴィオシアの手紙を読んでくれて、それを放り捨てず大事に取っておいてくれた女の子だ。

彼女は自分と同じ心を持っている。

そういう確信がある。

そんな子をこのまま放っておく訳にはいかない。

何があっても。

「お前さんは別のアプローチを試す」

「別の……？」

「エルフとは、死した巨人の遺骸から自然に湧いた虫のような存在を美しい形に整えたものじゃと言う。巨人とは神の敵対者。正しさの逆に位置するもの。……この小さな世界に踏み込んだお前さんはちょうど良い配役じゃろう？」

「……、」

「フレイニルをいくら裂いたところで増やせるのは同じ個性を有したメス型のみ。この手法を扱える人間のわしの命とていつかは途切れる以上、エルフはエルフだけで継続的に集落を繁栄できるようオス型も適当に混ぜておく必要があるじゃろう？　お前さんは、正確には表にさらして適度に腐らせたその遺骸は、そうした試作の一つにすると言うておる」

思わず目を背けようとしたのか、ヴィオシアの首の筋肉が不自然に強張る。

大好きなおばあちゃんに懐いていて、祖母の病気を治す薬を作るためにマレフィキウムを目指すほどになったヴィオシアだからこそ、より一層辛いのだ。

年甲斐もなく。

己の欲を制御もできず、自覚的に正しさを否定し、ひたすら醜く歪んでいく老婆を見るのは。

「ま、待ってくださいなノですエリナルバ様。その人は何も悪い事はしていないノです！」

「エルフ保全という段階において、良いか悪いかの話など誰もしておらん」

老婆は一言で切り捨ててから。

わずかに眉をひそめた。

「声に震えがないところを見るに、嘘偽りのない本音のようじゃが……。それでもわしは、エルフの繁栄のためなら何でもするよ。たとえお前さんが泣いて拒む行いでもな」

「……、」

「……フォーミュラブルーム＝レイキャホルト。さあ、応えておくれスノッリ」

ホウキと大きなフォークを組み合わせたフォーミュラブルームを引きずるようにして、老婆がこちらに迫る。

当然のように、人の血肉をぐしゃぐしゃにする魔法を携えて。

「何度もでも試そう、いくらでも繰り返そう、どこまでもエスカレートしよう。現状唯一の生きた化石、フレイニル・ナインワールドだけでは足りない。エルフの絶滅を避けるためなら、わしはどのような罪も悪しき業も背負ってみせる」

一人では、絶対に切り抜けられなかった。

だけど最後の瞬間に間に合った少女達がいる。

7

「きゃあ、ヴィオシアちゃん！」

「なに一人で超格好良い事やってんのよ赤点魔女‼」

慌てたように飛び出してきたのはドロテアとメレーエだった。ざざっ‼　と二人は鋭く立ち位置を変えてヴィオシアとフレイニルを庇(かば)うよう左右に展開する。

メレーエは片手でフォーミュラブルームを掴(つか)み、空いた手で老婆を鋭く指差した。

「それにアンタの話は森の中に筒抜けだったわよ。独学なる魔女エリナルバ、絶滅したと思われていたエルフを執念で見つけたのは大した腕だと思うけど」

「……そうじゃ。わしはエルフの発見者。命名権も含めて多少の権利があってもおかしくはないじゃろう？」

発見者。

森で拾った動物か、飼育している、という認識なのか。だからエルフをどう生活させるか、ど

う使い切るかも飼い主が一人で決める。それ自体、人間側から眺めた身勝手過ぎる視点なのだが、メレーエが言っているのはそういう話ではない。

「フレイニルだっけ？　その子は確かにエルフの最後の一人かもしれない」

「そうじゃ、ああ、そうじゃ！　本当に最後の一人。邪法であっても数を増やさねば、今度の今度こそ純粋なエルフは絶滅してしまう……!!」

「でもエルフはエルフよ。『伝説』通りだとしたら、その寿命はざっと一万年以上だっけ？　とにかく長大極まりないものになる」

メレーエの指摘に、老婆エリナルバが止まった。

指を差して銀髪褐色の空賊少女が言い放つ。

「一万年よ？　そんなの人類全体が滅んだ後まで普通に生きてるかもしれない。ワタシ達にとっては先細りの最後の一人に見えたとしても、一万年に一回運命の出会いがあれば普通に結婚できちゃうフレイニルからすれば別に焦る話ですらないわ。たまたま見つかった最後のメス型を今すぐ体を切り裂いてでも数を増やさなくちゃならない？　人間を殺して腐らせてできもしないオス型製造も試みる？　ふざけんじゃないわ。はっきり言って全部余計なお世話なのよ、こんなの」

つまり、エルフの少女からすれば何も困っていない。

にも拘らず、彼女本人の意志を無視して体を裂いてでも『今すぐ』数を増やさなくちゃならない切迫した理由とは何か？

答えはもちろん決まっている。

「……醜い老婆の魔女。つまり貴殿は、うちのマムとは違って当たり前に歳を取る。生物としての寿命を無視した『天井突破』までは届かなかった半端な魔女なのよ」

「……なう……っ」

「だから、貴殿は『今すぐ』エルフを増産したかった。自分が生きてる間にエルフの繁栄をその目にしたかったから。でもそれエルフ種族全体の行く末とは何にも関係ないわ。ただ貴殿が見たい、ってだけの個人の欲望よ。そんなのでフレイニルの命と未来を振り回さないで！」

個人の善性の否定。

浅ましい罪の暴露。

論理を並べれば、相手を言い負かせば、場を支配する正義なんぞ誰でも奪える。

だから本当に本物の魔女はそんなあやふやなものに己の行動を預けない。そんな時と場所と場合で移ろうものを基準に、現実さえ覆す力を振るうのはあまりに危険すぎる。

「一万年以上の寿命を持つエルフの行く末なんて、『天井突破』でもしない限りワタシ達人間には拝む事なんかできないわ。そして『天井突破』自体が決して夢物語じゃない事を、ワタシ達はいくつかの実例つきで知っているはず。つまりエルフ達の未来が見たいならフレイニルの体を生きたまま二つに四つに切り裂くんじゃなくて、観測者たる貴殿が研鑽すれば良いのよ。

なのに目を逸らして魔女としての努力を怠った時点で、貴殿の夢は貴殿が自分で手放した!!」

論理的な反論どころか感情的な罵詈雑言すらなかった。

ぐうの音も出ないのだろう。

小刻みに震える魔女エリナルバには、もう何も残されていない。

実際にぶつかる前から魔女の戦いは始まっているのだ。何しろ自分の意志で外界に働きかけて大きな力を借り受け魔法を制御する以上、心理戦は見た目以上に大きく戦況を左右させる。

その時だった。

「っ、きゃあ。ち、ちょっと待ってえメレーエさん、まだ終わってない！」

「えっ？」

だけど勘違いしてはならない。

そもそも魔女は自分の『欲』を否定しない。正しくコントロールさえできれば目的を達成するための強烈な起爆剤に化ける、と彼女達は考える。

さえできれば。

何でこんな注意書きが加わるのか。

逆に、では己の『欲』を操縦できなくなったら魔女はどうなるのか。

「おおお……」

空いた手で顔を覆って、老婆が呻いた。

低く低く。

だけど終わりじゃない。指と指の隙間から赤が光る。蛇に似た縦に長い瞳孔。人間ではありえない瞳の色彩が待っていた。

とっさに、ヴィオシアは先生の真似（まね）をした。

妙想矢頃（みょうそうやごろ）なら絶対にこうすると信じて。

「フレイニルちゃん！　私の後ろに下がってなの!!」

「っ？」

とっさにエルフの少女を庇（かば）うヴィオシア。

だから脅威の根っこを先んじて封殺するのが一歩だけ遅れた。

「アアアアアああアアアアア!!!!!!」

爆発があった。

ビリビリビリ!!　と空気が分厚く震動し、辺りにある南国めいた木々から大きな葉が散らばって極彩色の野鳥達が一斉に飛び立つ。

魔王化（フォーラント）。

最先端の魔女のホウキが要求する技量や学力に追い着かず、魔女の肉体が心を持つフォーミュラブルームに乗っ取られた『状況』。意志が乱れた事で実力が水準以下まで落ちたのか。

『ひひっ、ここはやっぱ、ありがとうって言うのが正解だろ、お嬢ちゃん達……』

邪悪が渦巻いた。

これまでとは違う。自らの肉体を崩壊させるほどの、破滅的な『欲』にまみれた見えざる何かが老婆に覆い被さっている。

状況は底よりさらに深く。世界の闇はまさに底なしだ。

『この絶望！　この諦念!!　この放棄!!!!!!　ようやくの解放だろ？　我はフォーミュラブルーム＝レイキャホルト、またの名を魔王スノッリ!!　哀れな贄たるババアよ、これが最後の餞別だろ。こいつら全員ブチ殺してテメェの悲願は叶えてやるぜぇ!!!!!!』

8

魔王（フォーラント）。

もし本当だとしたら、もうヴィオシア達の手に負える存在ではない。

「その九弦は海辺のネレイド、木々のドライアド、音色のミューズ、あらゆるニンフを魅了し人の指先にて大自然を支配する。水よ集まりねじれた槍を作れ、オルフェウス!!」

「っ、きゃあ。じ、地面に掘った穴に水を入れ、または水面を杖で叩けば大嵐が起きる!!」

メレーエとドロテアが同時に吼えた。

ストレートに水の槍を魔王スノッリへ叩き込むのはフェイント。その陰でドロテアにいくらかの水を提供し、そこから一気に風の魔法を呼び出して巨大鉄球のような打撃を加えていく。

もちろんこんなもので魔王を倒せるだなんて思っていない。

あれは一度発生してしまえばマレフィキウムの『美化委員』が束になっても敵わない、正真正銘のバケモノだ。

マングローブの木々が大きくたわみ、きめ細かい砂が大量に舞い上がった。

メレーエは迷わなかった。

「下がって！　いったん逃げるわよ!!」

全員で一八〇度振り返る。そのまま走る。

こっちはエルフの生き残りフレイニルさえ醜き魔女の手から助けられればそれで成功なのだ。大怪我覚悟で無理に魔王スノッリと決着をつける必要なんか実は一個もない。

とはいえただ真っ直ぐ走るのではダメだ。細かく蛇行して木々のカーテンを最大限に利用しながら、メレーエは自分のフォーミュラブルームを摑み直す。

つまりは、

「五〇〇メートルの短距離滑走路すら必要ないわ。ワタシのホウキならダイレクトに垂直離着陸ができる。魔王スノッリがどれだけ強大だろうが、森の上まで一気に飛び上がってしまえば後は最高速度で逃げ切れるはず……」

「っ、ダメなの‼」

何故か、とっさに赤点魔女のヴィオシアが模試A判定のメレーエの腕を引っ張った。強く。

いつの間にか、だ。

辺り一面にあったはずの野鳥の鳴き声や羽ばたきが消えていた。

目を白黒させるメレーエをよそに、ヴィオシアは手にした木の枝を頭上へ高く放り投げる。

頭上を覆う木々のトンネルを抜けた辺りだった。

ぶじゅわっつっ‼‼‼と。

焼ける、というより蒸発音に近かった。閃光が瞬いたかと思ったら木の枝が消失した。

ドロテアが肩を小さくして、

「きゃあ⁉」

「先に飛び立った鳥さんがみんなやられているわ。でも辺りを行き交うウサギさんやカニさんは大丈夫なの。多分これ、考えなしに木々の上まで上がったらおしまいなの！」

「……エリナルバ様の縄張りでは、魔女は空を飛べないノです」

頭上を超高速で何かが通過した。魔女見習い達はようやくそれだけ理解する。

エルフのフレイニルがぽつりと呟いた。

「大地の岩盤を擦り合わせて方位磁石を支える大地のビリビリを大きく乱し、結果生じる特殊な『波』の反射を使って正確に飛翔体の位置を割り出す。木々に邪魔される森の中ならともかく、何もない開けた上空であればマッハ9までの移動物体を一〇〇・〇%の命中精度で撃墜可能なノです」

「それじゃフォーミュラブルームでも逃げ切れない……っ」

足で走って深い森の中を移動するとしたら、逃走の難易度が一気に跳ね上がる。

メレーエが歯噛みした時だった。

光が瞬いた。

真正面から襲いかかるはオレンジ、灼熱の閃光。おそらくは溶けた石や岩。

「ッ⁉」

とっさにメレーエが水の魔法でその辺の川に働きかけて巨大な盾を構築するが、受け止めきれずにいきなり破裂した。あまりの温度で突沸を引き起こしたらしい。

「相性が悪いっ」

摂氏数千度の溶岩なのに、山火事が発生する様子もない。木々が密集した深い森の中でも容赦なしだ。蛇のように空中で自らうねる溶けた石がＳ字に蛇行しながら空気を切り裂き、障害物の隙間を縫って正確にヴィオシア達へ襲いかかってくる。

「きゃあ。深い森の中でもパンくずを使って目的地を正確に捕捉し、焼けた石やレンガを使って人の肉を焼く。やっぱりこれ、ヘンゼルとグレーテルだよ！」

体を左右に振ったくらいでは回避できそうにないが、かと言ってこんなもん全部魔法で防ごうとしても削り殺されるだけだ。

「ドロテア、そこのエルフもこっち来て！　ヴィオシア早く!!」

メレーエがとっさにヴィオシアの手を掴(つか)んで苔(こけ)むした大きな岩の陰へ飛び込む。

四人で固まって、

「……いちいち全部受け止めていたらキリがないわ。エリナルバ、いや今じゃもう魔王スノッリ？　とにかくヤツもただ一ヶ所で立ち止まって飛び道具を撃っているだけじゃない。もたもたしていると魔王(フォーラント)本体が歩いて距離を詰めてくるわよ」

その時だった。

ガスン!!　という不気味な音が響き渡った。すぐそこだ。ちょうど盾にしている大岩の反対側に魔王スノッリの灼熱魔法(しゃくねつまほう)が突き刺さったらしい。

メレーエは必死で息を殺しながら、それでもニヤリと笑って、

「遮蔽物から遮蔽物へ移って移動するわよ。距離を取って逃げるにしても回り込んで反撃する

にせよ、ヤツがこっちさえ見失ってしまえば

言いかけた時だった。

銀髪褐色の予備校エースの声が途切れた。

ガカッ‼　と、いきなり眼前、数センチから鋭い散弾が弾けたからだ。

大岩の表面。

盾そのものが牙を剝いた……？

大岩の表側に突き刺さった灼熱魔法が爆発し、岩の中を衝撃波が伝播して、少女達が密着している盾の裏側で大きく弾けた結果、だ。超至近で薄く鋭い石の刃が大量に射出された、などとさてヴィオシア達は理解できただろうか。

「かはっ……」

「っ、メレーエちゃん‼」

血を吐く濁った音がヴィオシアの耳元まで届いた。

白く細かい砂の上に横倒しになったメレーエの手足が不自然に痙攣していた。同じ盾に身を寄せていた少女達の中でもダメージに差が出た理由は明白だ。

メレーエ・スパラティブが自分の体を使ってとっさに他の三人を庇った。

優等生だからこそ誰よりも早く気づき、行動するだけの選択肢を手に入れてしまったのだ。

『いひひ』

森の奥から、笑みが反響した。

いいや、ガサゴソと無造作に茂みが鳴る。魔王スノッツリが正面から近づいてくる。こちらを警戒する素振りなど見せず。

『いひ、ははは。アハハはははははハハ‼ どうした魔女ども、少しは反撃してこねぇとだろ。このままじゃ皆殺しにされてエルフの娘も奪われちまうだろオ⁉』

ヤツにとって、フレイニルの獲得は悲願でも何でもないはずだ。

魔王スノッツリは醜き魔女エリナルバとは全くの別人なのだから。にも拘らずエルフに固執している理由はヴィオシア達には理解できない。あるいは何の意味もないヤツなりの遊びでしかないのかもしれない。

「待って、なノです！」

とっさに横からしがみつく影があった。

フレイニル・ナインワールド。彩灼の森に残っていた、おそらく唯一のエルフ。華奢な少女が手にした杖も投げ出して、両手で老婆の腰にしがみついたのだ。

無我夢中でフレイニルが叫ぶ。

「この人達を殺さないで！　それはエリナルバ様の目的、エルフの繁栄とは関係のない行為のはずなノです!!」

どんな形であれ、エルフの絶滅を防いで再び繁栄するところをこの目で見たいと願っていたエリナルバなら、現状唯一の生き残りである自分を乱暴に扱う事はできない。フレイニルの側にそんな見積もりがあったのは多分事実だ。あるいは短くない付き合いの中での、単純に捨てきれない情だったのかもしれない。

だけど甘い。

老婆エリナルバならともかく、魔王スノッリには関係のない話だ。

『うっぜえ、いかだろ』

一言だった。

足蹴にして強引に引き剥がし、上から見下してフレイニルに苛立った視線を向ける。

鈍い音がさらに続いた。

何度も、何度も。

「ううう……」

『やる気あんのか？　フツー俺を止めたきゃこのババアを殺すだろ』

その理不尽の極みの中で、ぐったりしたメレーエを抱き抱え、惨事を見ている事しかできないヴィオシアは気づいてしまった。

勝つとか負けるとかではない。

フレイニルはそもそも誰にも傷ついてほしくないのだ。ヴィオシアにとっては怖いおばあさんだったけど、一緒に暮らしてきたフレイニルには大切な人なんだろう。たとえ、自分の手元に置いて必要なタイミングでその体を切り裂こうとしていた危険人物であっても、それでも。

それを、いとも簡単に。

エルフの少女は肌も髪も砂まみれになっていた。それでもお腹(なか)の辺りを両手で隠す素振りを見せたのは、あるいはそこに何かを収めているからか。

例えば、ヴィオシアが取り皿と一緒に置いておいた些細(ささい)な手紙とか。

『邪魔するなら手足砕いて固結びにしちまうだろ。あア？』

ヴィオシア達魔女でも、エルフのフレイニルでもダメだった。

やはり魔王(フォーラント)には勝てない。

老婆のエリナルバ自身の思惑すら外れて事態はひたすら破滅的に転がり落ちていく。

『何なら四人まとめて固結びにしてやろうかあ？　全員仲良く手と手を縛って大きな輪を作ってよお！　泣いて叫んで罵り合ってももう離れる事はできねえだろ、ぎゃはははははは!!』

多分、こいつはやる。

こちらの世界のルールやモラルに一切縛られない存在。

思いつきを刹那的に楽しみ、宿主の体をズタボロにしてでも愉悦を貪る者。であればむしろ頭に浮かんだ破滅的なアイデアを試さない方が不自然だ。

「あ、あ……」

『どおしたんだろエルフちゃんよお!! テメェが勝手に裏切って逃げたエリナルバ婆さんにすがってみせろよ。もっとも、あのババアがいくら手を止めようとしたって魔王たるこの俺にゃあ指一本分の干渉もできねえだろ!!!!!!』

ゴッ、と掌が迫る。

へたり込むフレイニルからすれば、巨大な吊り天井のように見えた。誰もアレからは逃げられない。哀れな被害者は勝手気ままに圧搾されて全身の骨を砕かれるのみ。

だから、だ。

その掌を直前で押さえたのは、ヴィオシアやフレイニルの手によるものではなかった。

鋼鉄の棒。

『っ？』

魔王が疑問を抱いた瞬間だった。

巨大な爆発が起きる。

それは魔王スノッリを数メートルほど真後ろに吹っ飛ばした。マングローブの木々がバキボキと音を立てて砕けていく。
ならば一体誰がこんな奇跡を起こしたのか。

「はあ」

呆(あき)れたような吐息があった。
似合わない金髪に、男物のセーラーとスラックス。後は申し訳程度の装甲やコルセット。手にしているのは伸縮式の特殊な金属棒。
おそらくはどこかの予備校からの借り物だろう。大型犬の使い魔(ファミリアー)の頭を空いた手で撫(な)でながら、家庭教師の少年はうんざりしたように言ったのだ。

「……何してるし？　ヴィオシア」

9

妙想矢頃(みょうそうやごろ)は魔王(フォーラント)と化した老婆と向き合う。

片手一本で引きずっているのはホウキとフォークを合体させたフォーミュラブルーム。

(オレンジ色の蛇は炸裂(さくれつ)する事で自ら弾芯を構成する自己鍛造弾(SSF)、遮蔽物の内部に衝撃波を走らせて盾の裏側を鋭く破裂させるのは粘着榴弾(HESH)。でもって、上空を制圧しているのは地電流由来の電磁波を利用して敵機を正確に捕捉する地対空レーザー(SALW)相当、か)

ついつい『隊』の知識で置き換えてリスク計算してしまう妙想(みょうそう)。

こういうのを見ると、こっちの世界が異世界の地球からの知識に侵蝕(しんしょく)されているのか、実は歴史の裏では異世界の地球こそがこっちの世界の影響でも受けていたのか、たまにそんな益体もない妄想に囚(とら)われる事もある。しかも本質的に意味がない。どこぞの胡蝶(こちょう)の夢(ゆめ)とは違って、このケースの場合はどっちの世界も普通に存在するのだし。

もぞもぞと何かが蠢(うごめ)いていた。

魔王スノッリだ。

『……おれは、まおうスノッリだぞ?』

「ああそう」

『魔王(フォーラント)だ、正真正銘本物の魔王(フォーラント)!!　この魔王スノッリを怒らせておいて、ただでそのまま帰れるだなんて思ってはいねえだろテメェ!!!?!??』

「だろだろだろうるせえ魔王(フォーラント)じゃね。ならこっちも情報開示を一つ。たかが魔王を狩るのは、別にこれが初めてじゃねえし?」

ガカッ!! と。

二人が同時に警棒とフォーミュラブルームを振るい、強大な魔法がぶつかり合う。

魔王スノッリはヘンゼルとグレーテル由来の『焼け溶けた石や岩』。

だがそれに対する妙想矢頃側は、

『っ？ 何を、した』

「何だと思う？」

『何も見えな、かった……？ 何も見えない！ ふざけるな、溶岩はこれ以上ないくらいの強固な現実だろ？ テメェの血と肉を料理すべく、そいつを摂氏二〇〇〇度以上にまで熱してから射出しているんだ。それを、何だ？ 目には見えない、形も質量もない、そんな訳の分からないモノで拮抗しているだと？ そんなのもう魔女の魔法ですらねえだろ!!』

「……詰んでるぜ、今のアンタ。お膳立てはもう終わり、包囲の輪は閉じてんだよ」

歌うように、だった。

くるりと回した警棒を肩で担いで、妙想矢頃はこう言い切ったのだ。

「オイ魔王、これは魔法だぜ？ 勉強するだけで答えを出せるはずだぞ」

もう受け止めもしなかった。

カカカッ！　と右に左に鋭いステップを踏んで妙想は軽々と空気を焼くオレンジ色の蛇を回避しながら、鋭く魔王スノッツリの懐へと踏み込んでいく。

強大な攻撃を放つ魔王側は、だからこそ発射の瞬間だけは両足に強く力を込めて体を支えなければならない。つまり一瞬だが確実な『硬直』が発生する。

下手に接近前に迎撃しようなんて理屈で考えるから、かえって隙を見せる。

みすみす近づかれる愚を犯す。

『くっ⁉』

とっさに後ろへ下がる魔王スノッツリ。

だがその三倍もの速度で妙想が強く前に踏み込む。

「一つ言っておくし」

『てめ

「これは教え子をいいように嬲ったアンタに対する、仕返しの復讐だ」

反論など待たなかった。

家庭教師の少年は一気に警棒を振るう。

鈍い反動が確かに手首に返った。

いかに強大な魔王だろうが、乗っ取っている宿主は老婆の体。ホウキと干し草を扱うフォークを組み合わせた巨大なフォーミュラブルームだって、そもそも防御には不向きな道具だ。

『が、カ……。ふざけてんのか、この野郎……』

「この程度で底突きやがって。真面目にやらなきゃいけない理由を教えてくれ、二流」

『があああアア!!』

溶けた岩が目一杯広げられた。

関係なかった。

三歩のステップで鋭くかわすと、妙想矢頃は突きつけた警棒の先端をくるりと回す。

借り物の老婆の喉が、確かに干上がった。

叡智の塊が言う。

『そうか、テメ、まさかそういうッ!?』

「分かったからって何かできるか？」

ボッッッ!!!!!!　と。

吹き荒れた強大な風の塊が至近距離からまともに直撃し、魔王スノッリの体を吹っ飛ばす。

10

戦いは終わった。

醜い老婆のエリナルバ、いいや魔王スノッリは倒れたまま動かない。神殿学都（しんでんがくと）からは距離があるため今すぐ美化委員（ベナンダンティ）が飛んでくるのは難しいだろう。その間、ロープで縛るなり洞窟に閉じ込めておくなり工夫が必要になってくるが、ひとまず当面の危機は去ったと見て良い。

「め、メレーエちゃんは大丈夫なの？」

「魔女の真髄は薬草の調合者だ。ほら、教えてやるから必要なハーブを摘んでこい。止血ならキンセンカやカゴソウ辺りがありゃ完璧だけど、この南国チックな植生だと見つかるかな……。**◎プラス一点。ひとまずシンロカイ、つまりアロエがねえか調べてこいヴィオシア。**回復作業はオレがやってやるし」

「分かったなの！」

「あとドロテア、普段使いの包帯の予備はあるか？　本来通りの使い方をしてえんだけど」

忙しい時間はまだ終わらない。

ただこれだけは言っておきたいと思ったのか、赤点魔女はふと立ち止まって、

「でももう大丈夫なの。フレイニ……」

言いかけて、振り返ったヴィオシアの言葉が止まった。

じっと、虐（しいた）げられたエルフの少女は墜（お）ちて地面に潰れた悪（あ）しき老婆を見つめていたのだ。

予想外の顔があった。

楽しい楽しい遊園地に連れてこられて、そのまま両親に捨てられた小さな子供のような。

極悪非道の醜き魔女エリナルバ・ロングハウスだったが、深い森でずっと孤独に生きてきたエルフの少女からすれば、自分を見つけ出してくれたたった一人の承認者だ。妙想やヴィオシアからすれば助けたつもりになっていても、当の本人からすれば外の世界との唯一の繋がりを絶たれたのに等しい衝撃と絶望が襲いかかってきているのだろう。

小さな背中だった。

フレイニル・ナインワールドはぽつりと呟いた。

嘘や偽りの震えのない、美しい声で。

「……結局私は、また独りぼっちなノです」

11

「ATU0729、それは金の斧と銀の斧と鉄の斧を互いに交換する泉の儀式。アクアエスーリス、それは治癒の温泉でありながら呪いを刻んだ鉛板をも受け入れる祈願と逆転の浴場。そして黒ミサは聖なる儀式を敢えて汚す事で呼び出す力の性質を変異させる。私はここに魔女術呪器を水底へ沈め光り輝く変異を祈願する!!」

受験生の少女達の声が何度も『女神の泉』に響き渡る。

失われた石碑を取り戻し、元の場所にはめ込んだ事で元の機能を取り戻したのだ。

見た目に新しいパーツが追加されたり、カラーリングが変わったりする訳ではない。

だが、存在感が違う。

誰の目から見てもそれは明らかだった。

誰に教えてもらった訳でもないのに、水底から自分のホウキを引っ張り上げたドロテアは自然と呟いていた。

「……ふ、フォーミュラブルーム＝リュケイオン・ｂｉｓＡ」

『チッ。上がったのはあくまで私のスペックに過ぎねえ、魔女が自己研磨を怠れば意味は皆無』

ぶつぶつ言いながらもカスタマイズそのものには反対しなかった辺り、つくづく面倒臭いツンデレだ。見限ってキレると普通に魔女の体を乗っ取って魔王化するし。

一方、それなりに仲が良いのはこちらのペア。

メレーエが水に濡れたホウキを掴んで自信ありげな笑みを浮かべていた。彼女のフォーミュラブルームは立体的というかアメリカ製のバイクみたい超カスタムなので、きちんと泉に全部沈めるのは結構大変だったようだが。

「フォーミュラブルーム＝マウントパルナソス・ｂｉｓＭＲ。……ま、こんなトコ？」

『名器というブランドを恐れず、自分に合ったチューニングを自由に施していくのは演奏家の第一歩さ。一流の楽士は自分が使う楽器や奏でる舞台にも気を配るものだよメレーエ』

　フォーミュラブルームの尖っていく方向性としてはやはりFやAが多く、たまにB、E、Rなどもちらほら出てくるようだ。が、それにしたってMR……マルチロールというのはかなり珍しい。この辺は、やはり垂直離着陸ができるメレーエの相性に合わせた結果だろうか？

　はしゃいだり感心したりの受講生達の様子を遠巻きに眺めつつ、妙想は片目を瞑って隣のギャル系講師に話しかける。

「……にしても、コスパ優先でとにかく金にうるせぇシャンツェなら、どさくさに紛れて自分のホウキもカスタムしちまうもんだと思っていたけど」

「マジうっさいわね。『独学なる魔女』がパネェ金勘定をどんぶりにしちゃったらそれこそゼンゼン終わりの始まりよお？　今回の林間学校は受講生達のチョー積み立てで計画されているんだから、講師の私がマジおこぼれに与るっていうのはゼンゼンいただけないわね」

　フリーランスの傭兵っぽい事を言って、シャンツェは不敵に笑う。

　そういえば街中に氷売りを走らせて暴利を貪る氷と冷気を支配する魔女もお金にだけは真摯で正直だったか。

「それに、基本モデルには基本モデルの利点もチョーあるの。パナい学閥を頼りにできずゼンゼン何でも一人でこなさないといけない『独学なる魔女』としては、マジあんまり一つの方向に尖り過ぎるのもチョー問題だしねえ☆」

なるほど。

召喚禁域魔法学校マレフィキウムを目指さない事を自分の意志で決断した『独学なる魔女』も色々考えているらしかった。

（他にも、マレフィキウムに入学してから激戦の中でフォーミュラブルームを失った生徒に同じ規格のホウキを配って勧誘する『美化委員』とか、確か古本屋の店主さんもbis化は進めず基本モデルのまま使い続けてたか）

……一切プラスの改修をしないでマレフィキウムに入ってそのまんま卒業していったところを見ると、やっぱりあの店主さん規格外っぽいけど。

何にしても、空飛ぶ魔女達は皆命を預けるホウキには気を配っている。どれだけ魔法を極めてもまるで何かに邪魔されるように飛翔だけはできない妙想矢頃とは違って。

「……、」

そして、だ。

「あれーなの？」

ヴィオシアだけが首を傾げていた。

じゃぶじゃぶと『女神の泉』に何度もフォーミュラブルームを浸け込んでいる。

「……どういう事？　私のホウキは特に何も変わらないなの」

今度はもう水の神殿全体の故障や不備はありえない。

ギャル系講師シャンツェは苦笑いをして、

「うーん。マジ中古のホウキっていう話ですから、ゼンゼン前の所有者が追加カスタムを拒むようパナい調整をしているのかもしれませんねえ……」

「ええっ⁉　なの‼」

まあこれも中古品の弊害だ。極限いわくつきを格安で手に入れた以上、それなりのリスクについても了承しなくてはならない。

「ただまあ、チョーすでにそれなりのカスタムが進んでいるって意味でもありますし、何より、マレフィキウムにマジ合格さえしてしまえばガチで自由自在に『芯（コア）』を改造できますから。チョーウザい設定だって邪魔と感じたらマジ取り外せるようになりますよ」

えうー、と肩を落としているヴィオシア。

結局骨折り損のくたびれ儲（もう）けだ。マレフィキウムに入って『から』じゃないと取り外せない枷（かせ）だとしたら、超難関受験に挑む上では何のプラス材料にもならない。

だが起きた結果とは裏腹に、ヴィオシアはさほど焦（あせ）っている感じもない。

もっと大きな拾い物をしたからかもしれない。

「あの、**悪イ事バカリジャナイト思ウノデス**。歴代の持ち主の手でゴリゴリにカスタムしてあるなら改造いらずで**オ買イ得カモシレナイノデス**」

「……見え透いた嘘（うそ）は逆に傷つくわ。まあ気持ちだけは受け取っておくけどなの」

知らない人が増えていた。

というか人間じゃない。

その場の全員を代表するように、一番距離が近い女の子のドロテアがそっと声をかけた。

「あの、ヴィオシアちゃん。そ、その子どうするのお？　きゃあ」

みんなの注目を浴びてもじもじしているのは幻のニホンオオカミみたいな扱いの女の子。

エルフのフレイニルだった。

宝物のように抱き締め、満面の笑みを浮かべてヴィオシアが言う。

「ふふー。この子は私の下宿先に連れていく事にしたなの‼」

今日の小テ『地獄の鬼テスト☠』

はーいそれじゃ負け犬の皆さんにはしっかりテストを受けてもらいまーす

……ッ!?

な、何も言い返せない、だと?

きゃあ

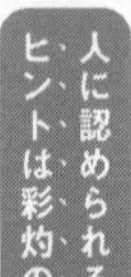

人に認められるのは自分で事件を解決してからだ馬鹿のシェアプレートども。ヒントは彩灼の森全体に散らばってるからかなり前から戻った方が良いし

やっぱり来たなの、甘やかしてからがっつり落とす地獄モードがあ!!

問題、人間・妙想矢頃はどのようにして魔法的手段で魔王スノッリを撃破し、エルフの少女フレイニル含む少女達全員を救出したのか答えよ(一問一〇点、合計一〇〇点)。

憧憬の頂点はATU(　　　　)。

『三匹の子豚』は分かりやすいが正式名称

重要なのは(　　　　)、木の家、レンガの家、じゃねえぞ。引っかけ問題注意だし。

と三回重ねてようやく狼を撃退する部分だな。
三は魔女術の中でも特別な数字だから見かけたら優先的にチェックするように。

☆ポイント　3という数字を意識しよう！

後は簡単だ。太古の頂点は三人一組で行動する（　　　　）
神話の復讐の女神（　　　　）、
（　　　）の頂点は三つの（　　　）を解く事で
（　　　）を生み出す魔女の儀式だし。

ヴィオシア達魔女では勝てず、エルフのフレイニルでも勝てなかった。ここにオレが加わる事で、（　　　）の正直、レンガの家の属性を得て魔王（　　　　）に立ち向かう弱体化の呪いができた訳だな。こうなると、残忍な狼は逆に単なる（　　　　）へと転落しちまう。

死なない限りは何でも利用できる。魔女の世界において敗北は必ずしも無意味じゃねえ。いったん負ける事で条件を整えて勝利を得る道筋さえ作れれば、それは立派な投資じゃね？

以上だ。ヴィオシア、それからみんなも。何か質問は？

エピソード4 空戦の新たな夜明け

1

人肌ほどの湯が溢れる円形の泉だった。

石造りの神殿、泉の中央に一柱の女神がすらりと佇んでいた。

金色の長い髪に白い肌。見た目だけなら年頃の少女にも見える。身に纏うゆったりとした純白の神官衣装は、しかしぬるま湯に濡れて肌に貼りつくとむしろ逆に淫靡な印象すら与える。もちろんこれほどの超上位存在だ。他に見る事を許された者などいれば、の話ではあるが。

女神は現実にはありえない星空を見上げていた。

その輝きの一つ一つが独立した世界であり、それらの間を鋭く行き交う流れ星が生きとし生ける者の魂となる。

世界から世界へと絶え間なく渡る命の輝きを観察し、一つの世界への到来の可否を決める事。それもまた女神の重要な仕事だ。そして彼女の決定に異を唱える事は許されない。それがどんな計算に基づいていても気紛れに過ぎなくても、星々の行方を決めるのは女神だけ。

言うまでもないが、彼女は『神』である。

「さて。今日の仕分けはこんなところかしら」

そして女神は視線を下ろす。

自分が立っている水面が揺れた。一面に広がるのは、剣と魔法が支配する世界だ。

いくつか興味のある存在はいるものの、女神が一際強くマークしているのはこれだった。

「妙想矢頃」

そもそも女神たる者が人間の個体名称などいちいち記憶している方がおかしい。

つまりそれだけの価値を女神が認めている。

「……許可を出した時に気づかなったわらわの責任でもあるけれど、この異邦人はどうしようかしら。世界に面白い変化を与えられればまあ良いんだけど、下手すると全部が全部ガラガラに崩れちゃうかもしれないのよねえ」

あの少年は、まだ気づいていない。

偶発的な事故の結果として世界を渡ってしまった、その意味を。

魔女の魔法、魔女術をあれだけ学んでいれば、理論も法則もなくただ奇跡が発生する事などありえないとすぐ気づきそうなものだが。これも自分の事となると客観的な観測が難しくなる、灯台下暗しというヤツだろうか。

（……第一等級Ｌ型ＦＳ『異界解錠』）

その単語だけは、女神の口から音として出す事すら覚悟を必要とした。

あるいは女神という特別な存在の口だからこそ、名を呼ぶ事で意味を与えてしまう可能性を恐れたのかもしれない。

この世界の全てを管理する女神ですら保有していない、ある力。

特殊な『状況』を作るのに才能や体質はいらない。としておけ。思い込ませておくのが一番。並行、裏世界、二次元、何でもアリ。妙想矢頃にあの力を自覚させてはならない。その時こそ全ての終わりになるだろう。だから、そんな『欲』や『意志』が存在する事すらも。

（……そもそもあの『事故』は起きる予定のなかったイベント。人間・妙想矢頃には自分について何も知らずに青い星で一〇〇年平和に生きてもらってから、改めて女神の手で死した魂を管理するのが通常ラインでベストの展開だったものを）

そこまで考え、女神はつい子供のように唇を尖らせた。

人の身でありながら大きな運命全体を操る女神の掌からこぼれるとは何事か。

天罰お見舞いしちゃうぞ☆

（まったく突発的にもほどがあるわ……。せめて『事故』の予定が最初から分かっていれば、わらわだってもっと色々『調整』して、最高コスパの流れに乗せられたのにい）

その前提を踏まえた上で、だ。

あくまでもゆったりと女神は微笑み、そして一人囁いたのだ。

全てを上回る力を確定で持った超上位存在が。

「さあて、この状況をどう利用してあげようかしら？」

2

「ほらヴィオシア、髪の毛跳ねてる」

「あうー……」

「唇のケアもして、うふふそれから爪は意外と目立つんだからお手入れを怠らないように」

「お姉ちゃん達みんなもういいから！　これじゃ予備校に遅刻しちゃうなのー‼」

早朝だった。

ヴィオシア・モデストラッキーが予備校へ出かける前に顔を洗おうと下の階へ降りたら、年上で世話好きの踊り子さん達の手でめっちゃくちゃにされてしまった。放っておくと着せ替え人形にされてしまうアレだ。かわいーかわいーコールは止まらないものの、何しろ上から目線のグラマラスなへソ出しお姉さんばっかりなので小柄でちんちくりんなヴィオシアのプライドは朝からザクザクやられる。

仕事終わりなのか、眠くてふらふらしながらもリーダー格のオリビアが両手をパンパン叩いて踊り子さん達を散らす。ニワトリの鳴き声で眠気を覚える人はもにょもにょ言った。

「ふぁあ……。これから予備校？　朝ご飯はケビンのいる厨房の方にあるわ。これから週に一回の高度床清掃に入るから、こっちに来るとワックス臭で食欲なくなるわよ」

「分かったわ」

素直に頷くヴィオシアに、踊り子のオリビアはくすくすと笑って目を細める。

「先生の期待に応えるように勉強頑張るのよ、ヴィオシア。先生は、あなたなら受験に勝てると信じて『指導契約』を結んでくれたのだから」

「うん。先生だっているし、オリビアお姉ちゃんにオススメしてもらったキャラウェイ・Cs予備校にいれば大丈夫なの！」

「……私達はみんな応えられなかった。当時の講師やインストラクターの皆様には顔向けもできないわ、それにあの人にも。だからヴィオシア、あなたはこんな大人にならないよう努力を怠ってはダメよ」

「むー！　オリビアお姉ちゃんは『こんな』なんかじゃないわ‼」

その言い方にぷんすかしているヴィオシアだったが、正面から何を言っても年上のオリビアは寂しそうな笑みを浮かべるだけで相手をしてくれないのも分かっている。

憮然としながらもヴィオシアが裏の厨房に向かうと、銀色の調理台の上に何人前か朝食がセットで置いてあった。ふらふらの踊り子さん達は夜通し働いているはずだが、ご飯を食べる人と食べずにベッドへ倒れ込む人は割とざっくり二つに分かれる。

　シェフのケビンはパスタをすくうデカいブラシみたいなのでちょいちょい椅子を指し示し、

「ヴィオシア、あんまり時間ねえんだろ？　酔っ払いの姐さん連中にはいあーん攻撃されて身動き取れなくなるのを避けたきゃ椅子二つ分は隙間を空けておけ」

「おー、今日の朝ご飯はスープパスタなの」

「ほら一皿目。おかわり食べるなら麺をやるからスープは飲み干すなよ」

「いただきますなの！」

　何しろ閉店後のまかないだ。全員揃うまで待つといったお行儀は存在しない。すでにヴィオシアの分だけスープに浸してあるパスタは放っておくと伸びてしまうし。

　魚介と野菜をふんだんに使ったあっさりめのスープパスタは、アルコールと疲労でやられたお姉様方の胃を気にしての一品だろう。お酒で弱った体には二枚貝の出汁が効く、というのは魔女の薬効参考書にも書いてあった。

「椅子一個増えているけど、朝ご飯組って誰か増えたなの？」

「……そこ私の席なノです」

「あれ？　フレイニルも今からお出かけなの？」

　ヴィオシアが目を丸くしたのは、新しい同居人のエルフが朝からきっちりした外出着だからだ。本人はケビンが麺の塊をスープ皿に入れてくれる動きを表情もなく目で追っているが。

と、普段から厨房(ちゅうぼう)に入り浸っているモロクがヴィオシアの方へ近づいてきた。

巨大でマッチョな青銅像から何か鼻先に突きつけられた。

小さな布の包みだ。

「モロク、まさか一人でお弁当作れるようになったなの⁉」

もー、という鳴き声があった。

魔女のレシピの合成(インスタント)とは違う。手作り弁当だ。

3

朝ご飯を食べると、ヴィオシアとフレイニルの二人はお店から外に出る。

ここから先は白と黒で彩(いろど)られた階段の街だ。

「フレイニルはこれからどうするなの？」

「チラシ配りなノです」

耳の長いエルフは羊皮紙の束をばさりと見せつけて、

「お世話になっているお礼がしたい、って言ったらオリビア様がこの仕事をくれたノです。昼はチラシ配りで夜はお客さんの呼び込み」

「ふうん」

ちなみにこの幻の種族エルフ、特に顔を隠さず、長い耳もそのまんま出しているが今のところ大きな騒ぎにはなっていない。ここは仮装が当然の世界だし、実際、神殿学都には少なくない数いるのだ。半ば伝説化したエルフの装束を好んで着たがる受験生が。

「そういえばまだ杖は持っているなの？　デコボコした森や山の中ならともかく、階段だらけって言っても街中ではトレッキング用の杖は必要ないような気がするわ」

「杖？」

「何で首を傾げるなの？」

「いやこれ、クロスボウなんですけどなノです」

慌ててヴィオシアが取り上げようとしたら誤作動で何か発射された。ドカッ！　と嫌な音がしたと思ったら、お店の正面、一際お高い夜景広告の看板に物騒なのが一本突き刺さっている。一五センチくらいの、射出装置本体と比べると極端に短い樹木と鋭い石の矢だ。杖の先端にあった水平の突起、あれは十字架記号じゃなかったのか。

ヴィオシアは恐るべき異物を見上げながら、

「……用心棒のストレーナ姐さんにまた叱られるなの。あうー」

しかしこんな武器があるなら、以前の彩灼の森であっさり杖（？）を放り捨てて悪しき魔女に両手で摑みかかったのは何だったのだろう？

まあ唯一の知り合いで自分を見つけてくれた恩人でもあった老婆エリナルバにこんなものを

向けたくなかったのなら理解はできるけど。

「叱られる……。そういえば、お店の仕事を手伝うと言ったら何故か猛烈に叱られたノです」

ヴィオシアの目的地はキャラウェイ・Cs予備校なので、すぐそこの大通りに向かうフレイニルとはいったん別れる。

「ふんふん♪」

パンプキンタルトみたいなオレンジや紫の魔女は清掃業者っぽい子熊とすれ違う。

「ちくしょ、また使い魔に仕事取られたっ。量産品が数にものを言わせやがって、ゴミ拾いや窓拭きまでやられちゃ小遣い稼ぎができねえじゃんか！」

「ま、待ってくださいですう」

「ロズリニカ、仕事は俺達がやるからおめーはちゃんと魔女の勉強をしてろよっ‼」

チラシ配りのコアラや表で機織りをしている蜘蛛など、無人制御で作り物の使い魔は便利だけど必ずしも良い事ばかりとは限らない、とは妙想矢頃に聞いた事がある。説明されてもいまいちヴィオシアの頭には入ってこなかったが。

（……うーん、暮らしは楽になるのに何が問題になるの？）

何にせよ、エルフのフレイニルもチラシ配りや呼び込みをするらしいので、人間の他にああいう作り物のライバルともしのぎを削らないといけなくなるのか。

道端にはうつ伏せにぐんにょり倒れたまま動かない、ぬいぐるみみたいなものがあった。

運送業の黒猫使い魔だ。

「あわっ!?　なんか大変なコトになっているなの！」

相手は名前を聞ける状況ではないが、この辺りで黒猫を専門に扱う運送業者は限られている。

ヴィオシアは地べたの使い魔を拾い上げて両手で抱えると、近くにある営業所に向かった。

「おじさーん。この子道端で倒れていたなのー」

「そうなの？　わざわざありがとう」

営業所にいた中年男性は意外そうな顔をしていた。

ぐったりした黒猫使い魔を片手で雑に掴んで、

「何にせよ荷物が行方不明にならないで良かった。うちは自分で使い魔作っている訳じゃないから、内部の詳しい仕組みとか分かんないんだよな……。ただ、頻繁にバタバタ倒れて動かなくなるって事はそろそろ買い替え時かね？」

「私が直してみようかなの？」

「仕事道具だし、学生さんに任せるのもね。というか塾とか予備校とかは大丈夫なのかい？」

運送業は時間を大切に扱うのか、オモリの力で動く壁掛け時計がいくつもあった。その全部が正確に致命的な時間を指していた。

あわー!?　というヴィオシアの絶叫が響き渡る。

4

まず机の上のお勉強をやってから、ホウキの実習。

これがキャラウェイ・Cs予備校の基本だ。逆にしてしまうと実習で疲れ切った魔女達が机に突っ伏して居眠りしてしまい、まともな勉強時間にならない。

妙想矢頃はそっと息を吐いていた。

林間学校など大きなイベントが終わった直後は浪人生も弛みがちになるものだが。

「ったく、これから全国模試があるんだろ。ここで一人だけシャッキリ勉強をすればそれだけで簡単に身近なライバル達と差をつけられるってのによ……」

「まあまあ」

予備校の、静まり返った廊下だった。

ギャル系講師のシャンツェと家庭教師の妙想矢頃は講義室を離れて、誰もいない廊下に佇んでいる。今回の講義は乗り手たる魔女の心理分析なので、正解も間違いもないものに対して家庭教師からのアドバイスはないのだ。

今、教壇にいるのはアントワ・ノーズコーン。

瞑想や精神集中を専門に扱う、ボーイッシュな女性講師だ。

「傲慢、強欲、色欲、暴食、憤怒、嫉妬、怠惰。七つの大罪にはそれぞれ大悪魔が割り当てられているのでご注意を。テストの問題を作る側としてはすっごく便利なので模試などに出てくる可能性も高いと思われます。例えば傲慢はルシファー、暴食はベルゼブブで……」

「……**×引っかけ問題注意。七つの大悪魔については学者によって割り当てがブレるから気をつけろ×**。例えばベルゼブブは暴食と嫉妬の両方に当てはまるし、暴食についてはモロクが割り当てられる事もあるぜ」

「モロク？　なの⁉」

教壇の講師が同じ説明をやったのか、赤点魔女が変な所で反応している。

「あと大悪魔の序列についてもブレが生じる可能性があるし。一般にはサタンやルシファーが序列一位とされる事が多いけど、ベルゼブブをてっぺんに据えた方式も根強い。特にベルゼブブをベルゼビュートって呼んだ場合は一九世紀方式の可能性を疑った方が良いんじゃね？」

「……やれやれ。チョー一人で呟いたってヴィオシアさんにはマジ届かないでしょ？」

壁に背中を押しつけるギャル系講師のシャンツェが呆れたように息を吐いていた。

そうしながら金髪褐色の美女は妙想の右腕をそっと取る。

抱き込むようにしつつ、少年の方へ横から体重をかけていく。

「おいっ……」

「ふふっ、キンチョーしてる？　チョー机に向かって集中してる子達がゼンゼン不意に顔を上げたらガチで全部見られちゃうかもしれないわねぇ」

胸板に側頭部をぐりぐり。人様の心音を勝手に耳にしようとして、しかしそこでシャンツェの小さな笑みが怪訝に変わる。

「チョーちょっと、何でマジちっとも高鳴りっぽいものがゼンゼン聞こえない訳え⁉」

「えーと、心頭を滅却すれば火もまた涼し的な？」

まあ実際にはセーラーの下に紙を重ねた鎧を着込んでいるからだろうが。

唇を尖らせたギャル系講師シャンツェから軽く足まで踏まれつつ。

ただ『独学なる魔女』は続けてこう囁いた。

「(マジここまで密着すれば、まあパネェ内緒話の内容が外に洩れる心配はないでしょ？)」

空気が変わる。

「……、」

「もうそっちもゼンゼン気づいているでしょ？」

シャンツェもまた、笑みの質を好戦的に塗り替えていく。

雰囲気としては戦の匂いを嗅ぎ取った傭兵が近い。

「例の林間学校、『初夏予備校合同課外授業』でチョー揉めたババア魔女がいたでしょ。エリナルバ・ロングハウス。でもあいつの使っていた魔法は、ゼンゼン明らかに魔女単体の手に余るパナい代物だったはずよ」

「分かるのか？」

「チョー私もヤツと同じパナい『独学なる魔女』だから☆」

シャンツェははっきりと断言する。

「学閥としての補助がなく、チョー何でも一人でこなさなくちゃならない『独学なる魔女』だからこそマジ分かるのよ。アレは、エリナルバ一人でゼンゼン用意できるもんじゃない。マジ才能だの学力だの以前にチョー個人プレイじゃまず無理。複数犯、というか、別の誰かがガチで手を貸していないとチョーあそこまでの魔法は組み立てられないわあ」

「……それを言うなら、スパニッシュフライ免罪金庫だってそうだし」

妙想矢頃（みょうそうやごろ）はうんざりしたように呟（つぶや）いた。

「ヤツらが金を軸にした事件を起こしたのは、万人に伝わる共通の価値観として分かりやすかったからだ。カリスマが欲しかったけど自前の手作り神話じゃ道行く誰の胸にも刺さらなかったからすでにある拝金主義に置き換えただけ。挫折した魔女だけであそこまでの仕組みを作れるとは思えねえし」

「ゼンゼン裏にまだ何かある？」

「そいつが見えてねえなら、個々の事件を潰したってダメじゃね？　まだ顔も名前も知らねえ誰かの方が上だ」

重たい空気があった。

まるで世界そのものを隔てたように、講義室ではいつも通りのお勉強時空が広がっている。

「七つの大罪についてはこの通り。おどろおどろしく聞こえるかもしれないけど、人の心には身近なものだからこそ分類してあるんだよ。だから完全に悟りを開いて己の『欲』を滅却した聖者でもない限り、どんな人間の心にも七つの成分は含有されています。というか魔女は『欲』をコントロール下に置いて起爆剤にするから全て滅却したら大空を飛べなくなるからね。そんな訳でこの大罪は、個人個人の性格診断を行い心の地図を描くのにも使えるワケ」

性格診断はあらかじめ配ってあった羊皮紙を参考にしているらしい。簡単な三択問題を何十問もひたすら並べたアレだ。

予備校講師は指先で羊皮紙を弄ぶ。

一応は一人一人呼んでの相談という形になっているが、分厚い防音壁で厳密に区切っている訳ではない。結構外まで聞こえてしまう。

「えーと、メレーエ・スパラティブさんはやっぱり流石ねえ。暴食、色欲、憤怒、嫉妬に打たれ強く強欲が苦手。ほとんど苦手がないよ」

「ふふんっ」

「ただ傲慢が真に苦手だから気をつけて。上には上の悩みってものがあるのかもね？」

ちなみに普通の得意や苦手より一段高いのが『真に』、さらに高くに『大いに』がある。

この配分は千差万別で、それが香水や料理のようにそれぞれの心の個性を作っている。なので絶対これという正解はないし、七つ全部に打たれ強いなんていう完璧人間はいない。それだと趣味も嗜好も好き嫌いも、心の起伏が一切ないロボット人間になってしまう。

「ドロテア・ロックプールさんは傲慢、強欲、暴食に大いに打たれ強く、怠惰、色欲が苦手。ふうん、実はこっそり色欲も耐性ないいんだねぇ」

「ひうっ」

そんな事言われても困る、といった顔で体を小さくしているメガネ巨乳のドロテア。

「あとヴィオシア・モデストラッキーさんは逆にすごい。憤怒、色欲に打たれ強く、怠惰、傲慢、嫉妬が苦手。しかも暴食が大いに苦手。ぶっちゃけ苦手ばっかり」

へへへー、と分かっているんだかいないんだか、な笑みを浮かべるヴィオシア。

予備校講師は一通り全員に助言を施すと再び教卓に戻り、

「魔女の飛翔というとフォーミュラブルームや追加で投入する膏薬ばかり目が向くけど、乗り手である魔女自身の精神状態、コンディションを整えられるかどうかも結果に大きく影響します。ただ自分で自分を占うセルフカウンセリングは危険が大きいので、お友達同士で互いに実行したり、予備校講師に頼む事。はいそれじゃ今日の退屈な黒板書き取りタイムはここまで。良い子のみんな、お楽しみの実習頑張っておいで！」

5

「はーい、チョー聞いて。ゼンゼン今日の実技は『ドロップマーカー』になりまーすっ☆」

ギャル系講師のシャンツェは手慣れた様子で受講生達の注目を集めていた。

異世界の地球だと遊園地のインストラクターにも似た、柔らかく洗練した仕草。

場所は構造棟の平べったい屋上だ。

「『ドロップマーカー』はゼンゼンその名の通り、空飛ぶ魔女がマーカーと呼ばれる砂袋をチョー地面に描いた特定の的に向けてマジ正確に落とすパネェ競技になります。第一から第三までの標的については、ガチで神殿学部のあちこちにある公園にチョー設置してありますので地図で確認を。ジグザグに進むにせよ、マジ最短コースはゼンゼン自然と浮かび上がってくるはずです。……菱形、逆ピラミッドの街である神殿学部ですが、ゼンゼン中央にある湖及びその奥にあるマレフィキウムをチョーまたぐ事はマジできませんからねえ？」

そこまで言って、シャンツェは手の中で魔女のホウキをくるりと回した。

足元にあったメロンくらいの塊をホウキの先で引っかけて、顔の高さまで持ち上げたのだ。

「ゼンゼンちなみに『マーカー』ってのはマジこれです。重さ一キロの砂袋。リボンを使ってマジ腰の横に保持し、チョー投下時は蝶結びをガチでほどいていきます。マーカーは一人三つまで、つまりマジ一つの公園で落とせるのはチョー一つだけ。的を外しても、他のライバルにマーカーぶつけられて外に弾き出されても、ゼンゼンやり直しは利きません。要注意」

（……やれやれ、このルールだと空爆想定の飛行訓練にしか見えねえけど）

実習のルール説明を聞いていたメレーエが眉をひそめて、

「あれ？『追い出し』アリなの？」

「あのう。きゃあ、で、でもそれだと速さ勝負なのに、後からマーカーを落とした方が得をするんじゃあ……？？？」

「よしよーし☆　チョー馬鹿じゃない方の受験生達はゼンゼン気づいたようですね」

事前のルール説明はキホン全部流しで聞き、実際に体を動かして覚えるスタイルのヴィオシアだけはまだ首を傾げているようだったが。

「はいそこでマジこれ、チョーあと『ブロック』についてはガチでこちらの袋になります。皆さんゼンゼン九つ持っていってもらいますよー」

シャンツェは足元にある別の袋をホウキの先でつついた。

詰まっているのは綿か木クズか。とにかく砂袋と比べるとかなり軽そうだ。

「これはガチで落としてもマジ得点になりません。マジ他のライバル達に対する妨害用ですねえ。こいつに間違ってマーカーをぶつけてチョー弾き出した場合、ブロックがゼンゼン占有していたエリア分だけのマイナス減点がつきますのでガチでご注意を」

投下のトリガーであるリボンは牢屋の中でジョン・スチュアートやジョン・リードといった囚人が不自然に絞殺されるなど、魔女が口封じの儀式にも使うガーターとも関わりがあるのか。が、一度に全部説明してもヴィオシアの頭がパンクしてしまう。この後お昼休みだし、食事時に知識を授けようと妙想は心にメモしておく。

三つの的はそれぞれ最大で二五点。

さらに加速得点でも二五点で、合計一〇〇点となる。

「前にやった『エルボー』と違ってマジ距離と時間がかかるため、チョー一人ずつスコアを測っているとゼンゼン授業が終わってしまいます。ガチで世知辛いですねっ☆　そんな訳でえ、チョーひとまず一〇人ワンセットのレース形式になるのでマジあしからず。チョーそれじゃあ皆さんゼンゼンくじを引いてくださーい！」

結果、だ。

スタートラインである屋上の縁に並び、三人の少女達は視線を交わした。

「なの」

「きゃあ」

「ふんっ」

ヴィオシア、ドロテア、メレーエの三人が一度に同じレースに出るのも珍しい。妙想的には、ヴィオシアにはこれをきっかけに同じ予備校であっても受験生はライバル同士なのだという自覚を育ててほしいのだが。

「それじゃあマジ位置について、ゼンゼンよーいっ……」

シャンツェ・ドゥエリングは親指の上に載せたコインを頭上に弾いた。

それが足元に落ちて甲高い音を立てた瞬間だった。


ドン!!　とスタートラインの少女達が一斉に虚空へ飛び立つ。


最初のスタートダッシュで一気に他を突き放すと考えていたのだろう、しかしそんなメレーエの表情がわずかに強張る。ヴィオシアがすぐ隣についてきているのだ。

「チッ!!」

「あはは！　超加速だけなら誰にも負けないなのッ！」

ドロテアはいない。地上攻撃特化のｂｉｓＡへとフォーミュラブルームを尖らせた包帯ゾンビ少女は、空中戦での最高速度だとこの二人に一歩劣ってしまうようだった。

『ふふっ。さてここからどうする？　稀少な万能タイプのｂｉｓＭＲへと改修したはずなのに未改修の基本モデルに併走されるようでは言い訳できないな、私の可愛いメレーエよ』

「うるせー貴殿どっちの味方だよ!!⁉⁇」

涙目で叫んでいる場合ではない。ライバルはヴィオシア一人ではないのだ。

大空は前後左右上下に広く開かれているが、一つの的を狙う以上はベストのライン取りというものができてしまう。

速く飛んだ方が有利なラインを取ってベストの位置からマーカーを落とせるが、当然ながら投下時の狙いは甘くなってしまう。しかし速度を落として不利な位置から狙うのではじっくり時間をかけたって大した成績は残せない。

さて、この場合どちらが有利か。

「お先にーなの」

ギュンッッッ!! と。考えなしのバカが超加速で先頭へ躍り出た。

メレーエもまた釣られるように速度を出す。

場が無駄に荒れた。

「結局は速度勝負になるかっ!!」

目的地は一つだ。

追いつ追われつ、互いに絡み合うようにして最短ルートの争奪戦をしながら、ヴィオシアとメレーエは神殿学都の中でもわずかに開けた小さな公園を目指す。

「見えたわっ、第一標的の敷物なの」

「っ。どうやら目は良いみたいね野生児!!」

公園中央の地面に、蛍光イエローのシートが敷いてある。実際には一辺一〇メートル以上あるだろうが、空の上からでは豆粒ほどにしか見えない。

アーチェリーの的のように、シートには切り株みたいな同心円が大きく描いてあった。

ヴィオシアは腰の横に片手を当てる。

いざ公園の真上に着いてから腰のリボンをほどいて砂袋を投下しても間に合わない。こうしている今も、ヴィオシアやメレーエは音速以上の速度で空気を切り裂いているからだ。実際にはかなり手前から行動しないと、曲線を描いて落下する砂袋を標的の中央には落とせない。

(ライン取りは……もらったわ。最適な投下コースの一番乗りは私なの!)

「第一標的いただきなの!」

投下してから後ろを振り返るだけでは着弾なんて確認もできずに突っ切ってしまう。ヴィオシアは第一標的である公園の周囲を大きく旋回しながら結果の確認に入る。

同心円の中央、二五点のエリアに直撃する。

「やっ……」

直後に別の砂袋が投下された。

横から滑るような一投にぶつかり、ヴィオシアの砂袋が二五点枠から弾き出される。

「た、んがッッッ⁉」

「ふふんっ。マーカーにマーカーをぶつける『追い出し』だって戦略の一つよ」

異世界の地球で言う、カーリングをイメージすれば分かりやすいか。『ドロップマーカー』が単なる速度勝負にはならない理由がこの辺りにある。

『追い出し』まで考えればこの競技、実は後から追う方が有利だ。

それを防ぐために妨害用のブロックが九つもあるのだが、超加速しか考えていなかったヴィオシアはその辺の対策を怠ってしまった。

「これで第一標的はワタシのものね」

「ちぇー。でも次の公園、第二標的では負けないいなのっ」

キュパンッ‼　と。

空気を割る音と共に、並走していたヴィオシアがいきなり消えた。

いいや、まずホウキの先端を限界まで上げるコブラで急激に減速しつつ、続けて体をひねって斜め下へ逆さに宙返りするスライスターン。第二標的の方角へ鋭く方向転換したのだ。

ただでさえ扱いの難しいマニューバの、隙間のない連続使用。

決して唇を尖らせながらテキトーに繰り出せるものではない。多分だが、人の視線や予測そのものを振り切るように飛ぶヴィオシア自身は自分のスキル上達に気づいてもいないはず。

「あの加速バカめっ、この分野ばっかりナチュラルに尖って‼」

『ふふっ、君が母上以外の技術にジェラシーとは珍しいなメレーエよ』

一人だけ『女神の泉』でホウキをbis化できなかったからといって侮れない。

こいつはこいつで、自分の腕だけで誰にもできない個性を魔女の飛翔へ添加している。

足りない事がむしろ発明に繋がるとでも言うつもりか。

ヴィオシア一人の手柄でもない、とメレーエは気づいていた。教える側が自信を与えているから失敗を恐れずぐいぐい挑戦できる。そして自らの努力でまた新しい技術を獲得していく。

「ええい!!」

未だに一つのマニューバを実行するので精一杯なメレーエは顔を真っ赤にして、しれっと自分の先を行くポンコツ魔女を追う。

先を行くヴィオシアはすでに投下態勢に入っていた。

「ふふんっ、災い転じて福となすなの。こっちはブロックがいっぱい残っているんだから、大量にばら撒いちゃうわ！」

宣言通り、いきなり六つもブロックの袋を撒き散らし、同心円の中に壁を築く。

これだと中心ど真ん中の二五点どころかまともに同心円を狙うのもほぼ不可能に見えるが、

「よっと」

「っ!?　なんかメレーエちゃんの飛距離が伸びたなの!?」

ただ真っ直ぐ飛びながら重たい砂袋を落とすより、ホウキの先端を小さく持ち上げてから切り離した方が野球の遠投みたいに軌道が変化してお得というだけだ。

そして真上からすとんと垂直に落ちる軌道であれば、周囲に撒かれたブロックの布陣を飛び越し、その内側を狙う事もできる。滑ったり転がったりもしない。

第二標的についてはヴィオシアは（ブロックの袋を投下するのに夢中で肝心の点取りがおろそかになって）一五点枠、メレーエは着実に高得点領域の二〇点枠。

これだけなら第一標的で競り勝ったメレーエの方が有利に見えるが、加速得点だって最高で二五点分も用意されている。全部合わせると総合得点は分からなくなってくる。

「次の第三標的で決まる!!」

「うん。今度の今度こそ絶対に私がもらうなの！」

第三標的のある公園は街の中心である巨大な湖をまたいで反対側にあるが、真っ直ぐ最短距離では突っ込めない。

純白のダイヤモンドダストで守られた召喚禁域魔法学校マレフィキウムへ行けるのは、受験の壁を突破した超一流の魔女だけだ。許可なき未熟者が突っ込めば全身に大量の着氷を起こし、あっという間に湖の水面へ強制着水させられてしまう。

「……、」

「……。」

ヴィオシアとメレーエは一瞬、白いスクリーンの向こうにそびえる巨大な黒の構造物を目にして沈黙する。マレフィキウム、憧れの場所。もっとも二人が見ている影はそれぞれ別の形を取っているかもしれないが。

直後に二人は再び最高速度で空気を切り裂き、突っ切る。

ヴィオシアはとにかく最高速度に尖っている。

なので高度を上げて障害物が全くない青空を一直線に突き進むが、メレーエは違う。

この『ドロップマーカー』、高度を下げた方が投下距離は縮むため命中精度は上がるが、もちろん下げ過ぎれば街中に密集する建物との激突リスクが急上昇してしまう。

かと言ってヴィオシアのように何もない青空を飛ぶと投下距離は長くなるため不利になる。

自分にとってのちょうど良い高さを選ぶのも戦略だった。

メレーエの場合、尖った鐘楼や天秤型エレベーターくらいしかない空域を選んで突っ切っている。この程度なら障害物があってもS字回避で切り抜けられる。

第三標的はすぐそこだ。

（……最高速度ではヴィオシアに負けてる。だからラストの第三標的は絶対に二五点が欲しい。多少無理をしてでも、最後は急降下して投下距離を縮めるk

「うわっ⁉」

思考が断ち切られた。

予備校最強魔女には似合わない、焦りの強い甲高い声。

はるか真下、神殿学都の街並みを何かが高速で突っ切ったのだ。

石の陸橋の真下を潜って正確に高速飛翔するのはドロテア・ロックプールだった。

高度一〇〇センチ。

この凹凸の多い階段の街で公園の飾り門を音速以上のまま通過し、絶対に外さない極至近から砂袋を切り離し、正確に同心円の二五点を奪い取る。同時にブロックを適切に配置する事で後続からの『追い出し』を精密に阻止していく。

キラキラ輝くイカ型の使い魔が複数大空を舞い、赤や青の光で特定のサインを大きく描き出した。光の信号を読み取ったヴィオシアが感心半分呆れ半分といった声を出す。

「えぇーっと。ぜー、んー、ぶー、で……ひゃあー。ドロテアちゃん、第一から第三まで全部の標的で二五点ゲットだってなの。ブロックも器用に全てかわして……」

「くっ‼」

「七五点に加速得点もついて、総合得点は九二点。ぶっちぎりでトップなの」

最高速度だけが『ドロップマーカー』ではない。後からついてくる形であっても全ての標的で確実に中心の二五点を取っていけば十分にトップ圏内は狙える。

地上攻撃だけならbisAへと急激に尖ったドロテア・ロックプールが圧倒的に有利。

同じ高度まで上がってきたドロテアが、自分のまたがる舵輪つきのホウキと話し合っていた。

『……ただこんなもんはフォーミュラブルーム側のスペック自慢だと断言。一流の魔女は道具の性能にゃすがらねえ、過信して勉強を怠ればどうなるかは分かってんだろうなと確認』

「うん。きゃあ、わ、私もあなたに置いていかれないように頑張る！」

実際、完全な空中戦である『エルボー』など、他の競技ではドロテアはヴィオシアやメレーエに突き放されてしまう。地上攻撃に特化したホウキの性能や相性に頼り切りでは、今後もずっとこの壁は越えられなくなる。

そして本気でマレフィキウムに挑むなら、苦手だからやらない、は通じない。

自らの手で次のハードルを浮き彫りにする事もまた、受験生に必要なスキルだ。

『ふふー。一等賞でも謙虚さを失わず、貪欲に自分の課題を探そうとする姿勢。今回はハイスコアどころか人間的にも一歩先を行かれたなメレーエよ』

「貴殿ほんとにワタシのホウキなのよね……？」

そして構造棟の屋上で待機していたギャル系講師のシャンツェは、木筒と水晶を組み合わせた双眼鏡で状況を確認しながら軽く引いていた。

「……マジ私でも勝てないかも」

6

「ふう」

放課後、妙想矢頃は一人で調べ物をしていた。

月光縛札で淡く照らされた、時間の流れを感じさせない静かな空間。

ここはいつもお世話になっているあらあらうふふな銀髪褐色店主さんの古本屋だ。

「(……スパニッシュフライ免罪金庫は学生ローンの形を取っていたが、実際には拝金主義を利用して自分自身をカリスマとして祀るよう迫る、一種の宗教じみてやがった。彩灼の森で孤独な研究をしていたエリナルバもまた、伝説のエルフを神のように敬った上で、彼らの再びの繁栄に手を貸す事で『神から感謝される存在』になるのを憧れていたし)」

魔女の世界にも宗教が存在しない訳ではない。

むしろ超自然の存在から力を借りて魔法を使う魔女は、そういう方向に流されやすい。

だからその辺を調べていたのだが、

「(共通するのは人の手で捏造する、嘘偽りの神……か)」

会計カウンターで古書の買取査定をしながら店主さんが柔らかく声をかけてきた。

「マレフィキウムの図書室に頼った方が良かったんじゃありません?」

「単純な文字の量だけなら。ただ、スキマの知識については脇が甘いんだよな」

あと、美化委員（ベナンダンティ）だの生徒会（ホワイトマジック）だのが変に睨（にら）みを利（き）かせてくる事もなく、物騒な事件について思う存分調べ物ができるというのも地味に大きい。……そもそもダース単位で色々返却滞納しているから、今図書委員（グレンストラ）の連中と顔を合わせるとそのまま学校中追い回されそうだし。

「何にしても、一休みしては？　口の中でぶつぶつ言いながら調べ物をしているようですし」

「……、」

そういう危ない人に見えていたのか。

机の上に置いた、縄跳びのグリップくらいの大きさのICレコーダーに声を吹き込みながら調べていただけなのだが。

……HEAハウスにもっと便利なスマホを作らせれば羊皮紙のページなんて全部撮影できてしまうのだが、恩人のお店だし、流石（さすが）にそれをやるのは仁義に反すると思う。

甘い香りが漂っていた。店主さんが持ってきてくれたハーブティーとジンジャークッキーだ。稀（き）少性（しょうせい）の高い古書を扱う古本屋としてアリなのかと思ってしまうが、もらえるものなら全部いただくのが妙想（みょうそう）の流儀でもある。素直に美味（おい）しいし。

「これなら本格的なブックカフェにしちまえば良いのに」

「あらあら、そこまでやったら流石（さすが）に手が回らなくなってしまうわ。他に店員がいませんもん」

ハーブティーの組み合わせは三〇〇パターン以上あるらしいのだが、使われているものはやっぱり寒さに強い高山植物が多い。娘であるメレーエの話によるとこの人、どうも大陸氷雪地方における最大カヴンの総司令官らしいし。

従業員は店長一人だけ。彼女の外出状況によって気紛れに開いたり閉まったりする超不便な古本屋ではあるが、客は妙想だけでもなかった。

「フランベルクさん。買取査定が終わりましたよ。減額は傷や汚れについてはこのように。こちらは旬か否か、稀少度などでの価格変動になるけれど、これで問題ないかしら？」

「はい……。むしろ値段に色をつけていただいて、ありがとうございます」

「うふふ、いえいえ。禁忌一等級のただでさえ稀少な『悪魔学資料黒ミサ邪道祭祀教本』のそれも私家版、訂正前の原典であれば自然と高値になります。これはカウンター奥の激レア本棚送りかなー？」

普通に妙想も欲しい研究資料だ。センスも似ている。フランベルクさんとやらとは直接の知り合いではないが、ひょっとするとこのお店を通じて彼女のコレクションの一部はすでに手に入れているかもしれない。

件の魔女はウエディングドレスのような純白の衣装だが、首元や手首には太い赤のベルトでアクセントを加えてある。色彩感覚はまるでイチゴを載せたショートケーキだ。ロングスカートの右側には派手なスリットがあり、白いガーターベルトまで割とド派手に覗けていた。スカート全体を床で丸く広げて上から見れば、チーズが欠けたように映ったかもしれない。

金色のショートヘアの女性は妙想の方を見ると、ぺこりと頭を下げて古本屋から出ていく。

カウンターから見送ってから、店主さんは頬に片手を当てた。

どこか心配そうな表情で。

「お店のラインナップは増えるからありがたいけれど、不規則に稀少本をドカドカ売りに来るのよね、彼女。何かお金が入り用なのかしら？」

「そりゃ不動産ビジネスの元手に決まっておるわ。今空き家をたくさん買って独占しておけば、それだけで夏から神殿学都入りしてくる受験生相手に荒稼ぎできるのよ？」

なんか湧いて出た。

背の高い本棚の方で脚立まで使ってゴソゴソしてるのは雪の結晶より華奢なソルベディだ。

「にひひ。何しろ今は六月末よ。実家を離れて一人で浪人生活を始めてみたもののバイトとの掛け持ちだの家事だので躓いてまともに受験勉強もできなくなった連中が親に泣きついて地元に帰る、『諦め第一陣』の時期だからのう？」

『天井突破』の一角であり『独学なる魔女』としては最高峰、氷と冷気を支配する魔女はニヤニヤしながらこっちを見下ろす。高い脚立の上でお行儀悪く腰かけると、ただでさえあちこち透けてる極薄キャミワンピの短いスカートが激烈に危うい。

脚立の下の方には魔女のホウキが立てかけてあった。

フォーミュラブルーム＝リバーセーヌ・bis9FE。

長い柄の前方には透き通った絹のレースの薄羽根が四枚に、先端部分には複眼を連想させる大きな水晶球。全体のイメージはトンボだった。普通の魔女とは違った軌道で自由自在に大空を舞って敵対者を翻弄し、空中の一点でピタリと静止するホバリングも余裕でこなす。

空中戦と各種攪乱魔法を使った敵機妨害に先鋭化し、特に大勢の魔女達が同じ夜空で激しく飛び交う乱戦時には敵集団を翻弄して本来の実力を発揮させず一対複数のデメリットを余裕で覆す専門家。聞いた話では傭兵魔女が撃墜数報酬を独り占めするために一つ一つホウキを改造していったらこうなったらしい。

表出されるガイド役は、確かセクァナとかいう女神だったか。

（……ケルト神話の水の女神、ね）

流石に深読みだと自分でも分かるが、女神、という言葉にはつい反応してしまう。

「白。純白の、白い女神……」

かつて臨死体験中に見たビジョンを頭の中から手繰り寄せ、思わず妙想は呟いていた。

何かあったか？

いや、やはり心当たりはない。

というより白い女神という記号性がポピュラー過ぎて、これだけだと絞り込みに使えない。

北欧、ギリシャ、ケルト、それからスラヴにカレワラ。単純にあの辺りを追いかけるだけでは見つかりそうにない。あと白い格好繋がりでさっきの人を思い浮かべてしまった。フランベルクさんだったか。真っ白なウエディングドレス。あれが普段着扱いなのだから、やっぱりこっちの世界の仮装パリピ具合は半端じゃない。ダメだ思考とイメージの連結が迷走してる。

妙想矢頃が以前目撃した女神は単純にこの世界由来の存在なのかどうかも微妙だが、何にせよ服装の奇抜さだけにヒントを求めてもあまり意味はないのかもしれない。こういう趣味です、流行なんです、これしか着るものがなかったんです。そんな可能性もゼロとは言えない。

と、

「あらあら、そんな遠い目をして困った男の子ね。白い女神だなんて呼んで……。やっぱり矢頃さん的にはフランベルクさんみたいなウエディングドレスがお好みなんですか？　レース全開で全身すけすけ仕様の」

「えっ？　いや別に見惚れていた訳じゃ

「まあ」

「……ほう？」

『なるほど』

「あの、何でオレ今責められてる空気だし？」

ていうか魔女のホウキのセクァナまでしれっと話に乗ってきている。それも興味津々に。

セーヌ川の女神様は話し好きの耳年増なのか？

と、氷と冷気を支配する魔女がニヤニヤ笑いながら妙想にちょっかいを出してきた。

「妙想よ、頭の中に立ち去った女を描いて物思いとは、何ぞアナタという人は今日も今日とて暇しておるようではないかえ」

「何で暇人って人様の足を引っ張る事にかけては努力を惜しまねえ訳？」

こいつも古本屋に集まる稀少本狙いかと思ったが、そういう訳ではないらしい。

むしろ正反対だ。

「近くフリマが開かれるらしいのよ」

「へー」

義務教育と違って、浪人生に統一された公式テキストは存在しない。参考書の選び方一つでも受験の難易度は大きく変わってくる。お財布の限られた中身で稀少本が手に入るチャンスともなれば、フリマは受験生達の戦場になる可能性もある。

ところが、中にはこんな拝金主義のクソ守銭奴も混じっているので要注意だ。

「歴史だけはあるけど何の含蓄もねえ二束三文のクズ本をたくさん買うておいて、価値の分からん成金どもに売りまくるよ。ふふふわらわったら今回も死ぬほど儲けちゃうぞオ‼」

まあまあ、と銀髪褐色の店主さんはほっぺたに片手を当ててにこにこしていた。いつまで経っても全く売れない激安本の山を皮算用バカへ好きなように押しつけて在庫処分できるのだから、おっとりママとしては何も困らないのか。

「欲張りなヤツ。もうすでに金持ちなんだしもっとゆとりのあるスローライフを送れよな」

「あらあら。浮き沈みの激しい魔女なんですよ、矢頃さん。あれだけ神殿学都全域へ氷を売っておいて、ハイレートのカジノであっさり散財して一晩で全部なくしたらしいですし」

「ま、氷は常に安定して売れるインフラ商品だけど、逆に言えば売り上げが急に倍増する事もねえからなあ。人口が決まっていると冷蔵庫の数だってずっと固定だろうし」

「うるせーよ真面目に働く虫けらどもッ！」

「？　今これどういう理由でソルベディから怒られたし？」

「ご存じでしょう矢頃さん、彼女は生理じゃなくても色々と不安定な人ですから」

『それは普通にサイテーなだけでは？』

　ご存じじゃねえしオトナの女性同士のブラックなやり取りにコメントしづらい妙想をよそに、自分のホウキにまでばっさりやられた人が小刻みに震えていた。

「ぐっ、く……。カジノが何よっ！　見ておれよう小市民の皆々様、氷売りと並行して不動産ビジネスも織り交ぜて、年内中には元の優雅なセレブ生活に返り咲いてやるからのうー‼」

7

夕暮れから夜へと移り変わる、隙間の時間帯だった。

夜のお店である『サバトパーティ』にとっては、本格的にお客さんを呼び込むまでまだちょっとだけ時間が余っている、最後の自由時間でもある。

「サイコロを二つ振ってー……九なの！　じゃじゃんっ、討伐部に入る‼」

「私の番なノです。錬金術の実習を頑張る、サイコロを振った数だけお金が手に入るノです」

「うっ……‼　で、でも私の番なの。果たして廃校舎のダンジョン攻略は成功するのか。出た目が奇数だとダンジョンでケガをしてしまう、んがっ⁉」

「六。年齢がすでにオトナで結婚している場合は子供ができる、他のみんなから出産祝いの金一封をもらえるノです」

「あうー」

ハの字座りから前のめりに床へ潰れていく全身ぐにゃんぐにゃんのヴィオシアを見て、こてんぱんにしたはずのフレイニルの方がかえって（表情は変わらず）おろおろしていた。

ドアが外からノックされた。

入ってきた踊り子のオリビアは両手で銀のトレイを持っている。

「冷たいお茶とお菓子よ。今は何をしているの、ヴィオシア？」

「ふふー。ちょっと休憩、学生ゲームなの！」

マレフィキウムの学校生活を題材にした、凝ったすごろくだと思えば良い。三つ折りの木製ボードの表面に羊皮紙のすごろくを貼りつけた代物だった。広げると結構デカい。

床の上で正座を横に崩したようなお色気座り（？）のエルフ、フレイニルは首を傾げて、

「家主様に伝達なノです。ちょっと休憩がかれこれ二時間くらい続いているノです」

「ぶフォ⁉　そっそれ言っちゃダメなの！」

慌てたように言ってエルフの口を塞ぐヴィオシアだが、オリビアは特に叱らなかった。

ヴィオシアはサボって息抜きしているつもりかもしれないが、実は学生ゲームの正確な分類は『教材』だ。駒として使うホウキや馬車はもちろん、サイコロ、カード、お金や宝石などなど、諸々の小道具には魔女術の知識や技術がこっそり盛り込まれている。

オリビアやストレーナが学生時代に買ったもののお下がりなのだから良く分かる。

少しだけ寂しい笑みを浮かべそうになるが、オリビアはそれを覆い隠した。

夢の叶え方を忘れた大人はこういう小手先ばかり覚えるものだ。

「日曜日はフリマなの。こういう掘り出し物が見つかったら良いなーなの」

「？　ヴィオシア様はすでに狙いがあるのではないノです？」

「うふふ、魔女術数価対応ハーブ事典！　料理を覚えたモロクが欲しがっているなの」

「サイコロは一一。宝石山盛りの流れ星が降ってきて億万長者チャンスなノです」

「がーん！　……が、学校生活はお金が全てじゃない、わ……」

「でもこれ、本当にマレフィキウムの学校生活なノですか？　作ったのは召喚禁域魔法学校の事なんて何も知らない、外の職人さんのはずなノです」

踊り子のオリビアは肩をすくめた。

「あそこに行けなかった私には何とも言えないわね」

「大丈夫なの」

ボードを睨んだままヴィオシアが言った。

特に気負わずに、ごくごく自然な笑顔で。

「私が合格するから、ほんとはどうなのか確かめてきてあげるわ！」

「そうね。いっぱい話を聞かせてちょうだいね、ヴィオシア」

8

「ふふー、ついにやってきた日曜日なの‼」

「そんな呑気でいるなら置いてくわよ。行き先はライバル魔女のひしめく戦場なんだから！」

「きゃあ。私達のお財布で魔導書や魔女術呪器を買うならあ、こ、こういうタイミングを狙わないといけないもんね」

迷界リバティケリドウェン。

神殿学都にいる魔女やその関係者が自由に品物を持ち寄ってお店を開ける、一種のフリーマーケットだ。これが稀少な魔導書を中心として意外と掘り出し物も眠っているので、禁断の叡智と井戸端の与太話をごった煮にした極彩色の大鍋と化している。

「……引率はドスケベ家庭教師？」

「値段の吹っかけ、パチモン、何でもアリ。あんな魔界にアンタらだけ放り込めるかよ」

「だけじゃないいみたいだけど？」

メレーエは視線を脇に振った。

下宿先のお店から待ち合わせ場所まで一緒だったのだろう。ヴィオシアは肩をすくめて、

「フリマに行くって話をしたら何故かストレーナ姐さんもついてきたなの」

「ふん」

腰に片手をやり、妙想へ値踏みするような視線を投げるストレーナ。

ヴィオシアの下宿先である夜のお店『サバトパーティ』の用心棒だ。

歳は踊り子のオリビアと同じで二〇代前半くらいか。金髪の長いポニーテールに白い肌の美女だが、どこか粗削りでおっかない雰囲気に満ち満ちていた。服装は軽装の鎧とミニスカートの組み合わせだが右腕を襟元から大きく出し、防御よりも腕の可動を最優先にしている。

腰の横に差してあるのはバスタードソードのようだが、柄頭にはホウキの穂先だけ取りつけられている。部屋の隙間や小物の埃を払うための小さなホウキだ。正しく持てば敵を切り裂き、逆さに構えれば回復魔法にも使える訳か。

『飛ぶ』事を前提とせず、あくまでも地上で敵と切り結んで薙ぎ倒すための構成。

「中心方程式は逆さに構えれば死者をも復活させるダグザの棍棒？　そこまでできないにしても、攻撃と回復は表裏一体、か。常に回復しながら戦えるってのはまあ確かに厄介じゃね？」

「それですり寄ったつもりかよ？」

ポニーテールのミニスカ騎士は呆れたように鼻から息を吐いて、

「ま、受験勉強はヴィオシアを任せても良い。ただ揉め事についてはいまいち信用できん。何やらオリビアは気に入ってるようだけど、アタシはそんなに認めてないからな？」

「ふふー。『そんなに』。つまりストレーナ姐さんもある程度は認めてるみたいな、痛だっ⁉」

妙想が何か言う前に笑顔で横から余計な口を挟んだヴィオシアが用心棒から両手のグーでこめかみぐりぐりされていた。

「チッ。アタシはオリビア達と違ってそもそも『先生』なんてもん信用しちゃいねえ、家庭教師だのインストラクターだの字面を変えたところでな」

この調子だとヴィオシアが心配という気持ちは半分くらいで、ケンカ好きの武闘派としては値切り合戦上等で罵声が飛び交うフリマ会場に鉄火場に似た、きな臭いトラブルでも期待しているのかもしれない。

会場は青区の下層、U丁目。

神殿学都にしては珍しく球技場より大きく開けた屋外空間は、元々はサーカスやカードゲーム大会など不定期に行われる各種催し物のためのイベントスペースだ。

妙想達もまた、カボチャやコウモリの飾りでてんこ盛りになった木板の仮設ゲートを潜って迷界リバティケリドウェンの会場へと足を踏み入れる。

途端にだった。

「ワケアリ品で良ければフォーミュラブルームあります！　訳は聞かないようにしてくれればお安くしまーす!!」

「魔女配役参考書・赤ずきん。ＡＴＵ０３３３ならこちらが最安だよ！　名作とは分かっているようで細部は意外とうろ覚え。例えば猟師が狼の腹を裂いて少女と祖母を救出したというが、実際に使った刃物はナイフ、包丁、ハサミ、結局何だった？　受験生の皆さん答えを確かめたいならこちらの一冊！」

「ひっひっひ。次々と持ち主が死ぬ呪いの鉛板はいらんかね？　制御は難しいが呪いの出力については過去の怪死遍歴が証明してくれておるよ……」

音と声の洪水だった。

ブース自体はきっちり面積を区切られているが、各々が勝手に持ち込んだ背の高い戸棚や本棚が視界を遮ってしまうため、まるで広大な迷路状態だ。

「……この空気、きゃあ、気が引き締まってきた」

メガネ巨乳のドロテア・ロックプールが静かに呟いていた。お祭りや遊園地みたいな空気にあてられてひたすら大はしゃぎするヴィオシアとは正反対だ。

そういえば実家は商人の家で大家族の長女だったか。

玉石混淆何でも揃っている、というのも善し悪しだ。ヴィオシア達の軍資金は限られているので、無計画では雰囲気に流されて用のないガラクタを掴まされかねない。同じ商品でも店舗によって設定値段が違うし、でも変に惜しんでいると他の客に出し抜かれてしまう。

「ヴィオシアちゃん。きゃあ、何が欲しいかは決まっているのお？」

「色々あるんだけどー、一番はこれなの！　魔女術数価対応ハーブ事典‼」

メモを読み上げるポンコツ魔女にメレーエは眉をひそめて、

「……知る人ぞ知る稀少本でしょ？　本来ならマレフィキウムで厳重に保管されていてもおかしくないはずだわ。そんな簡単に顔を出すとは思えないけど」

実に一千種類以上のハーブを網羅し、各薬草の四属性やアルファベットなど各種属性対応も完全に満たした一冊だ。禁忌特等級。タイトルだけは超有名だが私家版のみで、世界で五〇部しかない超稀少本。その価値は公的な図書館に寄贈し、皆で叡智を分かち合うべき域にある。

「ふふー、モロクが欲しがっていたヤツなの。これが手に入ったらモロクの女子力がアップしてお料理のレパートリーももっと増えるわ！」

「ああそう」

額に手をやるメレーエ。

妙想はそっちに水を向ける事にした。

「メレーエは何か狙いを決めてんのか？」

「そこまで夢は持っていないわ。今ある参考書の記述が本当に正しいかどうか、念には念を入れて原典を当たりたいっていうだけ」

なるほど。大量印刷の工業技術がまだ確立していないこの世界では、書物は基本的に使い魔の手による写本だ。つまり同じ名前の参考書でも『書き損じ』のリスクは普通にありえる。

「きゃあ、す、すごい人混み……。そうだ、ヴィオシアちゃん私と手を繫いでおこう？」

「……ちょっと目を離すと迷子になると思ってるなの？」

ヴィオシアのハーブ事典はどこのブースで売りに出されているか分からないので、虱潰しになる。なので基本はメレーエの方針に従って魔導書のブースを転々としていく。

「『角と豊穣』、『森の女神』、あと『小さな人』もあるわね。じゃあこれも買うわ」

「あの、言い値でそのまま買ったらダメだよメレーエさん、きゃあ」

「？」

「背表紙は日焼けしているし、ページには染みがある。これならまだ値切れるよ、きゃあ」

こういう所はエリートでお金を持っているメレーエより、大家族の長女で日頃から節約を強いられてきたドロテアか。

と、

「うげっ……。せっかくのフリマだってのに、縁起の悪い連中が出てきやがったわね」

あからさまに歓迎していない声が飛んできた。

アーバミニ、ホリブレ、ランパンス。

悪名高きサッサフラス・Ｃｆａ予備校の魔女術数価対応ハーブ事典」

「そっちも例の一冊狙ってんの？　魔女術数価対応ハーブ事典」

「ねー？　アンタみたいな赤点魔女がレア本手に入れたって使い道ないでしょ！」

早速口の悪さが炸裂しているが、逆に前のめりになったのはメレーエだ。

「……馬鹿のヴィオシアだけじゃない。貴殿達みたいなのまでフリマに来ているって事は、まさか魔女術数価対応ハーブ事典が売りに出されるってウワサはマジなの⁉」

「アーバミニ、ホリブレも。馬鹿じゃない方の受験生が正しい分析を始めたわ。これ以上迂闊に情報を渡す前にさっさと退散しましょう」

こそこそと悪の三人組は人混みに消えていく。

ドロテアは彼女達が立ち去った方を見て、

「あれ、やっぱりウワサは本当だったのかも？　きゃあ」

「だとしたらのんびりしていられないわ。受験に役立つ超稀少本よ、絶対手に入れないと‼」

俄然やる気になったメレーエだが、肝心のヴィオシアはよそを見ていた。

魔女術数価対応ハーブ事典が欲しい、と明確に標的を定めているはずなのに、そのヴィオシアは早速よそのブースに興味をつられている。

「これは何の写真なの？」

「良い目をしているなお嬢ちゃん。そいつは神殿学都の外、あっちこっちで撮影したクリーチャーの銀塩写真だよ！　こっちは飛竜のヴィーヴル、こっちのはマーメイド‼」

へえー、と感心しているヴィオシアの横でメレーエが額に手をやっていた。

クリーチャーも何も、今上空を横切った巨大なドラゴンも含めてああいうのはマレフィキウムで創った実験生物が逃走したか、そこから繁殖したものばっかりだ。エルフの実例があるから完全には否定できないものの、本気で天然のクリーチャーなんてほぼ皆無と考えて良い。

（……ま、コティングリーの事件からネッシー、ビッグフット、リトルグレイまで。良からぬモノが写り込んだ写真、ってのは定番化したオカルトの一大ジャンルではあるんだけど）

「この紫のまん丸もクリーチャーなの？」

「そいつはドラカだ。川に住んでるヤツで、中には結構奇麗な女の子が入っているんだぜ」

「えう？　それじゃちっとも怖くないわ」

「川辺を歩いている人間の女の子を連れ去って七年も強制労働させる凶悪クリーチャーだって言ってもかい？　しかも掟の説明もないまま違反した人間にただ罰として問答無用で片目をく

り貫くっていうおまけ付きだ」

ぎええええ、とヴィオシアが震えている。

……ちなみに異なる種族をさらって自分の代わりに働かせる生き物は不思議なクリーチャーに限らず、自然界にだって普通にいる。例えばサムライアリは他の無害なアリの蛹を自分の巣に連れ去って奴隷にしてしまう訳だし。

「どうするー？　貴重な写真だぜ。こいつを買い占めてアルバムを作ったら誰も持っていない特別な図鑑ができる。みんなに一歩リードするなら今しかチャンスはねえぞ！」

「うー、あー!!」

誰かが横からヴィオシアの手を引っ張った。

不良少女のアーバミニだった。

フリマの騙し合いで痛い目を見た事がある不良少女は黙っていられないらしく、

「ああもう、赤点魔女!!　アンタは魔女術数価対応ハーブ事典を買いに来たんでしょ！　限られたみみっちいお小遣いをこんなトコで無駄遣いしてどうすんの!?」

「わっ」

二人して、強く引っ張った勢いで別のブースへと転がり込んでしまう。

ソルベディ・アイシングのブースだった。

そこらじゅうの古本屋から古いだけで価値のない本を買い集めて、フリマで高く売り捌くと息巻いていたか。

傍らの本棚に立てかけてあった魔女のホウキが女性の低い声でぶっきらぼうに言った。

『妙想矢頃。同じ川底の匂いがする、丸き紫の衣にご注意を』

「？」

意味はあったのか、なかったのか。

そちらに気を取られていると、『天井突破』の一角がヴィオシアに話しかけてしまった。

「いらっしゃい、魔女の受験生達。そんなに魔導書をお望みかえ？」

「あっ！　こ、この本は……」

「最初に触ったアナタに購入権があるよ。どうするのかね」

チッ!!　と同時に舌打ちしたのはメレーエとアーバミニだった。

ヴィオシアは改めて両手で掴んだ分厚い本をまじまじと見つめて、

「買うなの……。私これを買うわ！」

「ひっひっひ！　毎度あり毎度あり。よもや、二束三文で買い叩いたクズ本がこんな儲けに化けるとは……。これではわらわ左手の団扇が止まらんにゃあーん!!」

ほんとにそうなら用心棒のストレーナが黙っているとでも思ったのか。

妙想矢頃はそっと息を吐いて、

「(おいソルベディ、書名はきちんと確認したか？　魔女術数価対応ハーブ事典。どこから紛れ込んできたか知らねえけど、同じ厚みとサイズの宝石箱よりお高い超稀少本だし、アレ)」

氷と冷気を支配する魔女なのに自分が凍りついてしまったようだが、もう遅い。

お金の支払いを終えてしまった以上、あれはヴィオシアの本だ。

9

「魔女術数価対応ハーブ事典。確かこれおばあちゃんの家でも見かけたけど、でも地元は飛び出してきちゃったし、今から遠く離れたおうちに取りに戻る訳にもいかなかったなのー」

「だっ、これだけの世界的な稀少本がダブり⁉　『天井突破』のさらに頂点、『夜と闇と恋の女王』も認めたお気に入りの一冊とか……いよいよマジで受験に有効じゃない……」

そもそもポンコツなヴィオシアが何でそんな稀少本のタイトルを知っていたのかと思ったら、そういう事情があったようだ。

目的の品は手に入れたので、一休み。事典自体はヴィオシアのものになったけど、今はメレーエやドロテアも回し読みして羊皮紙にメモを取っていた。写本がアリのファンシーな世界なので手元でコピーしてもデジタル万引きなどと蔑まれたりはしない。

それよりお昼ご飯である。

数々の棚で広大な迷路みたいになっているフリマ会場だが、所々に店舗のない空きスペースが用意されている。そちらで敷物を敷いてご飯を食べる形になる。

「あれえ？　ヴィオシアちゃんもお弁当にしたの？」

「ふふー。うちのモロクがお料理を覚えたなの！」

ヴィオシアのバスケットの中身はグリルチキンと野菜のサンドイッチ、ドロテアのお弁当はでっかい水筒から大皿に出した野菜ゴロゴロなお食事メインのコンソメスープのようだ。

「ドロテアちゃんサンドイッチ一個と何か交換なの！」

「きゃあ、そ、それじゃあスープ一杯で」

ちなみにメレーエとストレーナは普通に（？）『合成』で済ませるつもりらしい。ホウキの先を振ってトマト系のパスタや小エビのピラフなどを取り出している。

妙想はその辺の露店で買ったツナとジャガイモのお食事クレープを片手で頬張りながら、

「魔女は『有から有を創る』術者でもあるし」

「？」

「ハーブにせよ動物の骨にせよ、人間は何かを犠牲にしなければ必要なものを創れねえ。供儀の象徴だったモロクが弁当を作るっていうのも因果じゃやね？　サイコロ状とかペーストとか、材料が加工されていると実感しにくいかもしれねえけど、身近な料理や怪我から回復するための傷薬だって他の動植物を材料にして生み出すものだ。その変換レートを一対一よりいかにして大きく広げていくかで無駄なく使う魔女の腕前が分かるって訳だな。感謝をして消費するように」

10

目的の魔女術数価対応ハーブ事典は無事に手に入ったのだからもう帰っても良いのだが、メレーエがもう少し粘りたいと言い張った。

「ワタシはワタシで魔導書(グリモワール)をいくつか欲しいし、あの稀少本(きしょうぼん)があっさり転がっていたのよ？　ひょっとしたらまだ見ぬ大物が隠れているかもしれないわ！」

「きゃあ。だ、大丈夫かしら、そんな無軌道でぇ」

「きちんと計画的だし軌道に乗ってるし！」

という訳で今度はヴィオシアがメレーエ達に付き合う事になった。が、ヴィオシアは買うべきものがもうないので、あちらこちらに次々と興味が移っていく。

ハーブの小さな鉢植えをずらりと並べたブースがあった。

異世界の地球の地図ばかりを集めたお店もあった。

あるブースでは、いくつもある箱の中で仕分けされたまん丸のヒヨコやハムスターが少女を見上げていた。割とぎっしり。つぶらな瞳で口々にわいわいと騒いでいる。

『買ってー。買ってくださいなー』

『いっぱいはたらきますぞー』

自分を売り買いする話なのに、作り物の使い魔どもはひどく呑気だ。誰が飼い主になっても構わないのかもしれないが。

「かっ、かわいい！　なの⁉」

「**……◎プラス一点。使い魔は自分で作る他に、譲渡や売買もできるからな**」

「でもお金がないの。魔女術数価対応ハーブ事典を買っちゃったから……‼」

教え子が涙の別れを経験しつつ。

気がつけば先を歩くメレーエがふらふらしていた。質より量でたくさん魔導書を買い込んだ彼女は畳んで持ってきた薄手のトートバッグ二つでも入りきれない有り様になっている。

「ぐぐぐぎぎ。こっこれ、どうやって持って帰ろう、あうう」

「メレーエさん。きゃあ、あっちに運送の臨時営業所があるよ！　黒猫使い魔さんに任せた方が良いようっ、それじゃ肩抜けちゃう‼」

今はまだ行列になっていないが、お昼ご飯も終わって今は午後帯だ、周りにいるお客さん達も『帰宅』を意識し始めたらすぐさま配送サービスの素晴らしさに気づいて殺到するだろう。

「ど、ドスケベも見てないで男なんだからこれ一個くらい持ったらどうなのっ……」

「すまねえな。オレはレディファーストには賛成だけど、そいつを自分から要求する人のお願いはなるべく聞かねえ事にしてるし」

自分で買った本の山なんだからメレーエ本人に任せておけば良いのに、やたらと面倒見が良いドロテアが荷物を半分持ち、少女達は配送業の受付カウンターに向かっていく。この辺り、大家族の長女さんはメチャクチャお姉ちゃんやってる。

臨時営業所の周りで細かく動いて働いている二足歩行のぬいぐるみみたいな連中を見て、ヴィオシアが目を丸くしていた。

「あれ、この黒猫使い魔、前にも見たような……？　きちんと直してもらったなの？」

ふっ、と。

そんな少女達は、白い影とすれ違う。

11

ゆっくりと、しかし確実に飽和量を超えていった。

我慢できる最後の一線、とも言えた。

今まではスパニッシュフライ免罪金庫やエルフに固執する老婆エリナルバなどを使って、裏から手を回してきた。

スパニッシュフライ免罪金庫それ自体は小粒な悪党だが、きちんと育てていけば受験生よりもっと大きな、予備校単位での経営立て直しやマレフィキウム関係者の研究資金を捻出する形でもブラック金融の魔の手を広げていっただろう。そうなれば神殿学都そのものの金融破綻に導き、マレフィキウムを含む街の行政全体を完全機能停止にまで追い込めたのだ。

エルフ再興に躍起だった老婆エリナルバも、神殿学都から遠く離れた彩灼の森の話なのに発見されるのが早すぎた。もっと幻の種族エルフ発見の報が大々的に広まってから『美化委員』が討伐に動けばエリート達による手柄泥棒の疑惑にこじつけられたのに。そうなればマレフィキウム勢VS独学なる魔女勢の大陸全土を二分する冷戦状態にまで発展したはずだった。


しかしいずれも実らなかった。

今までは自分が表に出ない事で身の安全を保つ方針だったが、追っ手の検索の方が素早い。

このままでは何もできずにマレフィキウム側からの反撃だけが始まってしまう。

それでは誰も助けられない。

誰一人。

なので。

もう自分が直接出よう、と彼女は決めた。

罪なき人々を救うために。

12

『それ』は唐突に神殿学都の空を覆い尽くした。

がんっ！　という鈍い音がした。

大空から何かが降ってきて地面に激突した音だ。

常に上空を大きく旋回させて待機させているという、メレーエのホウキだった。

「ちょ、どうしたのオルフェウス⁉」

『メレーエよ、ず、頭上に注意だ……』

重たい烈風があった。

それはまるで、巨大な壁を使ったスイングだ。

いかに美化委員側に優れた技量があろうとも物理的な隙間がなければ回避はできない。まともに直撃した美化委員が空中で制御を失い、流星のように地上へ突っ込んでくる。

「危ない！」

ストレーナの叫び声があった。

突き飛ばされたその瞬間、ヴィオシアはまだ自分にどんな危機が迫っているか理解もしていなかった。尻餅をついて瞬きを二回して、ようやく目の前の現実に意識が追い着く。

美化委員の重たい鎧がすぐ近くにあった。

墜落してきた鎧に半ば押し潰されるようにして、ストレーナがうつ伏せに倒れていた。

用心棒としての最優先は、敵の撃破ではなく味方の防護。

そういう意味では完璧にこなした。

「姐さん!!」

「……チッ。逃げろヴィオシア、早く、友達を連れて。かはっ」

言葉が途切れた。

何もできずヴィオシアは立ち尽くしていた。黙っていたら永遠にそうしていそうなほど。

メレーエが至近距離から叫んだ。

「ヴィオシア手伝って!　貴殿とワタシ、二人いればぐったりしたストレーナさんくらい運搬できるわ!!　ドロテアはそこに落ちてるワタシのホウキをお願い!!」

頷いて、ヴィオシアもまたストレーナの腕を取る。

主の制御から外れた何かが虚空をひらひらと舞っていた。

紫色。イクラくらいの丸い粒だが、半透明の膜の中で何かがうずくまっていた。

裸の少女だった。

（これ……）

「前に露店の写真で見かけた……。確か、ドラカとかいう子なの？」

「厳密には、そういう形や機能を拝借して作られた使い魔だろうけどね。本物のドラカは普通に人間サイズだし」

人を支えてふらふら移動しながらも、メレーエは冷静に頭上の脅威を観察していた。

「……体当たりメインで飛び道具は使わないみたいだし、おそらく自分から敵に巻き込まれてのバードストライク狙いの構成だと思う」

「きゃあ、そ、そういえばドラカには掟に違反した女の目をくり貫く、って怖い伝説があったね。もしそれを空飛ぶ魔女に当てはめたとしたら、攻撃手段としてはありえるよう」

「でも、バードストライクって……」

「？」

「ようは空飛ぶ魔女のホウキに鳥さんがぶつかって起きる事故の事なの。そんな、あんな小さな体で魔女を撃墜するとしたらどれだけのドラカが道連れにされちゃうなの……？」

「作り物の使い魔を大量に運用する側が、い、い、い、い、い、いちいちそんなの気にすると思う？」

ごっ、と頭上の紫が大きく動いた。

スクランブルで大空を飛んだ美化委員が、また撃墜されたらしい。普段は大空を悠々と旋回している巨大なドラゴンやグリフォン達でさえ痛みを嫌って低空域へ下りてきている。

下手すると分厚い鎧を着た流れ星がこっちにまで突っ込んでくる。

「とにかく、きゃあ、屋根のある場所へ！」

そこでヴィオシアが何かに気づいたようにあちこちへ視線を振った。

「先生はどこに？　なの」

「悪いけど確かめている暇ないわ！　今はとにかく怪我人を安全な場所まで運ばないと‼」

これからどうするにしても、傷ついて倒れたストレーナをそのままにはしておけない。ヴィオシアとメレーエの二人で抱えたまま、近くの建物に頼る。

太い鍵をかけられ、どれだけドアを強くノックをしても誰も開けてくれなかった。

『ひいいいいい！　カギを開けるなんて無理だよ。許してくれ、許してっ』

「ちょっと⁉　見捨てる気なら水の槍で扉をブチ破るわよ‼」

「っ、ヴィオシアちゃん！　あっち‼」

ドロテアが何かを見つけて指差した。

向かってみると、街のあちこちにあるとかいう空き家だ。

踏み込んで、メレーエは思わず呻いた。

「うっ⁉」

家具が何もない無機質な床いっぱいに、びっしりと、大きな樽が敷き詰められていた。居住空間として明らかにおかしい異物感に頭がくらくらする。時折話に聞く、家屋の中で幻覚性の薬草を育てているという新聞記事は、こんな現場で行われているのだろうか。

だけどこれは植木鉢ではない。

覗き込むと、樽の底に紫色の粒がいくつかあった。

何かしらのトラブルで飛び立つ事ができなかった使い魔、ドラカだ。

（あれだけ大量のドラカがどこから出てきたのかと思ったら、出処はこういう空き家か……。でも神殿学都のどこにどれだけ空き家がある事やら！）

「きゃあ、こ、これからどうしよう？」

「この空き家が完璧なシェルターならここに閉じこもって助けを待つのもありだけど、多分そこまで頑丈じゃないわよね」


「そうなの。どうにかしてドラカ達も助けてあげないと」


沈黙があった。

メレーエとドロテアは結構本気で二の句が継げなかった。

「ストレーナさんだっけ。貴殿は知り合いが直接やられたんでしょ⁉」

「だったら？」

ヴィオシアは睨み返した。

真っ直ぐに。

「ストレーナ姐さんが幸せになるなら私は戦うわ。でも自分の憎しみなんかのために戦ったって何になるなの？　おばあちゃんなら絶対そう言うわ。先生だってただ強いから最強なんて話じゃないいなの、敵を単純に悪として裁いてはいおしまいになんかしないわ‼」

ただの奇麗ごとじゃない。

この窮地で、実際に知り合いまで傷つけられて、なおそんな道を選べる。

情勢次第であっさり揺らぐ善悪ではなく、自らの行いによって美しく生きようとする魔女。

束の間、一瞬であっても。

そんな『状況』にまでヴィオシアが上昇する。

「だって、音速で飛ぶ魔女達に体当たり攻撃しかできないなんて絶対おかしいなの。私達をやっつけるためだけに何億、何十億ものドラカ達がすり潰されちゃうだなんて……。大体、使い魔が私達をやっつけたからって何があるなの？　そんなの魔女が勝つか負けるかの話であって、別に成功したってドラカ達は何も手に入らないわ。なのに命だけ差し出すよう迫られるだなんて、やっぱり間違っているなの！」

「……あのね貴殿。言っておくけど、作り物の使い魔に正しい意味での命なんてないわよ」

「関係ないいわ」

即答だった。

メガネ少女のドロテアが、そのあまりにもいつも通りなヴィオシアにくすりと笑みを作る。

そういえばこの赤点魔女は、全国一斉模試の時にも作り物のモロクを守るためにアーバミニ、ホリブレ、ランパンスの三人に本気で立ち向かっていた。普段は赤点だろうがポンコツだろうが、こういう理不尽に立ち向かう時だけは、常人を超えた力を振るえる『状況』に自分を跳ね上げる魔女の卵なのだ。

迂闊にも、だ。

その即答に息を呑んでしまった時点で、メレーエも自分で認めたようなものだった。

論理的じゃない。

だけど絶対的に正しい事を言っているのは、ヴィオシアの方だと。

ドラカが悪い訳じゃない。

であれば、意味もなく大量に使い潰されるドラカ達を助けたい。

……これ以上に美しく整った解答は、予備校エースのメレーエでも導き出せない。

敗北の瞬間だった。

そして敗者はせめて敗者としての全力を振るうのが、美しき魔女の務めだ。

「ええい!!　じゃあドラカについても配慮した上で一刻も早く神殿学都を覆い尽くすトラブルを何とか解決する。怪我人についても放ってはおけない。方針はこれで良い!?」

「きゃあ。うん、そ、それなら私も協力するよ」

三人で頷(うなず)く。

窓から外の様子を窺(うかが)うと、ぶわっ‼　と大空が不自然な紫色で埋め尽くされていく。

「あれが全部、ドラカ……」

メレーエが呆然(ぼうぜん)と呟(つぶや)く。もう魔女の技量の問題じゃない。あんな砂嵐みたいな状況で、ドラカにぶつからずに空を飛べなんて土台無理な話だ。

「全部で何億、何十億？　景色を埋める砂嵐の粒を数えるみたいで馬鹿馬鹿しいくらい。とにかく個体のスペックはイクラの粒みたいに小さい使い魔(ファミリアー)だとしても、あんなの空中戦を挑んで一つ一つ勝利をもぎ取っていくなんて現実的じゃないわ」

ぽんぽんっ、と不自然な紫色の空にいくつか白煙が弾(はじ)けた。

まるで大きなイベントの開催を祝う真昼の花火みたいだが、

「マレフィキウム側も何かしてるみたいだけど……人の思念を乱反射させる水晶の粉末や金箔(きんぱく)の大量空中散布もダメみたい。魔女の意志を遮断して使い魔(ファミリアー)を黙らせる役に立ってない！」

見抜ける頭があるからこそか。遠くを眺めてメレーエが歯噛(はが)みしていた。

ドロテアはおどおどしながらも、

「でも、ドラカ？　きゃあ、とにかくあの子達を止めないと街の機能は戻らないよう」

「ドラカ達を大量に使い捨てにさせる訳にはいかないし、ストレーナの姐(ねえ)さんも気になるわ。早くお医者さんを呼ばなくちゃいけないいなの！」

「あんな何億だか何十億だかの使い魔、一人で一度に全部管理できる訳ないでしょ。よしんばできたとしても、一人の魔女の意志が広大な神殿学都の隅々まで及ぶはずがないわ！」

「だけど現実にドラカはいっぱいいるわ。そしたら何が起きているっていうなの⁉」

「……何か仕掛けがある」

呟いて、メレーエは空き家の狭い階段を上った。

危険を承知で屋根まで上がる。幸い、この程度の高さならドラカは襲ってこないらしい。少なくとも、今のところは。メレーエは三六〇度開けた視界をぐるりと見回す。

「あった。あれだわ」

「どうしたなのメレーエちゃん？」

「大空を埋め尽くすドラカとは別に、いくつか小さな群れが見える。多分、アレが『仕掛け』なのよ。大事なものだから本隊とは切り離した別働隊に守らせている」

ヴィオシアはぐぐっと身を乗り出して遠くを見た。

「杖……何か道路に刺さっている、なの。ううん、あのサイズは槍？」

「そうか、投げ槍だわ」

「きゃあ？」

「北欧神話、オーディンの使う投げ槍。だけどグングニルじゃない。戦争が始まるその時に敵の軍勢に向かって投げ込めば、それだけで味方の軍勢の戦勝が決まるっていう場の流れそのものを操る、魔法を込めた神の槍！」

もしこの場に妙想矢頃がいたら、こう思っていたかもしれない。まるで大量のドローン兵器を群れで飛ばすために通信エリアを拡大する、前線地上アンテナ基地みたいだと。

「でも小さな群れは『いくつか』あるけど。きゃあ、なら槍は一本とは限らないんじゃ？」

「ここから見えるのは一、二……五本ね。湖を挟んだ反対側はマレフィキウムを守るダイヤモンドダストのせいで見えないけど、同じ分布だとしたら多分合計で一〇本！」

あの投げ槍は魔女の意志を増幅して遠く離れたドラカに届けるための小道具だ。

槍を一本ずつ破壊していく事で使い魔の対応エリアは減っていき、自由を失う。

全部壊せば街のどこかにいる魔女はドラカに命令する事はできなくなり、ドラカ達は自由を手に入れる。作り物のドラカ本人に善悪はないから、強い命令がなければ人も襲わない。神殿学都の大空だってきちんと取り戻せるはずだ。

「きゃあ。で、でも、ドラカ達が地上を攻撃しないっていう確約はないよう？　槍の周りにわざわざ別働隊を配置してるみたいだし、危ないと思ったら地上でも容赦なく襲ってくるかも」

「……、」

確かにそこはメレーエにも断言はできない。データが少なすぎる。家屋の屋根にいる今はドラカ達から襲われないとはいえ、条件が『高度』だけとは限らない。地上で魔法を使うとか、槍に一定まで近づくとか、他にも致命的なスイッチはあるかもしれない。

だから、だ。

メガネの包帯少女ドロテアは、ヴィオシアの横顔をチラリと見た。目を覚まさない用心棒(バウンサー)のストレーナを心配し、大量に使い捨てられていくドラカを憂えて、唇(くちびる)を噛(か)むその顔を。

ドロテアは大家族の長女だ。実家だってそれほど裕福な訳でもなかった。

現実を知っている。

小さな子供が何かを諦めたり、欲しい物を我慢したりする顔を見るのだって慣れている。

それでも、

(……今は我慢するべき時じゃない。ヴィオシアちゃんの話は夢物語かもしれないけど、でも間違った事は言っていない。だからここで折れなくちゃいけない理由なんか一個もない!!)

メガネの包帯少女は一度小さく頷(うなず)いた。

自分にできる事は何か。美しき魔女とは何か。己の胸に言い聞かせるように切り出す。

そういう『状況』を自らの意志で獲得する。

「きゃあ。なら、私がオトリをやる」

「ドロテアちゃん……?」

「理不尽に死ねって命令されているドラカ達は何も悪くないんだから、あのままにはしておけないでしょ？　ストレーナさんも早くお医者様に診せないと。それに大空を高速で飛ぶドラカ達相手だと、ヴィオシアちゃんやメレーエさんが足で走っても追い着かれちゃうからオトリ役はできない。低空、地上すれすれを唯一飛んで速度でドラカを翻弄できる私しかできない。目を抉る伝説があるから、地面を普通に走る人でも危ないし」

「ちょっと待っ、くそっ!!」

メレーエがとっさに手を伸ばすも、一歩間に合わなかった。

家屋の屋根の上からふわりと跳んだドロテアが、キュパン!!　と直後にフォーミュラブルームの力を借りて超高速で離陸する。いったん低空高速で街中を飛び去ってしまったらヴィオシア達の足ではもう追えない。

ざわり、と。

頭上を埋め尽くす紫の群れが、大きく揺らぐのが分かった。

「どうすんのよこんなの……?」

「地面に刺さったその投げ槍(なげやり)を全部折れば良いなの。だったら足で走ってでも見つけるしかないわ。命令されているだけのドラカ達の手は汚させない、オトリ役を買ったドロテアちゃんだって永遠には保たないなの。だからそうなる前に!!」

13

変化は唐突だった。

何かが流星のように地面に突っ込んできた。

分厚い鎧(よろい)を着込んだ美化委員(ベナンダンティ)だった。

ヴィオシア達とはぐれてしまったのも、『起点』はここだった。妙想(みょうそう)は地面で直撃したストレーナではなく、空から降ってきた美化委員(ベナンダンティ)の方へ思わず駆け寄ってしまったからだ。

今はヴィオシアの家庭教師のはずなのに。

「ナンシー!!」

「ははっ……。私はこんなのばっかりだな」

慌てて抱き寄せると、赤毛二つ結びの少女は力なく笑っていた。

個人としての善性や良識を外付けの檻(おり)に閉じ込める『処刑牢鎧(ヘクセントウルム)』が機能しているとは思えない。徹底的に破壊されている。だとしたら装着者のダメージも相当なはずだ。

マレフィキウム合格者だって不死身ではない。しくじれば命を落とす危険もある。

頭上を紫が埋め尽くしていく。

(体当たり式の使い魔(ファミリアー)があんなにたくさん、しかもスウォーム制御かっ!?)

数億、数十億ものドラカ達は不規則に動いている訳ではない。

良く見れば分かるが、膨大な群れの中でも同じ高さにいるドラカ達は前後左右きっちりと等間隔を守っている。なのでだるま落としのようにいくつもの段が重なった構成だ。

妙想矢頃(みょうそうやごろ)は等高線に合わせて段ボールを切り抜いて一つずつ積み重ねていく事で作る、手作りの簡易ジオラマを思い出した。

　イクラの粒みたいなドラカ達はまず等間隔で整列して面を作り、さらに段々に積み重なっていく事で入道雲のように膨らんだシルエットを形作っているのだ。

（……ドローン用の3D地図？　平面の地図と違って、空飛ぶモノへより明確に激突リスクを提示する事で進入禁止を突きつける記号性。いや）

「もっとシンプルに、モチーフは自由自在に動かせる砂嵐か……」

　フォーミュラブルームという『魔法の地図』を持っていても、なお迷う。現実世界で道標を失った魔女達から力を奪い、立ち往生させ墜落させる死と魔の空域。

　超音速の魔女へ自分からぶつかる事で、魔女を傷つけフォーミュラブルームへ誤作動をもたらすバードストライク攻撃。ドラカ達が形作る巨大な面、多層構造のレイヤー。言ってしまえば空飛ぶ魔女を落とす吊り天井が無数に大空を塞いでいるようなものだ。

（これじゃあ流石に、ナンシーの実力うんぬん以前の問題だぜ……）

　彩灼の森では老婆エリナルバが地対空レーザーのような魔法を使っていたが、今回の脅威はそれ以上だ。一度に数十億もの使い魔を解き放つスウォーム制御だと地べたに半端な数の対空兵器を並べたところで押し切られる。

　そして妙想はソルベディの事を思い出した。より厳密にはトンボに似た彼女のホウキ、フォーミュラブルーム＝リバーセーヌ・ｂｉｓ９ＦＥが放った言葉を。

『妙想矢頃。同じ川底の匂いがする、丸き紫の衣にご注意を』

(道理で……。女神セクァナはセーヌ川を守護する存在だし、ドラカもドラカで同じフランスの川の底に巨大な街を建設しているって伝説があるんだっけか?)

血まみれの唇を動かして、元教え子が呟いた。

「矢頃。……あの女に気をつけろ」

「あの女?」

「『ウ、エ、ディ、ン、グ、エ、グ、ザ、ム、い』。調べてみたらとんでもない大物だったぞ。矢頃、アンタと同じく何人もの少女達をマレフィキウム合格に導いた教育者だ……」

そいつが嘘偽りの神の正体か。

そう尋ねようとして、ふと妙想は顔を上げた。

そこに、いた。

14

数億、数十億ものドラカ達にヴィオシア側が一つ一つ空中戦を挑んでも意味がない。

だけど神殿学都のあちこちに突き刺さった一〇の投げ槍を破壊すれば、ドラカ達への命令は一斉に止められる。

とはいえ安心はできなかった。

大空を埋め尽くすドラカの群れは今のところ地上を直接攻撃はしてこないものの、撃墜された美化委員(ベナンダンティ)が分厚い鎧(よろい)を着込んだまま墜落してくるのだ。あんなものが直撃したら地上を走るヴィオシアとメレーエだって危ない。

「ヴィオシア上っ。気をつけて、エレベーターが倒れてくるわよ!!」

「っ!?」

これもやはり大量のドラカがぶつかって金属柱を折り曲げたのか。

近くの家屋をメキメキと押し潰しながらこちらに迫ってくる巨大な天秤型(てんびんがた)エレベーターの下を、どうにかしてヴィオシアはかい潜(くぐ)る。

こんな所でやられる訳にはいかない。

ヴィオシア達が大量のドラカを操る投(な)げ槍(やり)を見つけて取り除かないと、自分から囮(おとり)を買って出たドロテアがやられてしまう。怪我(けが)したストレーナは空き家に寝かせたままだし、作り物の使い魔(ファミリアー)といってもドラカ達だって、放っておいたら何億でも何十億でも体当たりを繰り返して自滅してしまう。

そんなのは絶対に許さない。悲劇のドミノ倒しはここで止める。

「ヴィオシアこっち、伏せて!!」

ドォ!!　と。

またルールが変わった。足を使って地上を走っているのに天空からドラカの群れが襲いかかってきたのだ。そして、ヴィオシア達の頭上数メートルで急に散らばった。イクラ大の紫の粒が目的を見失って辺りをふわふわと漂っている。

「わっ！　こ、攻撃をやめてくれた？　なの？」

「地面にでっかい妨害魔法陣を描いたのよ。ある程度オートで戦う使い魔(ファミリアー)の弊害だわ、地形走査のタイミングで危険な平面記号まで一緒に読み込んでしまう！」

とにかく立ち止まってはいけない。

ヴィオシアとメレーエは大混乱の神殿学都(しんでんがくと)を無理にでも走る。

「投げ槍(なげやり)とかいうのは……」

「見つけたなの!!　あそこ!!」

石畳の上に何か突き刺さっていた。

二メートル以上ある銀の投げ槍(なげやり)だ。

「ATU0328a、ジャックと豆の木。少年の斧(おの)はユグドラシルと対比される巨大な豆の木であっても容赦なく切断する!!」

メレーエがカスタムしたホウキを握り込んで呪文を解き放つ。

地面に刺さったままの投げ槍(なげやり)を、柄の真ん中から魔法の力でへし折った。

やっとの一本目。

だけどまだまだ一本目に過ぎない。

15

妙想矢頃は負傷してぐったりした元教え子のナンシーを抱き抱えたまま、顔を上げた。

彼女が死力を尽くして教えてくれた元凶がいるはずだ。

ちょっと離れた場所に誰かが佇んでいた。真っ直ぐに視線と視線がかち合った。

知っている顔だった。

それは、古本屋へ不定期に稀少本を多く売りに来る人物。

（……つまり、魔女の魔法への造詣が深い職業。例えば優れた教育者）

そして氷と冷気を支配する魔女の見立てでは、おそらく不動産ビジネスに手を出して神殿学都のあちこちにある空き家を買い占めようとしている。

（大量のドラカもまた、そこらじゅうにある空き家の中から湧いて出た!!）

「……アンタ、が？」

「きちんと挨拶するのは初めてでしたね、『ナビゲートエグザム』。すでに魔女の世界の治安を司る美化委員に睨まれてしまったようですし、今さら素性を隠しても意味はないでしょう」

「アンタが嘘偽りの神の正体……ッ!?」

「私は『ウエディングエグザム』、フランベルク・ウィルド。職場はあちこち転々としているけれど、今はオーロラスワン飛翔スポーツジムのインストラクターをしております。全て、これから捨てる顔と名の付属物に過ぎませんが」

金髪ショートの美女。

しなやかに鍛えた肢体を包む、真っ白なウエディングドレスに同じ色の魔女の帽子。ただし、首元や手首など、所々にチラリと見える不自然な赤は太い革のベルトの輝きか。それはまるで、強固だが望まれぬ結婚の擬人化だ。

白地に赤、ショートケーキみたいな色彩感覚の美女。
ウ、エ、ディ、ン、グ、エ、グ、ザ、ム。
家庭教師の妙想矢頃と似て非なる、予備校以外のプラス1で魔女の卵の少女達を底上げする専門家。インストラクター。

睨みつけ、少年は躊躇なく伸縮式の警棒を抜いた。

応じるようにフランベルクの妖しい唇が囁いた。

鋭く切り落としたような短い主翼が二枚に、膨らんだホウキの穂に半ば紛れるようにして布陣する四枚の尾翼。透けるように薄い翼の他には、ホウキの先端に水晶球。どこか地対空ミサイルを連想させるシルエットだ。ただ獲物の魔女を追いかけて殺すだけなら最速という、あまりにもいびつなフォーミュラブルーム。

最新鋭の魔女術呪器に対して、忠実に。

「……フォーミュラブルーム＝ルーダン・MTD。我は的確な指示を要求いたします、愛しい愛しいベルゼビュート様」

硬直した。

すでに、重要な意味を持つ言葉が複数込められていた。

ベルゼビュートについては七つの大罪に数えられる『蝿の王』という大悪魔を知っている人は少なくないだろう。特にフランス語読みのベルゼビュートは悪の尊称に近く、時代や地域によっては『あらゆる魔女達を所有し支配する者』とまで呼ばれる超上位存在である。

さらに言えば、ゲーテの『ファウスト』において、ベルゼブブはメフィストフェレスの上にいる大悪魔とされる。

これだけでも十分ヤバいのに、極めつけに末尾のMTD。

元教え子をやられた怒りに蝕まれているのに、なお妙想の背筋に冷たいものが走る。

（機動技術試験機……。ホウキの安全性や乗り手の魔女の肉体限界を二の次にしてでも許容を超えて高速鋭角に飛び回る事だけを目的にした自殺同然のピーキーカスタマイズ、だと？　マレフィキウムの研究室くらいでしかお目にかかれねえし、あんなゲテモノ。追い詰められてと

っさに摑むならともかく、こんなもん普段から持ち歩いているなんてマジか⁉）

「参ります」

「ああ」

「ですがこれは不可抗力に過ぎず、私の本来の標的はあなたではありません。後ろへ下がり、自らの命を繫ぐ気はありませんか？」

鼻で笑った。

特例の置き方がそもそも間違っている。

「……家庭教師ってのはな、教え子の命や未来を預かる仕事をしてんだし。そういう『指導契約』なんだよ。旗色が悪いからじゃあ諦めます、教え子達は最前線に置き去りにして一人だけ安全にあっさり帰ります。そんな話が通じるとでも思ってんのかッ⁉」

「あら」

くすりと笑って、フランベルクは告げた。

はっきりと。

「やはり。それなら私も同じですよ、『ナビゲートエグザム』」

「？」

直後に来た。

「ATU0709、白雪姫」

どばあ!!　と溶けた鉄が真正面から襲いかかってきた。

「っ」

「王子と結婚した白雪姫は絶大な権力を手に入れ、意地悪な継母を捕縛し、オレンジ色になるほど熱した（　　）を履かせて死ぬまで踊らせました」

　とっさにナンシーを抱いて横に飛んで回避しても、そこで終わらない。

（……こいつ）

「（鉄の靴）かッ!!」

「イメージ的には魔女狩りで使われた『スペインの長靴』辺りかしら。ATU0328a、ジャックと豆の木、少年は人様の宝を勝手に盗んだ挙げ句に斧を使って豆の木を切断し持ち主を転落死させました。ATU0510a、シンデレラ、悪役の姉達はガラスの靴に自分の足を収めるため己の足の指を切り落としたのです」

（一冊だけじゃねえ。あらゆる読み物の中から特に残酷な部分を、子供用のバージョンからは記述の抹消さえ行われた部分だけを集中的に励起して……!!）

　回転しながら飛んでくる斧は腰を落としてかわし、何もない地面から急に襲いかかってくるトラバサミも足を引いて回避する。

　いや、避けたつもりになっていた。

　速い。

とっさに背中を使って抱き抱えたナンシーを庇い、鈍い痛みが一面に広がる。

（がっ……!?）

魔法で防御する事もできるが、フランベルクのサイクルが早すぎる。守りだけに集中したら逆転のチャンスがなく、じり貧で押し潰されてしまう。

そうなった場合、悲劇は昔の教え子や今の教え子まで呑み込んでいく。

「技術は確かだ、腕は悪くねぇ」

ジリッ、と。

怒りで空気を焼きながら、妙想は静かに尋ねる。

「……だったら何で悪事に手を染める？　有名な飛翔スポーツジムのインストラクターなら金に困ってる訳でもねぇだろうに」

「悪事、というものの見方にもよりますね」

対して、白いドレスの美女はくすりと笑った。

『ウエディングエグザム』。

確かな実力を持った、もう一人の先生が言い放つ。

「……『ナビゲートエグザム』。あなたもまた、過去に何人も何人も少女達をマレフィキウムへ送り出したのでしょう？　その手で勉強を教え、無事に合格させて」

「？」

「ではその結果、少女達は幸せになったと胸を張って言えますか？」

美女の両目にどろりとした闇があった。

魔王(フォーラント)に乗っ取られた時の蛇に似た赤い瞳とは真逆。どこまでも黒い、どろどろとした闇。

人間としての憎悪(ぞうお)。その果て。

「私の教え子達は合格した先で命を落としました。飛翔実習中(ひしょうじっしゅうちゅう)の事故という発表でしたが何しろマレフィキウム内部で起きた話、実際の詳細は不明です。……ただの事故だったのか、巨大な陰謀だったのか。何にしても、私はあの子達の希望を叶(かな)えた結果あの子達の未来を奪ってしまった」

「……、」

「当たり前です。あんなとことんまで普通じゃない学校に通わせておいて、平穏で幸せな生活など送れるはずもありません。私がそうした。一面的な価値観で他人の幸せを測り、本人が望むからというだけで無責任にもあの子達の背中を押して死に追いやった。あんな事になるなら、誰一人として私の可愛(かわい)い教え子達をマレフィキウムなんかに合格させるんじゃなかった」

だから。

それで。

「私は決めたのです」

「……まさか、アンタ……」

「誰も、誰一人として、もうマレフィキウムには絶対に合格させないと。間違った夢を見る少女達には敗北と諦めの先にこそ安全な幸せを与えられるのだと。ええ、ええ。この神殿学都ではよく見かけますよ。マレフィキウム合格を諦め、自活のために店を開き、たくましく生きていく人々を。大人になるまで無事に生き延びられた彼女達の笑みこそが唯一の正解、やはり私の考えに間違いはなかったと」

（こいつ……）

いつからフランベルクが飛翔スポーツジムのインストラクターをしていたかは不明だ。

だけどもしかしたら、

（不合格者に、自分の店……？　今年だけじゃねえ。ずっと昔からこんな事を繰り返していたとしたら、ひょっとして、踊り子のオリビアや用心棒のストレーナ達が受験に失敗したのだって。全部こいつが……!!）

許せない。

度し難い。

人の人生はその人のものだ。たとえ受験に失敗したってその先にも人生があって、そこにはそれぞれの幸せや充実感だってあるかもしれない。そこは否定しない。

だけどそれは、持てる力を全て振り絞った結果として受け入れなければならないはずだ。

自分の実力を発揮する事すら許されなかったり。

ました、一番信頼を置いていた先生から勝手に見限られ、裏から手を回されて、不合格のレールに乗せられてしまうのが幸せだなんて話は、絶対にありえない!!

それは冒瀆(ぼうとく)だ。

自分を信じてくれる教え子に対して絶対にやってはいけない事だ!!!!!!

「教え子の、未来を信じられねえなら……」

家庭教師の少年は静かにナンシーを地面に下ろし、歯を食いしばる。

痛みの感覚など、とっくの昔にどこかへ飛んでいた。

「そんなヤツがものを教える人間なんかやってんじゃねええ!!!!!!」

16

ホウキにまたがるドロテアは、地上すれすれ、神殿学都(しんでんがくと)の街の中を超音速で突っ切っていた。

地上すれすれを飛ぶのは、大空とはまたルールが違う。とにかく景色が近いのでビュンビュン流線形に溶けて見えるし、地面近くで圧縮された空気がフォーミュラブルームを下から不安定に持ち上げてくる。いわゆる地面効果。なので観察すべきは正面だけではない。地面の細かい凹凸にも気を配らないと圧縮空気の強弱を予測できなくなって振り回されてしまう。特に階段の街である神殿学都(しんでんがくと)では要注意だ。

行く先々でガラスの窓が砕け散るが、今は気にしていられない。

ドラカの群れは明確にこちらを追ってくる。

そうなるように仕向け、ヴィオシアやメレーエが自由に動く時間を稼いでいるから当然だ。

『ったく貧乏くじだぜだと状況を判断。特別な力を持った人間ってのは、受験で安全キープしながら楽して有利に立ち回れるんじゃねえのかよと辟易(へきえき)』

「うん。ごめんなさい、アリストテレス。きゃあ、で、でも私達がこうやって時間を稼げば、その間にヴィオシアちゃん達がきっと何とかしてくれるからあ」

『私はなあ!!　テメェがそうやって権利って言葉から自分だけ除外してモノを考えたがるそのうじうじした根暗思考が気に食わねえと言ってやがるんだと確認!!　何だテメェ大家族の長女ってのはそんな大勢の弟妹に遠慮して生きていかなきゃならなかったのか疑問!?』

その時だった。

『わあ!　わあ!!　わあ!?』

『ヤツら魔女だけ集中的に狙ってやがる。ロズリニカ俺の手を離すなよ、こっちだ!』

『あっ……。待ってなノです。あれじゃ大人達の人の波に押し潰される、モロク様、あの子達を捕まえてなノです！　絶対怪我させないように優しく!!』

『ぶもっ!!』


不意に景色が動いた。

はるか先の変化であっても、超音速で飛ぶ魔女にとっては一瞬だ。

直撃の寸前でドロテアはフォーミュラブルームの舵輪を思い切り右に回してしまった。

『チッ、馬鹿か!?』

「きゃあ!?」

制御を失い、別の方向から迫る紫の群れへまともに突っ込む。

ドラカだ。

(っ？　こ、こんな地面すれすれまで!!)

ぶわっ!! と。視界が一色で埋まる。上下左右前後の感覚も乱されたまま、ドロテアは魔女のホウキごと脇の建物に衝突する。

元から半分壊れていた、魔法関係の個人商店だった。

これも売り物の一つなのだろう。表に積まれた干し草の山に突っ込んだが、何しろ超音速飛翔の最中に衝突したのだ。これだけで一命を取り留めるはずがない。そしてドロテアがあの一瞬で防護魔法をきちんと三相設計できたとはとても思えなかった。

誰かが手伝ってくれたのだ。

パッと顔を明るくして、ドロテアは自分の相棒の方へ振り返る。

「ありがとう、きゃあ、アリストテレ
変な音があった。

フォーミュラブルーム＝リュケイオンの柄に走っていた赤、黄、青、緑の光のラインがゆっくりと明滅し、そして消えていく。

明らかに何か起きた。

『……じ、ジジ……』

「アリストテレス!?」

『ちくしょう、しくじったぜと判断。ドラカの野郎に「芯（コア）」まで潜り込まれて削られた……これじゃもう飛ぶのは無理……』

「そんな」

ゴッ、と大きなうねりがあった。

今も神殿学都（しんでんがくと）の大空に紫色のドラカ達が広がっている。現に地表すれすれでもやられたのだ。入り組んだ街の中にいても、いつまたあれが襲いかかってくるかは誰にも断言できない。

『ここが魔法系の店だったのはまだ救いようがあるかと判断。ドロテア、そこに、新品のフォーミュラブルームがいくつか転がってんのを確認……』

「え？」

『私を捨てて今すぐ他のフォーミュラブルームと聖別(コンセクレーション)しろと助言。それでテメェは助かる、また飛んで逃げられる可能』

　そのまま三秒はドロテアは硬直していた。

　頭の中が空白で埋まっていた。

「待って」

『心配すんなと補足。私は一度、テメェの体を乗っ取った魔王化フォーミュラブルームだぜと確認。受験の途中でホウキを乗り換えたって尻軽だなんて笑われる事はねぇ確信……』

「きゃあ、待ってよう!!　こ、故障したって、どこをやったの？　今すぐ封切りしてホウキを開いて、中身の地図の記述を確かめれば」

『「芯(コア)」まで削られたっつったろ、馬鹿か……。ザザザ、bis化だのMTD化だのって話じゃねえんだと確定。マレフィキウムの連中以外に、ここを直接いじる事なんか誰にも不能』

　何で。

　何で、去年合格できなかったんだろう？　とドロテアは唇(くちびる)を噛(か)む。

　そうしていたら、封切りしてすぐさまフォーミュラブルーム＝リュケイオンの故障個所(こしょうかしょ)を修理する事ができたのに!!

　結局は、全部ドロテアの不備だった。

飛翔中に事故を起こしたのも、知識や技術が足りなくて『芯』を修理できないのも。

全部。

なのに。

『行けよと進言』

「きゃあ、やだよ……」

『ここにいてもできる事はねえんだ前提。どれでも良い、私を置いて早く他のホウキと聖別しろ、ジジジ、そうすりゃテメェはまだ飛べると判断……』

「そんな話じゃない!!　きゃあ、あなたを置いてなんていけないよう!!!!!!」

『ならここでドラカにすり潰されて死ぬかと確認』

ぐっ、とドロテアの喉が詰まった。

現実の、明確な死の恐怖が押し寄せてくる。

『馬鹿か？　テメェは他のライバル達を蹴散らして、今年こそ今度こそマレフィキウムに合格するんだろと確認……。ザザ、だったら道具なんか惜しむな即決。今は自分が生き残る事だけ集中して、きちんと受験レースに復帰するんだよ……』

「いやだよ」

それでも、だ。

ボロボロと大粒の涙をこぼして、ドロテアは叫んだ。

確かに。

「こんなの嫌だ‼　あなたを捨てて私一人だけ前に進むだなんてそんなの絶対に！」

『……、』

「だったらもういい。魔女の受験なんてもう知らない。それじゃお父さんもお母さんも、弟妹達だって喜んでくれないよ。ヴィオシアちゃんもメレーエさんも、家庭教師の先生さんにだって顔向けできない‼　……そんなになるくらいならあなたを連れて地元に帰るからもういいよ……。うえっ、ぐす。実家に帰って、商店を継いで、それでも全然構わないからあ‼‼‼」

どれだけ泣いて叫んでも、現実は何も変わらなかった。

ここには妙想矢頃はいないし、ヴィオシア・モデストラッキーもいない。

何かを検知された。

ごっ、と。

紫色の空、ドラカの群れがゆっくりと蠢いて、街に向かって落ちてくる。明らかにドロテアを狙って多数のグリッドが形作る巨大な吊り天井が落下してくる。

もう魔女の魔法は使えない。

どこかに飛んで逃げる事もできない。

破滅の吊り天井を見上げるしかできないドロテア・ロックプールの前で、それは起きた。

ドガッッ‼‼‼　と。

天から地へ真っ直ぐ落ちた純白の光の柱が、紫の吊り天井を大きく焼き切ったのだ。

まだ、チャンスはある。

何も終わっていない。

たとえ同じ場所にいなくても、妙想矢頃やヴィオシア・モデストラッキーは戦っている。

17

そのちょっと前だった。

全ての元凶であるフランベルクを前にして、妙想矢頃は即座に動いた。

（……ATU0333、赤ずきん。いかに少女を喰らう凶暴な狼であっても、理性をもって文明の利器を使いこなす猟師には敵わない。北欧神話のフェンリルはオーディンの子に顎を引き裂かれ、人狼と疑われた魔女は裁判にかけられた。魔女の三相を回す、すなわち捕食者に未来はない‼）

パンッッッ‼　という空気の破裂音があった。

瞬時に組み上げた妙想の魔法ではなかった。

まともな長い直線を見つけるのも難しい混乱したフリマ会場で、いきなりフランベルクの姿が消えた。

（スキージャンプ式のテイクオフかっ⁉）

通常、滑走路は真っ直ぐ平らにするものだが、いくつかの例外も存在する。例えば異世界の地球にある、蒸気式や電磁式のカタパルトを持たない旧式空母では、スキーやスケートボードのジャンプ台のように湾曲した上り坂を用意する。極めて短い距離、船の甲板からの発艦を無理矢理実現するためだ。

具体的には、斜めに倒れた天秤型エレベーターの支柱や潰れた家屋の屋根を利用した。

それにしても、きちんと整備された飛翔施設ではなく、瓦礫の寄せ集めでしっかり間に合わせる辺りはやはり第一線のインストラクターか。

数億、数十億ものドラカ達はフランベルクの制御下にある。つまり彼女だけは、飛んだら終わりの高空へ上がったとしても唯一撃ち落とされず群れの中で安全を確保できる。

そうなったら終わりだ。

誰にも手出しはできず、ただ一方的に残酷な読み物の魔法で嬲り殺しにされてしまう。

だから、

「ATU0124、家を吹き飛ばす」

「っ」

「一つ一つ家を壊されていく三匹の子豚達はしかし実は逃げ足が凄まじく、他の兄弟の家に駆け込むところは恐るべき狼が何度挑んでも阻止できなかった!!」

爆音があった。

普通に考えれば、大量のドラカがグリッド状に展開される空を唯一自在に飛び回れるフランベルクを追い回す手段はない。地上にいる獲物は一方的に蹂躙されるはずだった。

だが妙想には関係ない。

ドラカの群れの中にフランベルクが紛れる事など許さない。

まるで時間の流れが止まったかのようだった。

妙想矢頃は宙を舞う家屋の瓦礫や今まさに倒れかかる天秤型エレベーターの支柱へと次々に飛び移り、当たり前の重力を振り切る格好で柱の側面すら駆け抜けて、さらにドラカの群れを嫌って低空域まで高度を下げていた巨大なクリーチャーにまで狙いを定める。

が、届かない。

流石に距離があり過ぎる。

跳躍中の妙想矢頃は歯を食いしばって叫ぶ。

爆撃機サイズの巨体。『討伐不能』とあのマレフィキウムから公式に認定され、現状では最凶ランクのグレード15にあたる超大型クリーチャーへ、

「来い!!　ハナコ!!!!!!」

ダンッ!!　とその太い尾へ強引に靴底を押しつけた。

重ねて言うが、妙想の跳躍力だけでは絶対に届かなかった。だから今のは巨大なドラゴンの方からこちらへ鉄橋みたいに太い尻尾を振るったのだ。

神殿学部の空を舞うドラゴンやグリフォンは、実はマレフィキウムで創られた生命体が逃げ出し野生化した存在だ。つまり生徒や教師にとっては古い顔馴染み、という可能性もある。

家庭教師の少年は尾から背中へ、さらに巨大な頭部を目指して一気に走っていく。

「さんきゅーハナコ、余計な怪我したくなけりゃ全部終わるまでそのままタロウと仲良く頭下げてろしっ。ドラカの群れに巻き込まれるなよ！」

ちょっと助言したら甘えん坊のハナちゃんが巨体をぐりぐり押しつけてきそうになったので慌ててバランスを取りつつ、今度こそ妙想はドラゴンの頭部から大きく虚空へ跳躍する。

何かが空気を鋭く切り裂いていた。

相対速度を合わせ、高速飛翔するフランベルクのホウキに飛び移る。

すでに警棒の届く距離。

だがインストラクターは特に焦りを見せなかった。

ぐんっ!!　と。

　ホウキの先端を真上に向け、一気に急上昇する。景色の縮尺が変わっていく。

「これであなたはもう逃げられない」

「……、」

「邪魔をするなら、あなたもまた。ドラカの群れにすり潰されるか、耐えきれず手を離してはるか下方の地上に叩きつけられるかです。お好きな方を選びなさい『ナビゲートエグザム』」

　普通に考えれば絶体絶命。

　フォーミュラブルームを持たない妙想矢頃は、大空を飛ぶ事だけはできない。

　だが、

「ハハッ。良いのかよ、そんな事をして」

「？」

「何しろ、オレはどれだけ魔女の魔法を極めてもまるで何かに邪魔されるようにこの分野だけは必ず失敗し続けるからな。……前の全国模試、シャンツェの後ろに乗った時はこれでも結構気を遣ったんだぜ？　飛翔時間とか最高速度とか諸々だし。でも、そういう配慮を全くしねえでぶっちぎるとこうなる」

18

そして。

どこか知らない場所で、女神が不機嫌そうに指を鳴らした。

「……はあ、天罰☆」

19

ドガッッッ!!!!!!　と。

気象条件に関係なく、純白の光の柱が天空から垂直に落ちて二人を貫いた。

「がァあああああああああああああああああああ!!!?? 」

「くっ……ハハハハハハ!!」

空中で絶叫しホウキの制御を失って虚空へ身を投げ出すフランベルクに対し、同じく宙を舞う妙想矢頃は何故かこの『状況』で苦痛を堪えて笑っていた。

(……前にシャンツェのホウキに相乗りした時ミルディンが妙に嫌がっていたのは、こいつが発生するのを無意識に恐れていたからか？　確か予言ができるホウキって話だったし)

自分は飛べない。

何があっても絶対に、いっそ何かに邪魔されるように大空を飛べない。

だけど誰から見ても不利な『状況』すら活用できるようになれれば、それだって立派な成長だ。そうまでしても守りたいものをこっちの世界で見つけられた自分を褒めるべきだ。

元の居場所、異世界の地球にはもう帰れない。

ならばせめて、こっちの世界で母と妹に顔向けできる人間になってやる。

妙想矢頃(みょうそうやごろ)は空中に張った害鳥駆除の網に直撃し、体を支えきれずに突き破って、さらにその下にある地面に激突する。その感触は大理石でも黒曜石でもなかった。

澱(よど)んで停滞した、不快な意味での水の匂い。

たわむ地面の正体は、水の上に渡してある腐りかけの木製の浮き橋か。

気づいた途端だった。

どぷんっ、という粘ついた音と共に周囲一帯の波打つ水面が七色に変色した。

(『幽冥釣堀(ゆうめいつりぼり)』。つまりうっかり釣り上げたらおしまいって伝説を持つ、湖畔の殺傷区画か⁉)

足場は縦横に渡された幅一メートル、薄っぺらな木板の浮き橋のみ。

そこから一歩でもはみ出せば得体の知れない水面にどぼん。二度と浮き上がる事はできないだろう。浮き橋の下をゆったりと泳ぐ巨大な影も、きっと魚じゃない。人間がまともに見てしまったらそれだけで確実な精神崩壊を引き起こす。そんな全く別の何かだ。

同じ場所にフランベルクも転がっていた。

ただしこちらは障害物による減速がなく、思い切り浮き橋で全身を強打したようだが。

視線がぶつかる。

妙想矢頃は警棒を、フランベルクは魔女のホウキを掴み直して真っ向から衝突した。

20

ようやくの一本目だ。

折れた槍の断面を見て、メレーエが呻く。

「……太古の頂点はオーディンの投げ槍として、憧憬の頂点はATU0310、塔の中の乙女。つまりラプンツェル？　そうか、一本の髪の毛では脆くても束ねて使う事で強靭さを手に入れる。そういう記述を励起してドラカの集団を操ったのね。邪悪の頂点は魔女が群れを作って行動するカヴン辺り？」

一本目の破壊。

だけどまだ九本も投げ槍は残っている。

「こんなのが広大な神殿学都の全域にばら撒かれているとしたら、足で走って探すだけじゃ丸一日やったって終わらないわ。オトリ役を買って出ているドロテアだっていつかドラカに叩き落とされちゃう！」

「……、」

ヴィオシアは少し黙った。

それからフォーミュラブルームにまたがる。

「ちょっと！　上を飛んだらドラカにやられるわよ!?」

「分かってるなの」

そもそもヴィオシアは真上を見上げてはいない。

視線は正面。

あくまでも同じ地上を見据えている。

「……でもドロテアちゃんは超低空を飛んでいるわ。机上の空論なんかじゃない、高度一〇〇センチ飛翔は人間の手で実行可能な技術でしかないなの」

「ツッ!?」

メレーエはもう言葉がなかった。

これだけの人口密集地、建物過密な神殿学都で超音速飛翔なんかしたら一発で壁にぶつかって即死だ。下手するとドラカで溢れた上空を飛ぶより危険かもしれない。

「ドロテアは元々地面すれすれを飛ぶ地面効果飛翔が得意で、使っているホウキだって地上攻撃に特化したbisAなのよ？　しかもここは階段の街。『女神の泉』でろくに改修もできなかった、基本モデルのホウキでドロテアちゃんにだけ押しつけられない真似できる訳ないでしょ！」

「……だって、ドロテアちゃんにだけ押しつけられないなの」

しかしヴィオシアは躊躇わなかった。

馬鹿だからこそできる即決がそこにあった。

滑走路に使える長い直線。奇跡的に開けた大通りは目の前に広がっている。

「彼女と同じリスクを呑む。だってドロテアちゃんは、私達なら何でもできるって信じてくれたんだからなの!!」

21

妙想とフランベルクは最短距離で衝突し、警棒と魔女のホウキをかち合わせ、そこで止まらずに額と額を思い切りかち合わせる。

足を踏みつけ、髪を掴み、その手の甲へ容赦なく噛みつく。

赤が散った。

痛みの感覚などとうの昔に消えていた。

視線がかち合い、家庭教師の妙想矢頃は理解した。インストラクターのフランベルクもまた同じ考えで頭の中を埋め尽くされていると。

泥臭くても良いから勝ちたい。

こいつにだけは絶対に負けたくない。

（へっ、世の中分からねえんじゃね？　宇宙飛行士としては全く無意味だった『隊』の格技訓練も、たまには役に立つし……!!）

ギリギリと至近距離で鍔迫り合いを行いながら、フランベルクの唇が動いた。

ただし呪文を紡ぐためではない。

「たとえ空中の網に落ちてもダメージ無効とはいきません……。なのに何故立ち上がる？　そんな事ができるのです!?」

妙想矢頃は。

血まみれの歯を見せて笑う。明確に。

「……落ちるのは別にこれが初めてじゃあねえ。オレの痛みはオレのもんだ。歯を食いしばって耐えるだけで教え子を助けられるなら、オレはそうするぜ」

「……、」

「『指導契約』を舐めんなよ。こっちは長い人生の一部とはいえ、人様の大切な時間を預かってんだ。契約っつったろ、テメェの命惜しさに退却するとでも思ってんのか……」

フランベルクの膝が妙想の腹の真ん中に食い込んだ。

呼吸が詰まったタイミングでさらに魔女のホウキへ力を込め、強引に家庭教師の少年を浮き橋の上へ薙ぎ倒す。

「だとしても、無意味な話です」

インストラクターは空いた手の人差し指で不自然な紫色に染まる天上を指し示し、

「現実に数十億単位のドラカは大空を埋め尽くし、この私が神殿学都(しんでんがくと)の自由を丸ごと盗みました。マレフィキウムは広大な湖の中心点にあり、魔女のホウキを使わなければ行き来はできません。複雑に入り組んだ街中ならともかく、大きく開けた湖の上なら高度〇メートルであってもドラカの群れは飛翔物体(ひしょうぶったい)を検知して正確に襲いかかりますよ」

「……つまりマレフィキウムでどれだけ革新的な学説や発明が為(な)されたとしても、永久にそれを外へ出す事はできなくなったって訳か」

「食糧も燃料も全く補給のできない閉じた孤島でわざわざ餓(う)えて死にたいと考える受験生がいますか？　よしんば死ぬ気の物好きがいたとして、誰がドラカの群れを潜(くぐ)り抜(ぬ)けてマレフィキウムまで到着できるのですか？　これで愚かな夢は潰(つい)えた。九九・九九九九％ではない、一〇〇・〇％の少女達を救う仕組みが完成したのです」

かもしれない。

もし本当にドラカの群れによって大空が封じられ、誰もホウキを使えなくなったのなら。

「だけどほんとにそうかな？」

「っ？」

ばらっ、と何かが崩れた。

紫色で埋まった空に、不自然な空白ができた。最初は一つだったものが二つ三つと数を増やし、虫食い状態になりやがてはドラカの群れが霧散していく。

「ドラカが……？」

「信じてたぜ」

呟く声があった。

もう自分の力で立ち上がる事もできない、妙想矢頃からだった。

「オレが教えたあのガキなら、ドラカの問題くらい自力で片付ける。投げ槍を全て破壊すりゃ良いってくらい気づいて成し遂げる。そう信じていたから、一番根っこの問題をヴィオシアに預ける事ができたんだし。安心してな」

「……、」

「『ナビゲートエグザム』と『ウエディングエグザム』の戦いとでも思ってたのかよ？」

わざわざ矢面に立った理由はこれだった。

ヴィオシア達が狙われないように。自由を得た彼女達がきちんと事態を収拾できるように、その背中を支えるのが家庭教師の仕事なのだ。

すなわち、

「……ここは九九・九九九九％以上の壁に阻まれ、でも夢を諦めきれなかった少女達が集まる浪人生の街だぜ？　神殿学都の危機を救う主役はオレなんかじゃねえ、当たり前の話だろ」

「くっ⁉」

『ウエディングエグザム』から、これまでになかった焦りが見えた。

あるいは自分自身が追い詰められる事より、魔女の卵が十分な知識や技術を得てマレフィキウムへと近づいていく方が恐ろしいのかもしれない。

「だから、これは教え子の力を信じられなかったアンタにゃ想像もできなかった状況で」

くしゃりと歪んだ。

いつでも冷静沈着だったフランベルクの顔が、泣き出す前の子供のように。

「最後まで教え子を信じる事ができたオレがみんなと摑んだ、たった一つの勝利だ」

そこに衝撃を受けているなら。

教え子と共にある人様を羨ましいと思える心が残っているなら。

このインストラクターの『先生』はまだ、やり直せるかもしれない。

「ならば」

ぎゅっと強く唇を嚙んで。

フランベルク・ウィルドは血走った目でこちらを睨みつけた。

「それならもう一度使い魔の制御を取り戻すまで。敵陣たる神殿学都に投げ槍を突き刺し、必勝の呪いを込めて、軍勢と化したドラカ達をこの手に……！　そうすれば、それだけで、間違った夢に向かう少女達の心を完全に折って一人も余さず助けられるというのなら‼」

「アホか……」

ろくに立ち上がる事もできないまま、妙想は血まみれの手で警棒を掴み直す。

まだ戦える。

頭の中で魔法の三相を組み立てていく。

ただ倒すだけではダメだ。

家庭教師の仕事としては、きちんと教え子の少女達を助けなくては。

それなら。

「信頼ってのはよ、もらうだけじゃダメなんだ。……信じてもらった分だけきちんと応えてやらなきゃあなッ‼」

「もはや自分の足で立つ事もできないそんな瀕死の体で、この私に敵うとでも？　ＡＴＵ番号。あらゆる読み物から特に残酷な記述だけを集中的に励起する私の魔法があれば、人間一人をすり潰して消し去る事くらい造作もありませ、っ」

フランベルクもまた、言葉が途切れ、体が横にふらついた。

左右の肩の高さが合っていなかった。

何しろ女神の一撃を受けてまともに墜落したのだ。仮に防護系の魔法で落下時の衝撃を殺したとしても、体の中はズタボロだろう。妙想が現実に崩れ落ちて動けないところからも分かる通り、堕ちたインストラクターが自力で立っていられるだけですでに十分な奇跡なのだ。

それでも、彼女は成し遂げるだろう。

手が震え、舌がもつれて、まともな魔法が使えなくても、獲物に爪を食い込ませ口で噛みついてでも決着をつけようとするはずだ。

合格した先に幸せはない。それならいっそ不合格に導いた方が少女達の笑顔を守れる。それだけを考え、身を汚してでも、自分から人の道を踏み外す覚悟を固めたケダモノなのだから。

（……それじゃ、ダメなんだ。自家生産の感動に流されて、善悪『だけ』で物事を判断するようになったら）

だから。

妙想矢頃は警棒を掴んだ。

（醜い魔女になるな。ここの基本さえ押さえておきゃあ、何も『身を汚してでも正しい事を成し遂げる』なんて間違いくらいは事前に防げたものを……）

ただしグリップではなく真ん中から、強く。

そのまま横へ倒すように妙想矢頃は己の手首を回す。

「？」

狼と化したフランベルク・ウィルドはまだ気づいていない。

それが籠手に組み込んだ弓の記号、クロスボウであると。

だから一瞬だけ、彼の方が早かった。

「……ATU0333、赤ずきん」

多分これが本当に最後の一撃。

ズタボロの体で存在しない弓を引いて番え、そして妙想矢頃は呪文を紡いだ。

「励起するのは『猟師』！　人の手で狼さえ倒せば、どれほど悲劇が進行していようがそのお腹の中から食べられた少女や祖母は傷一つなく無事に助け出せる!!」

スパンッ!!　と透明な何かが空気を切り裂いた。

頭部への衝撃。

額を撃ち抜かれたケダモノのように、魔女フランベルクは両足からすとんと垂直に落ちた。

22

しばし無音だった。

湖畔の殺傷区画、その一つ。『幽冥釣堀』の簡素な浮き橋に妙想矢頃は座り込んでいた。

頭上は日曜日の青空に戻り、紫色の支配はどこにもない。

いつまでもずっとこうしていたいくらいだったが、そういう訳にもいかないだろう。

（うっ……。いつまでもここにいると、教え子が危険な殺傷区画まで捜しに来るかも）

その時だった。

無音の静寂が破られた。

「……何故こんな回りくどい三相設計を？」

『ウエディングエグザム』フランベルク・ウィルドだった。

倒れたまま、その唇だけが動いていた。

「ただ私を殺して事態を止めるだけなら、他にも最短で簡便な方法は色々あったはずです」

そうすべきだったと非難しているようにも聞こえた。

自分は死んだところで教え子達には会えない。そう分かっていても。

フランベルクは最悪だったけど、どれだけ追い詰められても安易に魔王化しないで最後まで一人の魔女として戦い抜いた。

『人間としての強さ』。

徹底的に歪んではいても心の底から受験生の幸せを願って全力を尽くした教育者。

嘘や言い訳ではなかった、先生。

まあ、そこだけは認めても良いか。

「へっ」

妙想(みょうそう)は小さく笑ってから、

「なあフランベルク。これは魔法だぜ、勉強するだけで答えは出せるはずだぞ」

「?」

こんな血まみれのまま、全部が全部を説明する余裕は流石(さすが)にない。

ただ、これだけは言っておいた。

「……まずアンタを殺す事が目的じゃねえし、こうすりゃ出直しも少しは楽になるだろ、先生。何より利益もねえのに人様の教え子を守るために体張ってくれた人達がいるんだ。あのままにはしておけねえんじゃね?」

23

「ドロテアちゃん!」

「はあ、ふう。ヴィオシアちゃん……。だ、大丈夫だったあ?」

メガネの包帯ゾンビ少女ドロテアは、崩れかけた民家の壁に背中から寄りかかっていた。包帯は飾りではなくあちこち赤い血が滲(にじ)んでいて、ヴィオシア達の自由時間を確保するためにどれだけ危険な事をしていたかが窺(うかが)える。

ドロテアはフォーミュラブルームを摑んだままだった。

色とりどりの光を失い、どこかくすんだ色合いのホウキを手に、唇を嚙んでいた。

自然と、だった。

ヴィオシアは正面からドロテアを抱き締めていた。大きな胸に温かな体温。ドロテアはいる。

たとえどんなに儚くても。

メレーエは少し離れた所で腰に片手をやって、息を吐いていた。ただ横槍を入れるつもりはないようだが。

その時だった。

淡い光があった。それはドロテアの体から放たれていた。小さな光の粒子がひらひらと踊ると、内気な文学少女の肌から音もなく傷が消えていく。

「わあっ」

「すごい、きっと先生が何とかしてくれたなの」

何の根拠もなくヴィオシアがそう言って笑った時だった。

ざあっ、と。

波が引くように、神殿学都を覆い尽くしていた紫が拭い去られていく。だけど実際にはそうではない。イクラみたいな小さな一粒一粒が、作り物の体を崩して消滅していくのだ。

とっさに上空を見上げてヴィオシアが叫んでいた。

「ドラカ!!」

「作り物の使い魔(ファミリアー)が、所有者の手を離れて役目を終えたのよ。魔女裁判では動物も一緒に処刑されるって記述の通り、彼らにも死はある。元々こうなる運命だったんだわ」

「そんな……」

メレーエの冷静な言葉にヴィオシアは絶句する。

使い捨てのバードストライクなんて許せない。だからこんな無駄遣いをさせないように最速で決着をつける。そう勢い込んでいたのに。

ひらりと紫の粒が舞い降りてきた。

イクラに似たまん丸の膜が破れ、中にいた小さな女の子がうっすらと目を開く。

善も悪もなかった。

ドラカの群れが神殿学都(しんでんがくと)を襲ったのは、単に所有者である魔女がそう命令したから。

ドラカはただ不思議そうに首を傾(かし)げると、おずおずと微細な手を伸ばしてきた。その両手でヴィオシアの人差し指の先をそっと握り締めた。

「ダメ……」

何の危険もない。なのに何故(なぜ)かヴィオシアの口からそうこぼれていた。

あるいはすでに、頭のどこかで結末が分かってしまったのかもしれない。

「お願い待ってなのドラカ!!」

笑った、ような気がする。

直後にドラカの体は弾（はじ）け飛（と）んで消えた。

シャボン玉のように、あっけなく。

指先にいつまでもぬくもりだけが残っていた。

普段あれだけ明るいヴィオシアの口からは、もう言葉なんか出なかった。

「……、」

神殿学部（しんでんがくと）を守ったメレーエ・スパラティブは瞳を伏せ、こう囁（ささや）いた。

「たとえ作り物の体は消えても、その意志はどこかへ帰るわよ。自分には何の得もない破壊行為から解放してもらって、彼らだって喜んでいるわ」

24

これでひとまず事件は終わり。

分厚い鎧（よろい）を纏（まと）う『美化委員（ベナンダンティ）』が音頭（おんど）を取って瓦礫（がれき）の撤去を始めていた。真っ白な医療用テントで傷の手当てをしているのは『保健委員（ウイッチドクター）』、あちこちで組み立て式の調理台やかまどを広げて炊き出しをしているのは『料理部（オフィサー）』の面々か。

赤毛二つ結びのナンシーは、担架からテントへ身柄を移す女性を見つけた。

ストレーナだ。

「っづ……。大丈夫か、肩を貸そう」

「すまんな」

「謝るのはこちらだ。空中で失速した時、派手にぶつかった相手だろう？」

「受験にリタイアしたとはいえ、こっちは年上だぜ？　気を遣わせて悪いっつってんだ」

返す言葉がなかったので、しばし沈黙が生まれる。

手当ての順番を待つ間、ストレーナは壊れた街並みを眺めていた。

ナンシーはそっと息を吐いて、

「相当苦しかったが、矢頃が何とか止めたみたいだな……」

「チッ。やっぱ信用できねえな、あの体育会系のインテリめ。切り札あるなら街がこんなになる前にさっさと使えってんだ」

毒づいているが、部分的にはストレーナも認めているようだ。

妙想矢頃ならあそこまでの問題であっても解決できる、と。

すぐそこだった。高級チョコレートケーキみたいな色彩感覚のワンピースを着た銀髪褐色のグラマラスなエプロン魔女が、ブルーハワイのソーダフロートに似た極薄キャミワンピの幼女（?）の手を引いて歩いていた。小さい方は涙目で怒っている。

「くそーフリマが突然中止とか売れ残りの山はどうすんの、矢頃アナタほんと疫病神めぇ！」

「あらあら。お昼ご飯を終えて、午後帯になっても本の山がなくならなかったのだからどうせ結果は同じでしょう？　彼のせいにするのは理不尽が過ぎるわ」

どんな事件があっても神殿学都は動きを止めない。

多くの受験生や浪人生が巨大な壁にぶつかって足掻き、その大多数が諦めを経験する特殊な街でありながら、しかし、本質的にここの人々は希望を拾って育てる術に長けている。

25

日曜日の夕暮れだった。

ヴィオシア・モデストラッキーは下宿先のお店へと帰ってきた。

入れ違いでエルフのフレイニルが出てくる。

「お仕事お仕事、これから街に繰り出して呼び込みなノです。色々トラブルあったけど今日もお店はやっている事を皆さんに教えませんとなノです」

「ただいまーなの」

「？　何だか疲れているノです？」

少女は曖昧に笑っただけだった。

お店に入り、厨房に向かうと青銅像のモロクがケビンの手伝いをしていた。

作り物の友達。

そんなモロクにヴィオシアは両手で一冊の本を差し出す。

「はいこれ。お探しの魔女術数価対応ハーブ事典なの」

あのモロクがはしゃいで結構とんでもない事になった。ずしんずしんと店舗全体の床が震え、ケビンが慌てて罵声を飛ばす。

魔女の卵、ヴィオシア・モデストラッキーは一つ質問した。

今はまだ何も足りず、この手で助けられなかった作り物のドラカ達を思い出して。

泣き出しそうな笑顔で。


「モロク、今幸せ?」

「もー☆」

26

全身ズタボロだった。

だけど妙想矢頃にはもう一つだけ、やるべき仕事があった。

「……よお。メレーエから、大体の話は聞いてるし」

舵輪つきのホウキだけが壊れた家屋の壁に立てかけてあった。

ドロテアはいない。メガネが近くに置いてあるから、ひょっとすると近くの井戸を借りて顔を洗っているのかもしれない。

ボロボロの泣き顔を何とかするために。

妙想は疲れた笑みを浮かべて切り出す。

「ドロテアを庇って内部構造に致命的な傷を負ったんだって？　ったく、お互いいらねえ傷をしこたま抱えちまったもんじゃね、アリストテレス……」

『じ、ザザ……』

ヴィオシアも、メレーエも。

そして乗り手のドロテア自身さえ、最後まで守り抜いたホウキのなれの果てだった。

『あの馬鹿に言っておけと断言……。ジジ、私に構うな、受験を続けてえなら今すぐ別のホウキと聖別（コンセクレーション）しろって』

確かに、フォーミュラブルームの『芯（コア）』に触れられるのは極限られたマレフィキウム関係者だけだ。魔女の浪人生がどれだけ歯を食いしばったところでここだけは挑戦すら許されない。

普通に考えれば、ドロテアはフォーミュラブルーム＝リュケイオン・ｂｉｓＡを手放して他のホウキに乗り換えるか、受験自体を諦めて実家に帰るしかなくなるだろう。

ただし。

ただし。

ただし、だ。

「……確認するぜ、今もドラカはアンタの内部に食い込んでいるんだな？」

『？』

「たとえたった一粒であったとしても、活動状態のドラカはまだ残されている。フォーミュラブルームの『芯（コア）』に傷をつけるほど深い位置に潜り込んで、奇跡的に」

『おい……？』

「なら後は、ドラカっていう異物を取り出してアンタの傷を修復すりゃ両方丸く収まるし」

『ザザザ。テメ、ちょ、ジジジジ何を考えてやが
「いい加減にやかましいぜ、封切り」

妙想矢頃（みょうそうやごろ）。

マレフィキウム関係者がたった一人いれば、まだどちらも救える。

今日の小テスト4

……先生、なの

やれやれ。そっちもそっちで色々あったみたいじゃね？　ヴィオシア

私達がやった事って、正しかったなの？　ドラカはただ魔女の命令に従っていただけだったのに

ボソッ（うーん、さてどうするし？　実はドラカを助けてますって言うのは簡単なんだけど、こんな小テストでこの馬鹿にオレの出自を明かすのもなあ）

先生何か隠しているなの？

げふん、今はとにかく復習だ。ちなみにヒントは全部フリマのあった日曜日にあるぜ？

問題、人間・妙想矢頃はどうやって魔法的手段で悪しき魔女フランベルクを撃退したか答えよ（一問一〇点、合計一〇〇点）。

01・起点のイメージは憧憬の頂点、ATU（　　　　）赤ずきん。

02・猟師が狼を倒して（　　）の中から赤ずきん達を救出する記述を励起する。

03・つまり『攻撃と（　　）が表裏一体』な伝説が望ましい。

04・太古の頂点は（　　）の棍棒。

05・正しく使えば敵軍を薙ぎ倒し、逆さにすれば味方の死者を（　　）させる武器だ。

06・（　）の頂点は有から有を創る。

07・動植物を（　　）にして薬品を作る代わりに、人の傷を癒やすって記号だ。

08・この場合、猛威を振るったフランベルクは（　　）とみなす。

09・戦闘で怪我を負ったドロテアやストレーナは、狼に（　　　）とみなす。

10・（　）が狼を倒した時点で全てのダメージが抹消された状態で救出される。


以上だ。ヴィオシア、何か質問は？

倒すだけじゃねえ。ドロテアやストレーナを助けられねえようじゃ中途半端だし？

エピローグ　それぞれの階段

七月になった。

ソルベディ・アイシングはフリマで大した事はできず、結局大量の在庫を抱える羽目になったらしい。

「ねーおねがい妙想こ(みょうそう)の木箱の中身全部買ってよおー☆」

「二束三文の売れ残りの山なんか絶対ヤダしッ‼」

しつこくまとわりついてくる貧乏神から完全に逃げ切るためキャラウェイ・Cs予備校の構造棟へ駆け込むと、朝からちょっとしたイベントがあった。

六月末に実施された全国一斉模試の結果が返ってきたのだ。

全国模試の具体的な内容は二四時間筆記テストだった。つまりひたすら机に齧(かじ)りつき、いかにして眠気や疲労と戦いながら正確な答えを書き続けるかの勝負。いつ食事や仮眠を取るかも含めて戦術という体力勝負の模試だが、フォーミュラブルームの出番はない。

「おっ、判定が一個上がってるわ。いよいよD判定なの！」

「ふふ。すごいねヴィオシアちゃん」

ぴょこぴょこ飛び跳ねているヴィオシアを見てドロテアもにこにこ笑っていた。メガネの包帯少女のアルファベットはそのままC判定だ。下の方は変動しやすいが上に行くと動きにくくなる、というのが模試の常である。

「……、」

複雑な表情をして二人を眺めているのはメレーエだった。

彼女も相変わらずのA判定。

ただしメレーエの場合、さらに上へ上がってライバルを突き放すのが難しいはずだ。すでにてっぺんにいる者の、守りの戦い。周囲の追い上げが始まるとその真髄が顔を出す。

大家族の長女、お姉ちゃんだったか。身近なライバルから一個下まで迫られて、それでも自分の事のように友達を祝福できるドロテアへどこか羨ましそうな目を向けているのもそのためだろう。魔女の生き様や価値観は『美しさ』を軸とするのだから。

「吹っ切れたか？　ヴィオシア」

「うん。あの時、私に使い魔(ファミリアー)を修理する腕があったらドラカを助けられたかもしれなかったなの。腐ってなんかいられないわ。結局、勉強する以外に前へ進む方法はないいなの！」

「そうか」

「……先生、さっきから何で人の顔見てニヤニヤしてるなの？」

「いや別に。使い魔は作って使役するだけじゃなくて譲渡や売買もできるなんて豆知識は誰も披露してねえぞー？　ともあれ、どんな感情であれ前へ進む起爆剤に変換できりゃアンタの勝ちじゃね？」

黒。

闇の一色。

召喚禁域魔法学校マレフィキウム、その巨大な講堂だった。あらゆる窓は分厚い遮光カーテンで塞がれ、劇場や映画館のような人工の闇に満たされていた。

講堂。

あらゆる委員会と部活の長レベルだけが出席を認められる、週に一度の全体会議だった。

ここでの決定はマレフィキウム全校生徒の総意とみなされる。

「首謀者フランベルク・ウィルドは我々の手で捕縛し、大量のドラカについても対応エリアを策定するための『神の槍』を全て破壊済み。群体制御で制空権の簒奪を狙った使い魔ドラカの件はこれで解決です」

聴衆側、一面にびっしり置かれた椅子の一つから腰を上げ、直立したまま発言しているのは美化委員(ベナンダンティ)のナンシーだ。長クラスでなければ触れる事も許されない席ではあるが、それさえ群衆扱いだった。ここについては何分マレフィキウムの規模が大きすぎる。

「なお本件の解決については美化委員(ベナンダンティ)単独ではなく、民間レベルの協力を得ている旨(むね)を報告いたします。それもかなり深い所まで」

「ほう。自らの不足を臆面もなくさらけ出せば、醜き魔女と弾劾される事がないとでも？」

　にたにたといたぶるように噛(か)みついたのは新聞部(チャネラー)の部長だった。

「道を踏み外す事はしておりません。隠す事こそが不正の始まりなのではという判断です」

新聞部(チャネラー)が黙った。

　予定通りの反論を読み上げるために誘い込まれたとようやく理解したのだろう。

　委員会と部活の足の引っ張り合いは今に始まった事ではない。そもそも生徒会(ホワイトマジック)というカリスマの指示で全体へ平等に奉仕する委員会が社会主義的な性格を持つのに対し、部活は各々(おのおの)の権利を第一に主張して個々人の自由の範囲拡大を旨(むね)とする資本主義的な性格を持つ。

「最終的にドラカの問題は解決したのだからこれ以上の追及は蛇足である」

「戦う力を持たない保健委員(ウイッチドクター)はこれだ、他者へ反省を促す力すらないと見える」

「黙れ放送部(ジョングルール)。無益な情報しか撒(ま)かないのならその存在意義を否定するようなものよ」

「負けて困ってる方は手を上げてーっ、チア部(メイドウン)は誰でも応援しちゃうぞ☆」

　はあ、とナンシーは息を吐いた。

毎度の事だが、議題そのものよりも足の引っ張り合いへと中心がずれていく。

そしてこういう時の軌道修正についてもいつもの通りであった。

「最終的なご判断は彼女に一任すればよろしいのでは？」

美化委員（ベナンダンティ）のナンシーはやや辟易（へきえき）した感じでそう言った。

一つの方向へ視線を投げて、

「そうでしょう？　生徒会長ウルリーケ様」


それだけで、不毛極まりなかった場が静まり返った。

まだ彼女自身は一言も発していないのに。

第三者がその名前を出しただけで。

左右。

膨大な聴衆として、部活と委員会がそれぞれ海が割れるように布陣して睨（にら）み合（あ）う中、生徒会長は唯一前面の壇上（だんじょう）に革張りの椅子を置いて、ただそういった話に耳を傾けていた。

生徒会長ウルリーケ。

彼女は生徒会（ホワイトマジック）の中でも唯一理事会（ナチュラルマジック）や教員会（リチュアルマジック）へ直接意見を叩（たた）きつけられる公的役職であり、マレフィキウム全体の運営方針にも口出しできる。なので全校の部活や委員会としては生徒会長に媚(こ)びを売り、何としても先生や経営者達へ自分達の意見を通してほしい、という図式ができる。

生徒会(ホワイトマジック)、教員会(リチュアルマジック)、理事会(ナチュラルマジック)。

マレフィキウムはこの三つの相で回っているが、実際には生徒会(ホワイトマジック)の権限がかなり強い。

そんなウルリーケが、そっと口を開いた。

「ナンシー」

「は、はい!?」

「九九・九九九九%以上でも足りない、一〇〇・〇%完全に成功の可能性を封殺する。醜き魔女フランベルクはマレフィキウム合格を悲劇の入口とみなし、たったの一人も合格者を出さない『状況』を作ろうとしていたのよね?」

「え、ええ。それが何か?」

「だとすると無差別に受験生へ襲いかかるのではなく、合格の可能性の高い者がいればそちらから優先的に潰すつもりだった。彼女基準では、無実の少女を助けるために」

「まあ、迷界(めいかい)リバティケリドウェンには全国模試A判定の才女もいたようですから」

美化委員(ベナンダンティ)ナンシーはそう流してしまったが、生徒会長ウルリーケは事情が違った。

ぽつりと呟(つぶや)く。

「(……あるいは別の少女狙いだったのかもね)」

「？」

「ともあれ皆さんの貴重なご意見は了解しました」

「しかし生徒会長っ、立て続けに失態を演じた愚かで醜き美化委員(ベナンダンティ)への処分と制裁はまd
「わたくし、い、いは了解しましいた」

生徒会長と呼ばれた少女は笑顔で繰り返した。

波が引くようだった。迂闊(うかつ)に食い下がってしまった新聞部(チャネラー)に対する憐(あわ)れみの視線と空気が満ちる。さて、今の一言だけでどれほどの『失点』が確定した事やら。

ウルリーケは滑らかに続ける。

「教員会(リチュアルマジック)や理事会(ナチュラルマジック)には今すぐ通る意見もあるし、難しい意見もあるでしょう。今週の全体会議(エスバット)はここまで。では皆さん。今より優れた美しい、次の一週間を」

天井照明、太陽の光を閉じ込めた陽光縛札(ようこうばくふだ)が強烈な光を放つ。

その時にはすでにウルリーケしかいなかった。

まるで闇と一緒に全ての人が拭い去られてしまったかのように。

別段驚くでもなく、生徒会長は一人で革張りの椅子に腰かけていた。

ずらりと座席だけが並ぶ誰もいない広大な講堂(コートシアター)で彼女はうっすらと微笑(ほほえ)み、長い長い髪の先をしなやかな指で丸めていじくりながら、これまでの話を頭の中で精査していく。

どこかの少年の地毛と同じ、黒の髪。

巷(ちまた)では最高の呪いの染料とまで言われるそれを保持する稀有(けう)な少女。

だけではない。

その手にあるのは推奨判定にして^{3}S判定。

魔女狩り用のトラップなのではないかと疑われる事すらある、規格外の魔女のホウキ。

bisでもMTDでもない。

何の付加価値もついていない基本モデルなのは、最初からあまりにも完成され過ぎていて余計な改修を行えばバランスを崩してしまうほど尖(とが)り切(き)った一品であるからだ。

つまりは、

「……何人も、世界の果てに触れてはならない。あなたもそう思うでしょう？　フォーミュラブルーム＝ヴィッテンベルク」


一方、妙想矢頃(みょうそうやごろ)は未(いま)だかつてない危機に陥っていた。

夜のお店である。

しかもヴィオシアの下宿先である二階住居部分ではなく、がっつり一階。

甘く妖しい店舗部分である。

踊り子のオリビアは深く深く頭を下げて、こう切り出してきた。

「これは先生。今回はヴィオシア達を守っていただくだけでなく、負のインストラクターを倒し、わたくしどもの因縁にまで決着をつけてくださったようで。『サバトパーティ』で働く皆を代表して、この私が深くお礼を申し上げます。ありがとうございました、先生」

「は、はあ……」

「さあさ、そんな訳で今宵の店舗は全部先生の貸し切りですよ。普段はお店でできない事でも関係ありません。うふふ。先生はどんなサービスがお好みかしら？　本音については恥ずかしがらず、どうかこのオリビアに何でも申し付けてくださいませ、先生」

困る。

そんな事言われても超困る。

何で剣と魔法が全ての世界はルールがゆるゆるなの？　こういうお店にすんなり入れちゃうし。夜のお店自体（実は）営業時間にがっつり足を踏み入れるのは初めてなのもあるし、そもそもすぐ上の階ではヴィオシアが今も勉強しているはずなのだ。あっさり眠気でダウンして机に突っ伏していない限り。いくら薄着ですけすけの踊り子お姉さんを前にしたからって、こう、無理なのだ。この状況で欲望一直線に突っ走れる男がいたら多分そいつは人間じゃない!!

と、くすくすと妖しく微笑みながら、ソファの隣に座ったオリビアがずずいと顔を近づけてきた。明らかに捕まえた獲物を前脚でいたぶる猫の顔になっていた。

「時に先生。もしかして気になる女の子はいますか？　もしすでに本命がいらっしゃるのでしたら、こういうサービスを施してしまう事でご迷惑をかけてしまうやもしれませんが」

「えーと、それはどういu」

いきなりオリビアが上を脱いだ。こう、両手を使ってTシャツでも脱ぐような気軽さで。

効果音？

がばりというか、ぶるんというか。

「ようしセッ○スをしましょう」

「やだよ!!　早い早過ぎるし展開がッ！」

「あら。目の前に据え膳がある割にはあまり嬉しそうではないですね、先生。ひょっとして、ついつい意識をしてしまう女の子が身近におられるのでは？」

「……、」

「うふふ。今、一体誰の顔が頭に浮かびました？　うりうり☆」

あとがき

鎌池(かまち)和馬(かずま)です。

赤点魔女も二冊目、シリーズ化です！　魔法の三相設計には慣れてきました？　林間学校やフリーマーケットなど、この二巻では予備校の外でのイベントに重きを置いて物語を作ってみました。また、今回は妙想(みょうそう)と三人の少女がべったり一塊のパーティではなく、それぞれバラバラに動かす事で一巻とは違ったバトルを展開させています。離れていても繋(つな)がっている、絆(きずな)の強さを描いてみたかったのです。

二巻では特に『女神の泉』でのフォーミュラブルーム近代化改修を経て、ヴィオシア、ドロテア、メレーエの飛び方が一巻よりもさらに先鋭化されていっているのがポイント。……ちなみに金(きん)の斧(おの)と銀(ぎん)の斧(おの)、原典だと泉から出てくるのは女神や女精霊ではなく男神ヘルメスだっていう話を皆様ご存じでしょうか？　ええええ⁉　と私は結構本気でびっくりしたのですが。

また、一巻ではホウキに乗って飛ぶ、という行為だけで精一杯だったヴィオシア達が特殊マニューバを使い始めたり、旋回半径で競う『エルボー』や地上的当てゲーム『ドロップマーカー』など速度とは別建ての価値観をつけた競技に挑んでいきます。作者的にはポンコツと名高いヴィオシアをどういうバランスに調整するかが最難関、ああでもないこうでもないと試行錯誤を繰り返して今の位置に辿り着いたのですが、皆様いかがでしたでしょうか？　一巻から進歩しつつも身近な存在であってくれるとありがたいのですが。

一つの方向に尖るという事は、それ以外の分野で苦手が発生しかねないという表裏一体でもあります。ヴィオシア達が手に入れた個性をどのように利用して受験に挑んでいくか。彼女達の成長を見守ってくださると嬉しいです。

あと今回は敬語祭りです！　気がつけば一巻で敬語ヒロインが謎のママとやる気ないギャル系講師くらいしかいなくなっており、『ポーズとしての敬語』のみとなってしまいました。そこでどうやら自分的にどこかの線が焼き切れて何かが爆発した模様。あんな敬語もこんな敬語も！　この二巻では様々なバリエーションを食べ比べしていただければと思いますッ‼

敵ボスについては一巻のエピソード1から結構えげつないのを登場させていましたが、今回は教育者VS教育者の本気バトルでございます。三対三で受験生同士が激突した一巻とは微妙に異なる構造ですね。それぞれ誰よりも教え子が大切だから、でもだからこそ、決して相容れる事のできなかった二人。彼らの衝突を通じて教える側の人間とは何か、という主人公の本質に迫ってみたかったのです。諦めさせる事もまた優しさ。ひょっとしたら、皆様も人生のどこかで一回くらいはそんな風に言われた経験もあるのでは。あるいは、言ってしまった事は。そしてその時、それでも背中を押してくれる存在を他人または自分の中に求めた事はないでしょうか？　せっかくの電撃文庫です、ここはやはり思いっきり奇麗ごとを叫んでこその主人公。夢を追うのか、諦めるのか。実はこれも受験という特殊な環境では重大な意味を持つ言葉になるのかなと思います。自分の口で言った言葉を背負って命懸けで帳尻を合わせる異世界最強家庭教師の活躍、楽しんで読んでもらえたらと願っております。あと家庭教師に匹敵する魅力に溢れるエンタメ先生って言ったらインストラクターのお姉さんだよねっ!!　まだこんな風になる前、ウエディングドレスの先生がどんな風に教え子の少女達に勉強を教えてきたか、あれこれ想像していただけましたら。

今回のバトルでは最強の存在である妙想がストレートに決着をつけるのではなく、先に挑んだ少女達の失敗を自分の魔法に取り込む事で、魔女の受験生を力づけられないかな、と思って組んでいきました。教え子に自信をつけさせて実力を底上げしてこそ家庭教師、先生らしさが滲んでいると良いのですが。

イラストレーターのあろあさんと担当の阿南さん、中島さん、浜村さんには感謝を。一巻以上にイベントがてんこ盛りだったのでイラストとして描くのも大変だったと思います。今回もありがとうございました。

そして読者の皆様にも感謝を。妙想やキャラウェイ・Cs予備校、サッサフラス・Cfa予備校の不良少女達、不法占拠街、『サバトパーティ』、マレフィキウム勢、『天井突破』、タロウとハナコ、そして女神。すでに結構色んな勢力が登場していますが、どれが皆様の琴線に触れました？　一つでも推しが見つかればこれ以上の事はございません。ありがとうございました！

それでは今回はこの辺りで。

さあ、今一体誰の顔が頭に浮かびました⁉　さあさあ‼

鎌池和馬

小テストも慣れてきたか？　いつも通り三つの相で考えてみよう。
ただし今回はストレートな知識比べじゃなくて、実際のテストの時にどう出題されるか、を念頭に置いてみたし。なので問題文の言い回しなんかにも気をつけてみろ。

まずは憧憬の頂点について。
ATU0709は白雪姫だけど、これがATU0709aに派生するとどうお話が変わるか答えてみろ。

（『九人兄弟の妹』という話になり、少女は毒の爪を踏んで死ぬが王子に助けられる）

次に邪悪の頂点について。
魔女は様々な動物に変身するとされてるぜ。ウサギやトンボなど無力な生き物ばっかりだけど、一つだけ馬鹿にできねえ危険なものがあるし。以下の内から選べ。

1・カラス　2・ネコ　③・オオカミ

☆ヒント　危険って事は人の命を脅かす動物って意味でもあるぜ

ラストは太古の頂点について。

何にでも使える万能の鉱石、水晶。こいつに自分自身の意志を封入する事で、敢えて一つの使い道に特化させる魔女の儀式をプログラミングと呼ぶ。そのメリットは何だ？

（役割）をあらかじめ決めておく事で（時間を短縮）できる

今回の解答作成協力者はドロテアだし。みんな拍手！

は、恥ずかしいよう。きゃあ

今日の小テスト1

問題、人間・妙想矢頃はいかにして丸めた寝袋や家具を操り、魔法的手段で悪しき魔女レーヨンを撃退したか答えよ（一問一〇点、合計一〇〇点）。

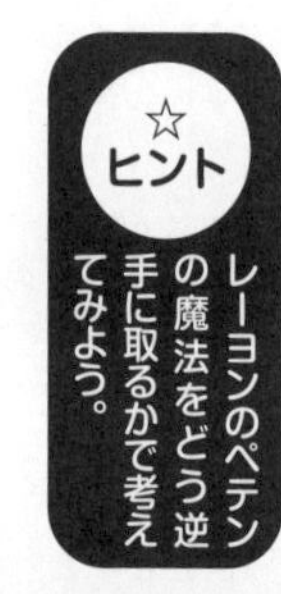

1・憧憬の頂点は（赤ずきん）。
2・邪悪の頂点は（ポルターガイスト）。
3・太古の頂点は（フラガラッハ）。
→じゃあ今からこの三つの相をどう料理していたか説明していくぜ？

！重要！　ATU0333。ここが全ての起点になる

読み物の中でも今回は特に祖母のふりしてベッドに潜った（狼）が赤ずきんを騙すシーンを励起してるぜ。この段階に来ると警戒した赤ずきんが何度質問しても、狼が答えを言っても、もはや事態を切り替えるきっかけにはならねえし。見え透いた（嘘）でも術中にはまった相手には絶対的な力を持つっていう魔法的教訓だな。

ポルターガイストは（質問者）の出題に合わせて人間が自由自在にラップ音を鳴らす（降霊術）って言った方がイメージしやすいんじゃね？

これとケルト神話の『鞘から抜けば自動的に（飛翔）して敵を斬り殺し、再び（手元）に戻る』（魔剣）の記号も組み込む事で操作性を補強してるぜ。

レーヨンがロズリニカに教えた寝袋魔法は嘘だった。だから何だ？　絶対にバレない嘘には特別な効力が宿り、周囲の無機物さえひとりで動いて戦いを始める。そういう『状況』を作っちまえば、ペテンから始まった魔法だって十分な威力を発揮するし。

以上だ。ヴィオシア、何か質問は？

ただ力業で勝つだけじゃロズリニカが報われねえからな。ちょっと一工夫だ

ふえー、嘘が魔法的教訓になるなんて不思議な話なの……

魔女の魔法は虚実が入り乱れるって訳だし。知識は使い方まで考えろよ

今日の小テスト２

……、

……ここパスしたんだから、模範解答も何もあったもんじゃねえんだけど

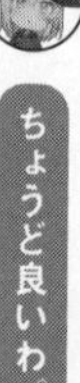

ちょうど良いわ。スペースあるならワタシ達の日頃の恨みを聞くべきよ

そうなの！

あの、きゃあ、わ、私は一つも家庭教師の先生さんに文句はないんだけど

イエス私もなのッ!!

ちょっとヴィオシア言葉も聞かずに誰彼構わず乗っかってんじゃないわよ貴殿どっちの味方なの!?

……そこのそいつにそんな事言っても意味ねえと思うし。サーカスから逃げ出した虎と街中で出くわしても秒で友達になるヤツなんだから

憐れんだ目でこっち見てんじゃないわよドスケベ家庭教師。今貴殿にリベンジする話を具体的に固めている最中なんだから

え？　私も？

……、

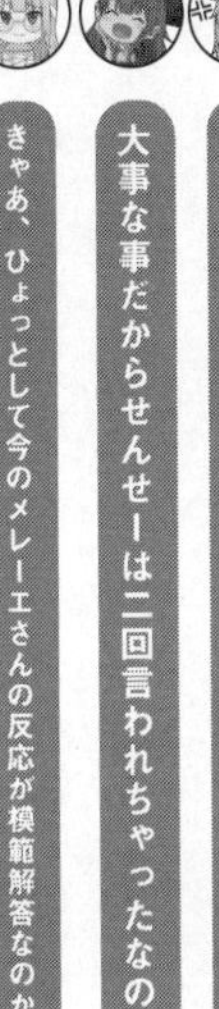

ヴィオシアとドロテアがリベンジ興味ナシだとしたら、いよいよ民主主義がアンタ一人に牙を剝くんじゃね？　メレーエ

民主主義から一番遠い強権の上から家庭教師が知った口を……!!　今すぐ立ち上がれ民衆、この最強バカから浪人生の自由を取り戻すのよ！

そんな小難しい話より私は新しいレシピのお菓子を食べたいなのー

ダメだようヴィオシアちゃん、きゃあ、合成(インスタント)は体に悪いよ

はいはい。受験生がいつまでもこんなトコに溜まってんなよな、ひょっとして居心地が良いのか？

馬鹿なんじゃないの!?　馬鹿なんじゃないの!?

大事な事だからせんせーは二回言われちゃったなの

きゃあ、ひょっとして今のメレーエさんの反応が模範解答なのかしら？

今日の小テ『地獄の鬼テスト☠』

問題、人間・妙想矢頃はどのようにして魔法的手段で魔王スノッリを撃破し、エルフの少女フレイニル含む少女達全員を救出したのか答えよ（一問一〇点、合計一〇〇点）。

憧憬の頂点はATU（0124）。

『三匹の子豚』は分かりやすいが正式名称じゃねえぞ。引っかけ問題注意だし。

重要なのは（藁の家）、木の家、レンガの家、と三回重ねてようやくオオカミを撃退する部分だな。三は魔女術の中でも特別な数字だから見かけたら優先的にチェックするように。

☆ポイント　3という数字を意識しよう！

後は簡単だ。太古の頂点は三人一組で行動する（ギリシャ）神話の復讐の女神（エリニュス）、（邪悪）の頂点は三つの（結び目）を解く事で（大嵐）を生み出す魔女の儀式だし。

ヴィオシア達魔女では勝てず、エルフのフレイニルでも勝てなかった。ここにオレが加わる事で、(三度目)の正直、レンガの家の属性を得て魔王(スノッリ)に立ち向かう弱体化の呪いができた訳だな。こうなると、残忍な狼は逆に単なる(やられ役)へと転落しちまう。

死なない限りは何でも利用できる。魔女の世界において敗北は必ずしも無意味じゃねえ。いったん負ける事で条件を整えて勝利を得る道筋さえ作れれば、それは立派な投資じゃね?

以上だ。ヴィオシア、それからみんなも。何か質問は?

ぐすん

……これに懲りたら自分達だけで全部解決できるなんて考えねえように

ふふ。で、でも家庭教師の先生さん、ヴィオシアちゃんが困った事になると絶対に駆けつけてくれるみたい

(パァア!!)

おい、味を占めるなよ。それやったらマジで許さねえからな!

今日の小テスト4

問題、人間・妙想矢頃はどうやって魔法的手段で悪しき魔女フランベルクを撃退したか答えよ（一問一〇点、合計一〇〇点）。


01・起点のイメージは憧憬の頂点、ATU（0333）赤ずきん。

02・猟師が狼を倒して（お腹）の中から赤ずきん達を救出する記述を励起する。

03・つまり『攻撃と（回復）が表裏一体』な伝説が望ましい。

04・太古の頂点は（ダグザ）の棍棒。

05・正しく使えば敵軍を薙ぎ倒し、逆さにすれば味方の死者を（復活）させる武器だ。

06・（邪悪）の頂点は有から有を創る。

07・動植物を（犠牲）にして薬品を作る代わりに、人の傷を癒やすって記号だ。

08・この場合、猛威を振るったフランベルクは（狼）とみなす。

09・戦闘で怪我を負ったドロテアやストレーナは、狼に（食べられた）とみなす。

10・（猟師）が狼を倒した時点で全てのダメージが抹消された状態で救出される。


以上だ。ヴィオシア、何か質問は？

倒すだけじゃねえ。ドロテアやストレーナを助けられねえようじゃ中途半端だし？

ただフランベルクをやっつけるだけじゃなかったなの！

……ま、ドロテアにしてもストレーナにしても、（あとフランベルクにドラカやアリストテレスもだけど）あのまま全員リタイアじゃ流石に後味悪いんじゃね？

これが魔女の魔法。戦って壊すだけじゃない、なの……

戦うのは解決手段の一つに過ぎねえし。最強だから何だ？　勝てば何でも解決するって訳でもねえ。ここ履き違えると力に溺れた醜い魔女に転落するから注意じゃね、ヴィオシア

◉鎌池和馬著作リスト

「とある魔術の禁書目録（インデックス）①〜㉒」（電撃文庫）
「とある魔術の禁書目録（インデックス）SS①②」（同）
「新約　とある魔術の禁書目録（インデックス）①〜㉒　㉒リバース」（同）
「創約　とある魔術の禁書目録（インデックス）①〜⑨」（同）
「とある魔術の禁書目録（インデックス）　外典書庫①②」（同）
「とある科学の超電磁砲（レールガン）」（同）
「とある暗部の少女共棲（アイテム）①②」（同）

「ヘヴィーオブジェクト」シリーズ計20冊（同）
「インテリビレッジの座敷童①～⑨」（同）
「簡単なアンケートです」（同）
「簡単なモニターです」（同）
「ヴァルトラウテさんの婚活事情」（同）
「未踏召喚：//ブラッドサイン①～⑩」（同）
「とある魔術のヘヴィーな座敷童が簡単な殺人妃の婚活事情」（同）
「最強をこじらせたレベルカンスト剣聖女ベアトリーチェの弱点①～⑦
その名は『ぶーぶー』」（同）
「とある魔術の禁書目録×電脳戦機バーチャロン　とある魔術の電脳戦機（バーチャロン）」（同）
「アポカリプス・ウィッチ①～⑤　飽食時代の【最強】たちへ」（同）
「神角技巧と11人の破壊者　上　破壊の章」（同）
「神角技巧と11人の破壊者　中　創造の章」（同）
「神角技巧と11人の破壊者　下　想いの章」（同）
「使える魔法は一つしかないけれど、これでクール可愛いダークエルフと
イチャイチャできるならどう考えても勝ち組だと思う」（同）
「赤点魔女に異世界最強の個別指導を！①②」（同）
「マギステルス・バッドトリップ」シリーズ計3冊（単行本　電撃の新文芸）

本書に対するご意見、ご感想をお寄せください。

ファンレターあて先
〒102-8177　東京都千代田区富士見2-13-3
電撃文庫編集部
「鎌池和馬先生」係
「あろあ先生」係

本書は書き下ろしです。

電撃文庫

赤点魔女に異世界最強の個別指導を！②

鎌池和馬

◇◇◇

2024年２月10日　初版発行

発行者　山下直久
発行　株式会社KADOKAWA
〒102-8177　東京都千代田区富士見2-13-3
0570-002-301（ナビダイヤル）
装丁者　荻窪裕司（META＋MANIERA）
印刷　株式会社暁印刷
製本　株式会社暁印刷

ISBN978-4-04-915440-5　C0193　Printed in Japan

電撃文庫　https://dengekibunko.jp/

電撃文庫DIGEST　2月の新刊

発売日2024年2月9日

第30回電撃小説大賞《大賞》受賞作 新作 **魔女に首輪は付けられない** 著／夢見夕利　イラスト／緜	〈魔術〉が悪用されるようになった皇国で、それに立ち向かうべく組織された〈魔術犯罪捜査局〉。捜査官ローグは上司の命により、厄災を生み出す〈魔女〉のミゼリアとともに魔術の捜査をすることになり――？
新・魔法科高校の劣等生 **キグナスの乙女たち⑥** 著／佐島 勤　イラスト／石田可奈	第一高校は、『九校フェス』を目前に控え浮き足立っていた。だが、九校フェス以外にも茉莉花を悩ませる問題が。アリサの義兄・十文字勇人が、アリサに新生徒会へ入るように依頼してきて――。
ウィザーズ・ブレイン アンコール 著／三枝零一　イラスト／純 珪一	天樹錬が決着を付けてから一年。仲間と共に暮らしていたファンメイはエドと共に奇妙な調査依頼を引き受ける。そこで彼女達が目にしたのは――!?　文庫未収録の短編に書き下ろしを多数加えた短編集が登場！
9S<ナインエス> XII true side 著／葉山 透　イラスト／増田メグミ	人類の敵グラキエスが迫る中、由宇はロシア軍を指揮し戦況を優勢に導いていた。一方、闘真は巨大なグラキエスの脳を発見する。困惑する闘真の目の前に現れた峰島勇次郎。闘真は禍神の血の真実に近づいていく――
9S<ナインエス> XIII true side 著／葉山 透　イラスト／増田メグミ	完全に覚醒した闘真を前に、禍神の血の脅威を知りながらも二人で一緒に歩める道を示そうとする由宇。そんな中、全人類を滅亡させかねない勇次郎の実験が始まる。二人は宿命に抗い、自らの未来を手にできるのか？
ほうかごがかり2 著／甲田学人　イラスト／potg	よる十二時のチャイムが鳴ると、ぼくらは「ほうかご」に囚われる。仲間の一人を失ったぼくたちを襲う、連鎖する悲劇。少年少女たちの悪夢のような「放課後」を描く鬼才渾身の「真夜中のメルヘン」。
虚ろなるレガリア6 楽園の果て 著／三雲岳斗　イラスト／深遊	世界の延命と引き換えに消滅したヤヒロと彩葉は、二人きりで絶海の孤島に囚われていた。そのころ日本では消えたはずの魍獣たちが復活。そして出現した七人目の不死者が、彩葉の弟妹たちを狙って動き出す。
赤点魔女に異世界最強の個別指導を！② 著／鎌池和馬　イラスト／あろあ	夏、それは受験生の合否を分ける大切な時期。召喚禁域魔法学校マレフィキウム合格を目指すヴィオシアも勉強に力が入って――おらず。「川遊びにバーベキュー、林間学校楽しみなの！」魔法予備校ファンタジー第2巻。
教え子とキスをする。バレたら終わる。2 著／扇風気 周　イラスト／こむぴ	教師と生徒、バレたら終わる恋に落ちていく銀。そんなある日、元カノ・柚香が襲来し、ヨリを戻そうとあの手この手で銀を誘惑してきて――さらに嫉妬に燃えた灯佳のいつも以上に過剰なスキンシップが銀を襲う!?
新作 **男女比1:5の世界でも普通に生きられると思った？** ～激重感情な彼女たちが無自覚男子に翻弄されたら～ 著／三藤孝太郎 イラスト／jimmy	男女比が１：５の世界に転移した将人。恋愛市場が男性有利な世界で、彼の無自覚な優しさは、こじらせヒロイン達をどんどん"堕"としていってしまい……？　修羅場スレスレの無自覚たらしこみラブコメディ！
新作 **亜人の末姫皇女はいかにして王座を簒奪したか** 星辰聖戦列伝 著／金子跳祥　イラスト／山椒魚	歴史を揺るがした武人、冒険家、発明家、弁舌家、大神官。そしてたった一人の反乱軍から皇帝にまで上り詰めた亜人の姫・イリミアーシェ。人間と亜人の複雑に絡み合う運命と戦争を描く、一大叙事詩。

豚になった俺が、異世界で美少女といちゃラブ(!?)するファンタジー

逆井卓馬
Author: TAKUMA SAKAI

[イラスト]遠坂あさぎ
Illustrator: ASAGI TOHSAKA

豚のレバーは加熱しろ

Heat the pig liver

the story of a man turned into a pig.

純真な美少女にお世話される生活。う〜ん豚でいるのも悪くないな。だがどうやら彼女は常に命を狙われる危険な宿命を負っているらしい。

よろしい、魔法もスキルもないけれど、俺がジェスを救ってやる。運命を共にする俺たちのブヒブヒな大冒険が始まる!